S

Osman Lins
Die Königin der Kerker Griechenlands

Roman

Aus dem brasilianischen Portugiesisch von Marianne Jolowicz

Suhrkamp Verlag

Titel der Originalausgabe: *A Rainha dos Cárceres da Grécia*

Erste Auflage 1980

Druck: Thiele & Schwarz, Kassel
Printed in Germany

Die Königin der Kerker Griechenlands

26. April 1974

Im letzten Jahr, das so leer und mühselig war, habe ich hier oft die Absicht geäußert, meine Mußestunden damit zu verbringen, ihnen vielleicht dadurch einen Sinn zu geben, daß ich niederschreibe, was mir Julia – Julia Marquezim Enone –, sie, die über sich selbst immer so wenig sagte, von ihrem Leben erzählt hat, was ich aus eigener Anschauung weiß und was ich später erfahren konnte. Wie oft betrachte ich nachts die wenigen Bilder, die sie hinterlassen hat, während der Straßenlärm undeutlich heraufdringt zu diesem jetzt unbeseelten Zimmer! Beinahe auswendig kenne ich ihre oft schwer verständlichen Notizen und ein auf Tonband festgehaltenes Gespräch, das wir geführt haben. Die täglichen Unterhaltungen, sie sind verloren; nur Bruchstücke von ihnen vermag ich wachzurufen, in der ganz deutlichen Erkenntnis, daß sie unwiederbringlich sind.

Ja, viel hätte ich zu sagen über ihre fahrige und unbeholfene Art, durch die sie anzudeuten schien, daß sie sich ihrer Schwäche bewußt war und sich eben deshalb nicht schonte. Ich mag mich dazu nicht entschließen und beschränke mich darauf, ohne festen Plan ein paar kurze Anmerkungen zu unserem Zusammenleben aufzuzeichnen.

Letzthin beginnt mich jedoch ein vager Gedanke, den ich noch nicht aufzeichnen möchte, zu beschäftigen.

1. Mai

Diese Idee will mir nicht aus dem Kopf gehen und nimmt allmählich Gestalt an. Anstatt über Julia zu schreiben, weshalb nicht eine Studie über das Buch verfassen, ihr Buch, in dem ich immer wieder lese? Die vernünftigste Alternative und die nützlichste. Schließlich hat, wie bei Familienbildern, vieles von dem, was ich über Julia Enone sagen könnte, nur für mich persönlich einen Wert. Da mir, so sehr mich auch die Schriftstellerei reizt, die dafür erforderliche Begabung und Ausdauer fehlt, würde ich Gefahr laufen, nur ein farbloses Porträt meiner Freundin zu entwerfen. Selbst wenn ich mich gewissenhaft an die Lebensumstände hielte, ohne irgendwelchen Anwandlungen meiner Phantasie nachzugeben.

Die Beschäftigung mit dem Buch bietet einleuchtende Vorteile. Der Text wird verhindern, daß ich mich in Erinnerungen und lebendig gebliebenen Bildern verliere, einer erst zu ordnenden Wirrnis. Ich füge der Existenz des Textes ihr Wesen hinzu. Die Texte sind grundsätzlich ein für alle bestimmter Besitz. Wenn wir sie beurteilen oder wenn wir sie irgendwie erhellen – wenn wir sie auf uns wirken lassen – beschäftigen wir uns mit einem Gut, das allen gehört.

Im speziellen Fall von Julia Marquezim Enone liegt allerdings der zu würdigende Text noch nicht gedruckt vor. Man kann darüber streiten, ob er als öffentliches Gut (oder Übel) zu gelten hat. Gehört er schon allen, solange er noch aufs Manuskript beschränkt und folglich nicht jedem, der ihn besitzen möchte, zugänglich ist?

2. Mai

Ich bin geneigt, das zu bejahen. Selbst das noch unfertige Werk richtet sich an die Allgemeinheit – uns –, aus deren Substanz es hervorgeht. Außerdem sollte sich, wer sich für Bücher interessiert, immer daran erinnern, daß diese früher handschriftlich vervielfältigt wurden, und ich halte es keineswegs für unwahrscheinlich, daß man zu einem so lange geübten Verfahren zurückkehrt. Endlich: das fast schon legendäre Buch von Julia Marquezim Enone, in dem informierte und hellhörige Leute geschickt verbrämte Gedankenwagnisse erkennen, zirkuliert bei etlichen Dutzend Lektoren und Bücherfreunden dank jenen fünfundsechzig Exemplaren, die ich selbst mit Hilfe eines veralteten, spritbetriebenen Apparates vervielfältigt habe.

Noch hält mich ein Aber zurück. Obwohl ich vorbehaltlos der Auffassung bin, daß jedes literarische Werk, auch wenn es noch nicht verlegt wurde, der Öffentlichkeit gehört, und daß schon eine bescheidene Vervielfältigung es der totalen Anonymität entrissen hat, bleibe ich unentschlossen. Welche Möglichkeiten bestehen denn, einen Verleger für eine Abhandlung über ein nahezu unbekanntes und den normalen Lesern vorerst unzugängliches Buch zu finden?

6. Mai

Hören wir zu Beginn meiner denkbaren Studie oder bloßen Kommentierung (wer weiß denn, wohin er gelangt, wenn man sich auf ein derartiges Vorhaben einläßt?), hören wir die teils entschleiernde, teils sibyllinische Stimme der Autorin: »Ich fing das Buch an, das langsam in mir Gestalt annahm. Alles Vorausgegangene war Vorbereitung, Abwarten, Raubzug. Und danach? Danach kommt Afrika. Wie unser Rimbaud geschrieben hat, ich werde ›meine Einbildungskraft und meine Erinnerungen‹ begraben und ›den Hafen des Elends‹ ansteuern.« (Brief vom 6.1.70 an den Schriftsteller Hermilo Borba Filho.)

18. Mai

Ich erörtere den Plan mit A.B., Dozent an der Päpstlichen Katholischen Universität, einem etwas ironischen Mann von großer Gelehrsamkeit, der mich, ob meiner Liebe zu Büchern, mit seiner Wertschätzung beehrt. Was er mir sagt, macht mir Sorge, auch wenn ich davon absehe, daß er wahrscheinlich übertreibt (ein Tribut, der immer seiner Spottlust anzulasten ist) und verstärkt andererseits gewisse Befürchtungen in mir. Mit dem feinen Lächeln eines geistlichen Herrn eröffnet mir A.B., was er an seinen Schülern erlebt und sogar an bekannten Lehrern: wenn sie – um ein Beispiel zu nennen – etwas über Madame de Volanges de Danceny wissen und über den liederlichen Valmont, dann nicht etwa, weil sie die *Liaisons Dangereuses* gelesen haben, sondern nur, weil sie die Besprechung kennen, die vor ungefähr acht Jahren in der Zeitschrift *Communications* über den Roman von Laclos erschienen ist, diesem Kenner von Befestigungsanlagen und menschlichen Schwächen. Heute, so fährt A.B. fort, verfügt der Verleger, der eine literarische Studie veröffentlicht, über ein beträchtliches, aufnahmewilliges Publikum, größer an Zahl, als es die – wirklichen oder möglichen – Leser des analysierten Werkes sind, die dessen Lektüre vielleicht nicht einmal für nötig halten.

Zum Ausgleich weist er mich auf die negative Seite dessen hin, was ein Vorteil sein könnte: meine innige Freundschaft mit der Verfasserin. Textkritik, so verlangen es die Fachleute heute, muß die Hand ignorieren, die den Text schrieb, auch wenn Geschichte und geheime Beweggründe sie dazu gedrängt haben.

25. Mai

In der deutschen Zeitschrift *Burda* entdecke ich eine Reklame für Delfter Porzellan, die inmitten einer Kollektion von Krügen und anderen erlesenen Stücken folgenden Text präsentiert: »Sieh nicht zuerst die Unterseite des Gegenstandes an! Vermeide stereotype Reaktionen von Bewunderung oder Vertrauen! Delfter Erzeugnisse empfehlen sich durch ihre Schönheit und Qualität.«

Merkwürdigerweise wiederholt sich in dieser Reklame, was der römische Theoretiker Bruno Molisani in seiner Studie über ein Gedicht von Hugo behauptet (*Écrit derrière la vitre d'une fenêtre flamande*). Molisani sieht es darin als *seit langer Zeit* erwiesen an, daß es für den Kritiker von Vorteil ist, »dem Namen des Autors kein Gewicht beizumessen, weil dadurch stereotype Reaktionen von Bewunderung oder Vertrauen vermieden werden.«[1]

Ich muß mich also, zumal im Hinblick auf das, was A. B. mir gesagt hat, fragen, ob ich nicht fehlgehe, wenn ich mich über eine Auffassung hinwegsetze, die gleichermaßen in literarischen Studien wie auch in Veröffentlichungen der Delfter Manufaktur bekräftigt wird, und mich mit Julia Marquezim Enone (besser mit ihrem Buch) beschäftige, ich, der ich nicht allein ihren Namen kannte und kenne, sondern ihn auch immer wieder in mir aufklingen höre, liebten wir doch einander. Ist nicht meine Aussage schon von vornherein zu Parteilichkeit, zum Scheitern verurteilt, weil ich aufgrund der früheren Umstände in »stereotype Reaktionen von Bewunderung oder Vertrauen« verfallen muß?

26. Mai

Ich möchte auch noch die Frage aufwerfen: Gesetzt den Fall, der Autor existierte nicht, wäre ich dann niemandes Geliebter gewesen?

3. Juni

Ich habe lange überlegt und beschlossen, mich nicht von Verfahrensregeln einschüchtern zu lassen, denen es – mögen sie auch noch so objektiv und angemessen sein – an Weisheit in höherem Sinne gebricht. Konkret gesagt: Ein einfacher Brief wird besser verständlich, wenn man ihn mit anderen Briefen – früheren, vielleicht sogar späteren – vergleicht, die von derselben Person stammen. Wiederholungen und Abweichungen können so vielerlei Bedeutungen haben! Wie soll man gewisse Nuancen und Absichten verstehen, wenn nicht, indem man sie einander gegenüberstellt, sie an einer gewissen Tradition mißt oder auch an einer Eigenart des Autors? Dieselben Verse sind nicht identisch, wenn sie vom Epigonen Etienne Alane stammen oder von Hugo. Das bestätigt uns auf seine Art ein Argentinier, der etwas von der Sache versteht, Jorge Luis Borges, in der Erzählung, in der Ménard Wort für Wort den Roman von Cervantes schreibt. Der Stil des *Quichote*, der bei seinem ersten Verfasser natürlich ist, wirkt bei Pierre Ménard altertümelnd. Die beiden Texte zu vergleichen, sagt Borges, »ist eine Offenbarung«: Ménard soll die Kunst der Lektüre um eine neue Technik bereichert haben, die »des bewußten Anachronismus und der falschen Zuordnungen«. Unter anderem schlägt Borges uns den Versuch vor, die *Nachfolge Christi* zu lesen, als habe Joyce sie geschrieben.

Da ich außerdem weit davon entfernt bin – auch kein Verlangen danach habe –, ein akademischer Theoretiker zu sein, weshalb soll ich mich an Normen halten? Weiter also!

10. Juni

Ja. Warum mich der Tendenz beugen, die heute das Feld beherrscht? Eben fällt mir ein, im *Almanach des Denkens*, glaube ich, oder in irgendeinem alten Exemplar des *Almanachs Löwenhaupt* gelesen zu haben, was vor nahezu hundert Jahren auf vielleicht etwas unelegante Weise der Preuße Fontane gesagt hat: »Immer wenn es sich um die Gliederung des Werkes handelt, geben die Philosophen schwachsinnige Urteile von sich. Es fehlt ihnen ganz und gar an einem Organ dafür, das Wesentliche zu erfassen.« »Die Stellungnahme eines Laien, der über feines Empfinden verfügt, ist immer wertvoll; die eines berufsmäßigen Ästheten hat im allgemeinen gar keine Bedeutung.«

Zwar geht mir wahrscheinlich das feine Empfinden ab, aber wenigstens bin ich ein Laie. Jedenfalls, Fontane, stehe ich deinem Philosophen oder berufsmäßigen Ästheten fern, fern sogar den Gelehrtenkreisen, und das heißt, daß ich mich zur entgegengesetzten Richtung der noch nicht völlig abgestumpften Romanliebhaber hingezogen fühle. Entsprechend gedenke ich das Buch meiner verstorbenen Freundin zu behandeln, das ich so oft zur Hand nehme und das immer noch Geheimnisse birgt.

12. Juni

Ich kannte die Verfasserin, wir lebten zusammen, ich verheimliche nicht, daß ich sie geliebt habe. Liebe ist nicht unbedingt gleichzusetzen mit Blindheit und Täuschung. Der Witwer Middleton irrt sich nicht in seinem Vorwort zum *Tagebuch* seiner Katherine Mansfield. Auf bestimmten Seiten – vielleicht sogar auf allen – wird meine Liebe zu Julia Marquezim Enone durchschimmern. Sollte diese Tatsache Klarheit und Objektivität der Studie wirklich mindern – aber ich vertraue darauf, daß weder das eine, noch das andere, weder Objektivität noch Klarheit, darunter leiden werden –, so fällt es mir doch schwer anzunehmen, dies mache meine Kommentierung zunichte. Denn welch unerbittliches Gesetz könnte uns zwingen, unsere innige Anteilnahme an einem Kunstwerk zu verhehlen, als wäre sie anstößig? Welchen Sinn soll es haben, einem Gegenstand, der sich an unser ganzes Sein wendet, freiwillig einen Teil unserer Fähigkeiten zu verweigern, um aus einem Abstand über ihn zu urteilen, den er seiner Natur nach gar nicht wünscht?

Ich will nicht in den Fehler verfallen, »den Dichter statt des Gedichts abzuhandeln«, womit ich mich der klassischen Verurteilung durch den scharfsichtigen Pound entziehe. Doch werde ich mir in der geplanten Arbeit ebensowenig willkürliche Verstümmelungen zumuten. Das niemals. Nur mein Schamgefühl, falls ich es nicht bezwinge, und ein wenig Feinsinn können dem Freimut des Essays Grenzen setzen – der Analyse oder, wer weiß, dem einfachen Bericht – dem es gewiß nicht an einer elegischen Note fehlen wird.

O Julia, die ich trotz allem nicht *meine* nennen werde, denn immer warst du unterwegs, einer geheimnisvollen, unsichtbaren Region entgegen, die auf keiner Landkarte verzeichnet stand.

15. Juli

Einen Teil des Juni und die halben Schulferien über bastelte ich an Plänen für meinen Essay herum, ohne mich für einen von ihnen zu entscheiden: alle ahmen sie mit ihren Paragraphen und Unterteilungen jene – letzten Endes so nützlichen – Schemata nach, durch welche die Linnés unverdrossen die Natur zu ordnen suchen. Heute habe ich, wie mir scheint, die Lösung gefunden.

Einer allgemein anerkannten Konvention folgend evoziert jeder literarische Essay den verborgenen Erzähler. Unbrauchbar ist in beiden Fällen die sogenannte *persönliche* Rede, die der Umstände der Niederschrift bedarf. Der Essayist wendet sich nie von einem bestimmten Zeitpunkt, einem bestimmten Ort aus an uns: ungebunden und gleichsam abstrakt offenbart er uns von sich mit Hilfe eines vorgeschobenen Textes, der ihn gewissermaßen versteckt und uns also hintergeht, seine (immer lobenswerten) Lesestoffe und seine (niemals unstimmigen) Argumente.

Ich werde einen anderen Weg gehen. Ich will einen Essay, in dem ich auf die Unberührbarkeit durch die Zeit verzichte und folglich auch auf die Unberührbarkeit durch Überraschungen und Verzögerungen, und dadurch ein ehrliches Verhältnis zum Leser – oder Komplizen – herstelle. Was eignet sich besser dafür als das Tagebuch? So müßt Ihr denn Tag um Tag den Fortgang und die gewundenen Linien der Fragen begleiten, die mir in den Sinn kommen.

Offenkundig ist mein Nachteil gegenüber erfundenen Tagebuchautoren in der Dichtung von Goethe (*Werther*), Machado de Assis (*Memorial de Aires*), Gide (*La symphonie pastorale*). Sie alle beschäftigen sich mit Frauen – mit Lotte, mit Fidélia, mit Gertrude –, während mein Held nichts ist als ein Buch. Zumindest kommt mir der nicht eben bedeutungslose Umstand zustatten, daß das Buch und ich tatsächlich existieren.

Gehen wir also an meinen Essay, der sich zwischen Intimem und allgemein Bekanntem bewegt, eine vertrauliche Mitteilung, ein Buch, das langsam zustande kommen und in dem der Wechsel der Tage seine Spuren hinterlassen wird.

Möge ich bei dem Versuch, der Einsamkeit zu entgehen, ihr nicht endgültig zum Opfer fallen! Daß ich nicht, wie Goethe, klagen muß: »denn ich finde auch hier, leider gleich! das, was ich fliehe und suche, nebeneinander.«[2]

Nietzsche sagt einmal, wo, fällt mir nicht ein, Philosophie sei immer der Ausdruck eines Temperaments. Das unersättliche Bedürfnis zu verblüffen, an dem der größte Teil der heutigen Künstler krankt, hat Julia Marquezim Enone nicht angesteckt. Sie war zurückhaltend, pflegte eine nicht sehr verbreitete Form von Eleganz, einen inneren, unsichtbaren Stil voller Schamhaftigkeit, und so wies sie jedes Großtun zurück – nach ihrer Meinung ein unverkennbares Zeichen von Hochmut. Auffällige Originalität verletzte sie.

Wie sollte sie das Problem lösen, wenn sie, die so ehrlich war wie einer, dem jede Phantasie abgeht – sie, die unablässig neue Horizonte öffnete –, sich niemals herablassen wollte, gebahnte Wege noch einmal zu gehen, wenn sie schriftlich niedergelegte und naturgegebene Dinge aus einer alles andere als alltäglichen Sicht betrachtete, wenn es ihr nicht gelang zu verbergen, wie wenig ihr das Hergebrachte entsprach?

Sie entschied sich für einen Roman, der scheinbar wenig abwich von den Modellen der Vergangenheit, und so war es ihr Temperament, das, sofern es keine Philosophie schuf, einer Poetik den Weg wies. In bewußtem Gegensatz zum meistverbreiteten und anerkannten Dogma der modernen Literatur, das die verschlungene Handlung ablehnt, konstruiert sie *Die Königin der Kerker Griechenlands* mit Hilfe einer ununterbrochenen Kette von Fakten um Maria de França herum, die dunkelhäutige, arme Heldin, die im Kampf um eine bestimmte Unterstützung durch Treppenhäuser, Korridore und Amtsräume der Wohlfahrtsbürokratie irrt.

Während alles dafür spricht, daß das, was wir in Händen halten, ein konventionelles Werk ist, haben wir genau das Gegenteil von uns, und zwar, weil die Erzählerin bemüht ist, ihre Funde zu verbergen. Entgeht uns dieser für die Verfasserin bezeichnende Zug, so können wir das Buch nicht richtig bewerten. Zu entdecken, was es an Ausgefeiltheit und Originalität birgt – und meine Entdeckungen auf diesem Gebiet sind bisher verworren und unzusammenhängend und lassen diese geheimnisvollen Adern nur durchschimmern –, soll das Hauptanliegen meines »Essays« sein, oder wie auch immer man ihn nennen will.

18. Juli

» . . . da bemerkte sie in der Luft einen seltsamen Spuk; zuerst wußte sie nicht, was sie davon halten sollte, aber nachdem sie ihn eine oder zwei Minuten beobachtet hatte, erkannte sie, daß es ein Grinsen war, und sie sagte zu sich: ›Es ist die Cheshirekatze; jetzt habe ich jemanden, mit dem ich reden kann.‹ «

Lewis Caroll, ALICE IM WUNDERLAND, Kapitel VIII.

19. Juli

Welchen Wert hat die Inhaltsangabe eines Buches? Als oberflächliche Praxis popularisiert und belebt sie die gängige Vorstellung, nach der die Geschichte der Roman *ist*, und nicht einer seiner Aspekte, einer von denen, die sich weniger eignen, die Kunst des Erzählens zu veranschaulichen. Wenn man sich Wünsche ausmalt, Unannehmlichkeiten, Schicksalsschläge, Verzichtleistungen, den Triumph oder den Tod, verharrt man im Rohstadium der Erfindung. Der Schriftsteller wird in dem Augenblick geboren, in dem er diese Ereignisse ordnet und in einer sprachlichen Form gestaltet, von der wir nicht wissen, ob sie deren Widerspiegelung ist oder sich ihrer nur bedient, um vorhanden zu sein.

In diesem Fall jedoch ist es unerläßlich, die Fakten, die in dem Buch, das wir besprechen wollen, aneinandergereiht sind, zusammenfassen. Da es noch nicht gedruckt vorliegt (ich werde bei Gelegenheit den Grund dafür nennen), würde mein Leser sonst in die Lage eines Menschen geraten, der einer Auseinandersetzung beiwohnt, zu der ihm jeder Bezug fehlt. Ohne noch länger zu säumen – ich will mir nicht den Tadel Montaignes über Cicero einhandeln, dessen Reden, sagt er, vor lauter Vorbereitungen wie die Katze sind, die um den heißen Brei geht[3], kehre ich deshalb zum Roman zurück und fasse ihn zusammen, um ohne die Mitwirkung von Propp der anderen Verpflichtungen nachzukommen hat, ein möglichst getreues Bild von den banalen Abenteuern der Heldin zu übermitteln, Abenteuern, die sich durch ihre Wiederholungen und Varianten zu einem Alpdruck auswachsen. Wenn es mir nötig erscheint, werde ich die im Original angegebene Reihenfolge verändern.

21. Juli

Maria de França, Tochter eines Landarbeiters, verliert ihren Vater im Alter von wenig mehr als fünf Jahren; die Witwe, die aus der Stadt stammt und das Landleben haßt, zieht nach Recife. Sie hofft, dort mehr zu verdienen als mit der Hacke, und träumt seit ihrer Kindheit von der großen Stadt, in der es eine »Kaserne und Brücken« gibt. Mit ihr gehen Maria de França und die Geschwister. (Julia Enone verzichtet darauf, diese Geschwister zu charakterisieren, ihre Namen zu nennen und auch nur anzugeben, wie viele es sind, und erwähnt sie immer nur ganz beiläufig, so daß sie die Heldin umgeistern wie eigenwillige Schatten, die bald zu ihr stehen, bald feindselig, wenn nicht gleichgültig sind.) In einem Außenbezirk von Recife mietet sie ein

Zimmer, in dem alle zusammen hausen. Sie arbeitet als Waschfrau. Maria kommt in die Volksschule, schwänzt aber nach Lust und Laune den Unterricht, lernt nichts und bleibt schließlich, »im Kreis ihrer vielen Geschwister untergegangen«, endgültig daheim. Am liebsten beobachtet sie, wie sich die schmutzige Wäsche verwandelt: unter den Händen der Witwe werden Bettlaken und Hemden sauber und glatt und bekommen »einen Geruch, man weiß nicht, ob nach Gras oder frisch gebackenen Ziegeln«. Sie beobachtet, daß Regen und gutes Wetter, die für die Bodenbestellung so wichtig sind, auch in der Stadt Bedeutung haben, wo es darum geht, die Kleidung zu reinigen, die von ihren Eigentümern beschmutzt worden ist. Sonnentage hat man, besonders wenn ein Wind geht, lieber als den für die Landwirtschaft vorteilhaften Regen; aber dieser Sachverhalt führt Maria de França zu einer Überlegung: *wir hängen von Dingen ab, die außerhalb von uns liegen und über die wir keine Macht haben.* Nicht nur dies. Sie sieht verschwommen, daß es eine unbegreifliche Verknüpfung gibt zwischen dem, was die Hände ihrer Mutter verrichten, und der Umwelt. Die Gedankenverbindung beschwört das Band herauf, das die rastlos tätigen Hände des Landarbeiters, zum Beispiel, mit den Wolken verknüpft.

Dies also ist, in Form eines Spiels mit den Unvorhersehbarkeiten des Wetters und als anspruchslose Eröffnung maskiert, das Gleichnis, nach dem sich die künftigen Episoden des Romans richten. Die Übersiedlung und die ersten fünf Jahre in Recife, an deren Ende die Witwe – die immer schwermütiger wird und immer vergeßlicher – es zu nichts gebracht hat, leiten über zu Maria de França und ihren Schicksalsschlägen. Mit Klagen über Unterleibsbeschwerden und mit Schwächesymptomen in der linken Körperhälfte tritt die Mutter in den Hintergrund; im

Mittelpunkt der Bühne läßt sie die jetzt zehnjährige Heldin des Dramas zurück.

Die Rollenübertragung verläuft folgerichtig: die Kräfte der Frau lassen nach (es kommt auch noch eine Nierenerkrankung dazu), Maria de França, fast noch ein Kind, verdingt sich als Hausmädchen, wofür sie Kost, Bett und einen schmalen Lohn erhält.

22. Juli

Es ist allgemein bekannt, daß viele, die das Land verlassen, zurückkehren würden, wenn sie es könnten, so schwer fällt ihnen das Leben in der Stadt. Hier erhöhen sie den Anteil derer, die das entwickeln, was man die »Kultur der Armut« nennt und was geprägt ist vom Mißverhältnis der geistigen Fähigkeiten des einzelnen zur Vielgestaltigkeit der großen Städte, in denen sie zu leben versuchen, weshalb sie unweigerlich Schiffbruch erleiden. »Für mich gibt es nur einen Platz«, sagte ein ehemaliger Landarbeiter in seiner Verzweiflung, »der liegt sieben Handbreit unter der Erde.«[4] Trotzdem nimmt die Landflucht zu und führt zur Entstehung von Elendsvierteln wie dem von Coque in Recife – sechzig Hektar Sumpfboden mit Müll aufgeschüttet –, wo zehntausend Menschen leben, neunzig Prozent davon ohne feste Arbeit, die sich von den im Schlamm gesammelten Krebsen und Muscheln ernähren. Ich wollte gern von J.M.E. wissen, weshalb sie die Übersiedler im Roman unter weniger erbärmlichen Bedingungen hausen läßt. Die Maßstäbe, nach denen die Schicksalsschläge ihrer Figuren abliefen, antwortete sie mir, und auch die Art ihrer Leiden wären unverständlich für Menschen wie die von Coque, die sie nicht so gut kannte. Sie wies bei dieser Gelegenheit auf das Interesse hin, das eine Studie über die sozialen Schichten finden könnte, die von der jeweils ganz spezifischen Form des Elends ausginge. Was hätten etwa der Schmerz des Ödipus und der Kampf des Fabiano gegen die Dürre in *Vidas Secas*[5] miteinander zu tun?

25. Juli

Unter Maria de Franças Bett erhebt sich nachts eine Stimme, die sie warnt: »Sei vorsichtig, Mädchen. Jemand hier im Haus will dein Leben zugrunde richten.«

Diese Stimme folgt ihr als unsichtbarer Begleiter von einer Stellung zur nächsten und wiederholt bis zum Tagesanbruch ihr erschreckendes Lied. Später bildet sich Maria de França ein, ein riesiger Fisch wachse zu ihren Füßen im unterirdischen Feuer, und dieser Fisch werde eines Tages den Boden aufbrechen, um in Recife zum Meer zu ziehen und dabei mit den Schwanzflossen um sich zu schlagen.

Sie fängt an, von einem »Geist des Lichts« heimgesucht zu werden, Antônio Aureo mit Namen, der zu Lebzeiten Barbier war. Er ist ein stotternder, melancholischer Gast, der irdische Güter verachtet, das Leben einen »Spaziergang durch Coque« nennt und Maria in allen Einzelheiten eröffnet, unter welchen Umständen sie sterben wird. Er sagt ihr sogar die Lage des Grabes, die genaue Stunde und die Wetterbedingungen voraus: »Weder wird es regnen, noch wird die Sonne scheinen.« Von der Stimme unter dem Bett weiß Antônio Aureo nichts. Dafür aber sieht er den Fisch, der im Erdfeuer schwimmt, und spricht mit dem Mädchen über ihn. Es ist dieser unsichtbare Freund, der das Kommen eines »Vasallen der Venus« ankündigt, in dem Maria de França etwas finden kann, aber »wie jemand, der im Müll ein hübsches Glas voll Pisse entdeckt«.

Mit der schauerlichen Anwesenheit des ehemaligen Barbiers und Unheilkünders geht das erste Kapitel zu

Ende: es ist arm an Handlung, während alle anderen Seiten davon überquellen, trägt es nur Erwartungen zusammen, bereitet vor auf das Herannahen unausweichlicher Kümmernisse. Mit solcher Deutlichkeit, daß es wohl kein Irrtum ist, in Antônio Aureo die Personifizierung, ich möchte sagen, die *Manifestation* dieses Romanteils zu sehen. So erkennen wir, daß sich, wie in einem Melodrama, die frühzeitige Prostitution abzuzeichnen beginnt, als Maria mit zwölf oder dreizehn Jahren in einem dem äußeren Anschein nach ordentlichen Hause (in Wahrheit, wie aus gewissen Einzelheiten hervorgeht, trotz der Heiligenbilder in den Zimmern, einem verkappten Bordell) zu arbeiten anfängt.

26. Juli

Die Erwartungen, auf die ich hinwies und mit denen ich meine gestrige Zusammenfassung unterbrach, scheinen sich zu bestätigen, als die Figur des Belo Papagaio auftaucht, des Onkels und Ausbeuters einer der Dirnen, eines Lastwagenfahrers mit gebogener Nase, runden Augen und krummen Beinen, der den Oberkörper beim Gehen nach vorn wirft und dem der rechte Daumen fehlt, weil er ihn abgeschnitten hat, um sich um den Militärdienst zu drücken: »Er sagt, er sei für die Liebe geschaffen, meine Hörer, nicht für den Krieg.«

Der Kreole Othello berichtete der jungen Desdemona von »Schlachten, Stürmen, Schicksalswechsel, von schrekkender Gefahr zu See und Land«, »von Anthropophagen, Völkern, deren Kopf wächst unter ihrer Schulter«, wie ich eben nachlas, als ich mir diese Stelle mit einem Griff zu den Elisabethanern auf meinem Bücherbrett klar und anschaulich machen wollte. Belo Papagaio erzählt von den Landstraßen, von Lastwagen, die in Abgründe gestürzt sind, von reißenden Flüssen, von Banditen; er beschreibt Prügeleien, die er vom Zaun gebrochen und siegreich bestanden hat in berühmten Bordellen von Bahia, Alagoas und Sergipe, umgeworfene Spieltische, Schüsse, blitzende Messer und was alles durch die Fenster auf die Straße flog, Frauen, deren Geschlecht jeden Mann erstarren ließ wegen seiner absonderlichen Gestalt, seiner Ausmaße, seines Dufts, seiner Geschmeidigkeit und Hitze. Obwohl er weit über vierzig ist, entjungfert er Maria de França und stiehlt sich danach vor Tagesanbruch davon.

Der Zwischenfall bleibt ohne die Folgen, die wir vielleicht befürchten. Einzige Spur, die das Erlebnis mit Belo Papagaio bei seinem Opfer hinterläßt, ist die Angewohnheit, die Daumen zu verstecken. Die Stimme unter dem Bett und der finstere Geist des ehemaligen Barbiers, die sich still verhalten während der fünf oder sechs Tage, die der Besucher, in Damennachthemden gekleidet, parfümiert und mit lackierten Nägeln im Bordell verbringt, kehren zurück, als er fortgeht, folgen ihr nach, wenn sie die Stellung wechselt, und verstummen erst, als Maria de França vom Hausmädchen zur Fabrikarbeiterin aufsteigt und wieder in das Vorstadtzimmer ihrer kranken Mutter zieht, in dem es jetzt ein bißchen mehr Luft gibt: einige der Geschwister sind fort. Belo Papagaio und sogar die Entjungferung entschwinden ihr wie ein Traum. Aber die Unbedenklichkeit, mit der die Arbeiterin jedem Werber nachgibt und ihm auf unbebautem Gelände oder in Hinterhöfen zu Willen ist, verleiht diesem Lebensabschnitt einen Anstrich von zunehmender Verwahrlosung.

Tag und Nacht wächst der ungeheure Fisch unter der Erde weiter.

27. Juli

Soll ich, wenn ich den Roman zitiere, die Seiten angeben oder nicht? Ich meine, die wenigen Dutzend behelfsmäßig mit Spiritus vervielfältigten Exemplare rechtfertigen eine solche Mühe nicht.

Möglicherweise werde ich auch die anderen Zitate nicht immer so sorgsam wie üblich belegen. In diesen Fällen bedeutet Exaktheit ein Entgegenkommen des Autors und vor allem das Bemühen um Glaubwürdigkeit. Der Essayist strebt, selbst wenn er der Welt gegenüber unerbittlich ist, allgemeine Anerkennung an. Ich ehre das Andenken der Frau, die ich geliebt habe, wenn ich erkläre, daß man mir nicht zu glauben braucht und daß die allgemeine Anerkennung mich, einen obskuren Gymnasiallehrer, gleichgültig läßt.

4. August

Es soll hier nicht versucht werden, den drängenden Wunsch zu erforschen (aber was zu erforschen?), den ein gewisser Rônfilo Rivaldo in mir wachruft, ein Mann, der in Kapitel III aufgetaucht ist, und in seinem Stadtviertel unter dem Spitznamen Mond-Staubwedel bekannt ist: er ist groß und mager. Bald beschäftigt er sich mit Sozialarbeit, bald mit Spiritismus, dann wieder mit eindeutigem Aberglauben oder mit Protestantismus, und er sagt, er habe einen astralen Führer, Albertus Magnus von Titivila, einen »Erzbischof, Inquisitor, Zigeuner und Märtyrer«; ungeachtet der erzbischöflichen Anweisung läßt er den Nagel des kleinen Fingers lang wachsen, um damit Unglück abzuwenden, und kennt zahllose evangelische Kirchenlieder auswendig. Er bringt Maria de França das Singen bei und meldet sie zu dem unentgeltlichen Schulunterricht an, den er eingerichtet hat und leitet, obwohl er selbst

Analphabet und arm ist und für eine Familie zu sorgen hat. In der Textilfabrik weint sie vor Freude, als sie zum ersten – und letzten – Mal die Gehaltsquittung unterschreibt: man entläßt sie unmittelbar danach, um nicht die sogenannte »Wartezeit« zu überschreiten. Diese Tatsache ist entscheidend für die Weberin und für das Buch. Wieder arbeitet sie nun als Dienstmädchen – ein verhängnisvoller Rückschritt – und hört unter dem Bett die Warnung, jemand sei darauf aus, sie zu ruinieren. Als sie eines Nachmittags die Pflanzen im Garten gießt, bekommt sie den ersten heftigen Anfall von Wahnsinn.

Beim Verlassen der Irrenanstalt in der Avenida Rosa e Silva, eines alten, von Bäumen umgebenen Gebäudes, das der Volksmund in Recife etwas harmlos »Tamarindenburg« nennt und zu dem man durch zwei Reihen von Königspalmen gelangt, nachdem man ein breites, eisernes Gartentor durchschritten hat (die Palmen, die Ausmaße des baufälligen Hauses und die kunstvollen Gitter vor den Fenstern, hinter denen die Geisteskranken schreien, sind von einem gewissen Prunk), gibt man ihr zum Abschied den Rat, einige Monate zu warten, ehe sie wieder arbeite. Andere ehemalige Insassen in ähnlicher Lage haben eine vorübergehende Unterstützung bekommen. Warum sie es denn nicht versuche? Gutgläubig befolgt Maria de França diesen Ratschlag.

Es ist jetzt jedoch an der Zeit zu überlegen, ob ich nur darauf hinweisen oder Schritt für Schritt ihr Kommen und Gehen in dieser – bösartigen und ausweglosen – aus Wartefristen, Verfügungen, abschlägigen Bescheiden, Mißverständnissen, Ablagen, Aufschüben, Eingangsbelegen, Steuermarken, Lügen, Attesten, Stempeln und Willkür bestehenden Welt darlegen soll, mit der sie es von nun an zu tun hat.

Der Ausdruck »Wartezeit« bezeichnet die Frist zwischen dem völligen Nichtvorhandensein eines Rechts und seinem Inkrafttreten: wir geraten hier in den zweifelhaften Besitz eines Wertes, der uns grundsätzlich zusteht, von dem wir aber noch keinen Nutzen haben.

Die Verordnung 72.771 vom 6.9.1973, die in der Beilage zu Nr. 173 des Amtsblattes der Union am 10.9.1973 veröffentlicht wurde, legt in Artikel 41 die Wartezeit von zwölf Monatsbeiträgen fest, ehe die Sozialversicherung folgende Leistungen bewilligt:

Krankengeld,
Invalidenrente,
Hinterbliebenenrente,
Gefangenenbeihilfe,
Geburtsbeihilfe

Diese Voraussetzung gilt nicht für alle Leistungen. Unabhängig davon bleibt zum Beispiel (Artikel 42) eine Rente in folgenden Fällen:

bei Lepra,
bei offener Tuberkulose,
bei Erblindung,
bei Geisteskrankheit,
bei unheilbarer Paralyse.

Das Recht auf eine, allerdings unzureichende, medizinische Versorgung wird mit dem ersten Monatsbeitrag erworben. Gesichert ist gleichfalls der Zuschuß bei Beerdigungen. Aber es gibt noch einen ungeklärten und problematischen Punkt. Worin liegt der Vorteil, einen Angestellten zu entlassen, bevor ihm alle Rechte aus der Sozialversicherung zustehen, wenn der Erwerb dieser Rechte keine Belastung für den Arbeitgeber bedeutet?

Der Anwalt Aquilino de Macedo Lima, eine Kapazität auf dem Gebiet des Arbeitsrechts, stellt eine sarkastische

Hypothese auf, deren zwangsläufige Unbeweisbarkeit wettgemacht wird durch ihre strenge Logik, die so unerschütterlich ist wie die eines Besessenen. Es handelt sich, sagt Macedo Lima, um ein »Gentlemen's Agreement«. Was hat die Entlassung von Angestellten während der »Wartezeit« zur Folge? Sie hindert ungezählte Mitglieder am vollen Einstieg in die Sozialversicherung, Menschen, die zahllose Probleme haben und deshalb eine große Belastung darstellen, aber andererseits die niedrigsten Beiträge zahlen. Dieser Trick mindert ganz erheblich den Finanzaufwand der Sozialversicherung, die es aufgrund eines solchen Vorteils nicht unter ihrer Würde findet, eine gewisse Nachsicht walten zu lassen bei der Kontrolle von Unternehmen, die sich an diesen Machenschaften beteiligen.

9. August

Ich sagte vor ungefähr einem Monat, daß sich die Abenteuer der Maria de França durch ihre Wiederholungen und Varianten zu einem Alpdruck auswachsen. Ich bezog mich dabei vor allem auf ihren Rechtsstreit, der für sie so verwirrend ist wie ein unlösbares Rätsel. Die Gesetzgebung mit ihren Artikeln, Paragraphen und Absätzen bildet jenes Wesen, gegen das die Heldin kämpft. Bildet, sagte ich: ist ein Teil dieses Gebildes. Ich sehe hier den Gesetzestext als wackeliges Gefährt, das von unfähigen und böswilligen Fahrern betrieben wird, die Teile austauschen, Schalter verdrehen, das Fahrzeug beschädigen und es dadurch in ein unberechenbares Monstrum verwandeln – einen Wahnwitzigen. So erhält die Geistesgestörtheit der Heldin eine ironische Note: in ihren Handlungen, in dem Ziel, das sie anstrebt, liegt eine gewisse Folgerichtigkeit. Der eigentliche Irrsinn herrscht auf der anderen Seite, besteht in der perversen Maschinerie. Die fragwürdige Konfrontation der Frau mit diesem Wesen läßt sich nur durch eine Reihe ebenso komplizierter wie nutzloser Antworten auf immerfort abgeänderte Forderungen zum Ausdruck bringen.

Deshalb würde nichts die Entscheidung rechtfertigen, den Alpdruck der Maria de França auf einen einzigen Satz zu beschränken, zum Beispiel auf die Aussage, daß jeder überwundenen Schwierigkeit eine andere folge; oder daß ein unvorhergesehener Umstand es nötig mache, alles von vorn zu beginnen, wenn man eben meinte, eine gute Lösung gefunden zu haben. Schematisch, wie auf einem Laufzettel oder auf einer Karteikarte, will ich also der Reihe nach die Geschichte der Maßnahmen mitteilen, die – durchweg ergebnislos – von der einfältigen Anwärterin auf eine nicht lebenslängliche Rente verlangt wurden. Bewegtheit und Klangfarbe des Originals werden in meiner Zusammenfassung verlorengehen. Nicht als mein Verdienst möge man ansehen, was an Anziehendem und geschickt Dargestelltem darin erhalten bleibt.

15. August

In der Avenida Martins de Barros erhebt sich, allen Besuchern Recifes und den Einwohnern der Stadt vertraut, der weiße, nichtssagende Bau des Grand Hotel. Durch die Fenster der Vorderseite können die Gäste kleine Küstenschiffe, das Zollamtskai am anderen Ufer, dunkle Dächer und einige Kirchtürme sehen, die sich zu einem einprägsamen und reizvollen Bild zusammenfügen. Im hinteren Flügel des Gebäudes, in dem ungeachtet seiner sehr verblichenen Vorhänge und der schwarzen Flecken rund um die Türklinken wohlhabende Reisende absteigen, amtierte und amtiert vielleicht noch jetzt – ein in der Welt einmaliges Faktum, glaube ich – eine Dienststelle der Sozialversicherung, nämlich die für die Zahlungen zuständige Abteilung.

Hier beginnt der »Abstieg« der Maria de França ins Fegefeuer der Bürokratie, an deren Schaltern sich etliche Episoden ihres Dramas abspielen. Die erste ist günstig: obwohl sie elf Monate in der Fabrik gearbeitet habe, seien – sie weiß nicht, wieso – zwölf bezahlt, was sie in die Lage versetzt, das, was sie haben möchte, zu beanspruchen. Man gibt ihr ein Formular, das sie mit großer Mühe ausfüllt und das sie zusammen mit zwei oder drei Bescheinigungen in der Rua do Riachuelo abgeben muß. Da jedoch mehr als ein Jahr zwischen der Zahlung des letzten Monatsbeitrags und dem Antrag auf Sozialhilfe liegt, sind ihre Rechte verjährt, es sei denn, sie kann nachweisen, daß sie den ersten Wahnsinnsanfall vor Ablauf dieser Zeit erlitten hat. Damit könne dann über ihre Forderung gesprochen werden, indem man sich auf die Tatsache berufe, daß sie gerade deshalb, weil sie sich als Geisteskranke in einer Anstalt befand, keinen Antrag hätte stellen können, solange sie noch unter dem Schutz des Gesetzes stand. Sie geht zur Irrenanstalt, erklärt den Fall, so gut sie kann, und sieht zu ihrer Verblüffung in der Krankengeschichte, daß ihre Mutter ausgesagt hat, sie sei von jeher schwachsinnig gewesen. Gut. Papier ist Papier: sie bringt die Bescheinigung zur Rua do Riachuelo. Die Beamtin hat Mühe, sich an die ganze Sache zu erinnern, endlich fällt sie ihr wieder ein, aber nun hat sie ihre Meinung geändert. Aus folgenden Gründen: a) ein Schein ist etwas sehr Unzuverlässiges; b) es ist kein Empfänger darauf angegeben, verstehst du?, er ist an niemanden gerichtet; c) gültig ist er nur mit notariell beglaubigter Unterschrift. Deshalb weist sie die eingeschüchterte Versicherte an, ihn, wenn möglich, gegen ein mit Wertmarken versehenes amtliches und vom Chefarzt der »Tamarindenburg« unterzeichnetes Schreiben einzutauschen.

Maria de França beschafft sich auch dieses Schreiben. Die Beamtin geht in ein Zimmer und schließt die Tür hinter sich. Stunden später kehrt sie mit einem Papier zurück, das bei der ärztlichen Dienststelle in der Rua da União abzugeben ist. Mehrmals geht Maria de França zur genannten Adresse, ehe sie vorgelassen wird, und später noch etliche Male, um geduldig auf die Untersuchung zu warten. Der Arzt ist entweder vorzeitig weggegangen, oder er läßt ihr sagen, sie möge am nächsten Tag wiederkommen. Endlich untersucht er sie und versichert, daß in ihrem Fall ein Jahr Urlaub möglich sei. Aber sie dürfe sich nicht darauf verlassen, denn die endgültige Entscheidung liege nicht bei ihm. Bei wem denn? Bei der vorgesetzten Ärztekommission. Es versteht sich, daß zwischen diesem Bescheid und dem ablehnenden Spruch der Ärztekommission viel Zeit verfließt. Maria de França versucht solang Arbeit als Hausangestellte zu finden, und hilft in der Zwischenzeit ihrer Mutter am Waschtrog.

Man gibt ihr in der Riachuelo noch einen neuen Tip: sie solle sich bei der Rechtsberatungsstelle ihre Bedürftigkeit bescheinigen lassen. Sie hört diesen Rat und sagt ihn sich immer wieder vor, während sie die Treppen hinuntergeht - sie hat Angst vor Fahrstühlen –, die schmutzigen Treppen. Als sie unten ankommt, hat sie alles vergessen. Stoffpuppen, die sie zu Hause herstellt, bringen ihr etwas Geld ein. Manchmal schlitzt sie ihnen mit der Scherenspitze den Bauch auf. Der Erkorene des Albertus Magnus, der von diesen Morden nichts weiß, noch von der Wut, die dann das Herz der Irren verfinstert, deutet ihre neue Tätigkeit als mütterlichen Instinkt und verschafft ihr die allerungeeignetste Anstellung: Kindermädchen bei zwei taubstummen Jungen.

Die Mutter der Taubstummen verbringt die Vormittage außer Hause und vertraut die Kinder dem Mädchen an, dessen Gewalttätigkeit bedrohlich zunimmt. Wird es einen doppelten Kindesmord geben? Werden die Unschuldigen, Dino und Lino, erstochen? Glücklicherweise tritt das Befürchtete nicht ein: die Hausfrau bemerkt eine Schwellung am Bein des Mädchens und will es in die Klinik für Tropenkrankheiten bringen. Maria de França widersetzt sich. Nachdem sie in der Irrenanstalt gewesen sei, wo sie so gut behandelt wurde und nahe Freunde habe, vertraue sie nur *ihren* Ärzten. Unverzüglich und ohne daß sie versteht, weshalb, wird sie entlassen.

Sie kommt (ohne Eintragung im Arbeitsbuch) in einer Kurzwarenhandlung unter, erzielt aber beim Verkauf nicht den geforderten Mindestumsatz »und bloß deshalb, ihr Zuhörer, schmeißen sie mich heraus, setzen mich auf die Straße«.

Den größten Teil ihrer Zeit ist sie aushäusig, ohne etwas zu tun, schwatzt mit den Nachbarn, legt sich ohne Grund mit ihnen an und erfindet sich ein *Ideal*, »eine Frau zu sein, die ihre Tür offen hat, will sagen ihre Schenkel, Herrscherin über alle polizeilich registrierten Dirnen, Oberste der Liebesdienerinnen, Berühmtheit!« Sie schminkt sich, behängt sich mit Bändern, trägt überkurze Röcke, redet jeden vorbeigehenden Mann an und verhält sich herausfordernd, verdreht die Augen, leckt sich die Lippen und reibt das »Immer-Hitzige«, ohne auf Ratschläge und Einwände zu hören, die ihr der Prälat Albertus Magnus (»Geschwätz, Geschwätz eines alten Pinsels, der niemals da war und niemals da ist«) durch Rônfilo Rivaldo übermittelt. Wenn sie nach Hause kommt, gibt sie sich Beschäftigungen hin wie der, einen Korken in ein Wasserglas zu tun und durch flinkes Stupsen mit der Zunge daran zu hindern, an die Oberfläche zu steigen.

Zum Schluß ist sie davon überzeugt, das geschwollene Bein sei die Ursache ihrer Mißerfolge, und geht zur Irrenanstalt, wo sie einen so verstörten Eindruck macht, daß man sie dabehält. Sie wird behandelt, bekommt Elektroschocks, auch das Bein schwillt ab – »jetzt bin ich gesund, ein Aquamarin, ein Ohrring« – und an einem Samstagmittag wird sie entlassen.

20. August

Bei dieser letzten Lektüre geht mir auf, daß die Personen des Buches immer etwas vergessen: Verabredungen, Vorkommnisse, Empfehlungen. Ich durchblättere die restlichen Kapitel und finde diese Anomalie bestätigt. Was bedeutet das? Bisher war sie mir entgangen, und, ob sie nun auf Zufall oder auf Absicht beruht, man sollte sich eingehender mit ihr befassen.

30. August

Abgeschlossenheit ist das wesentliche Merkmal des düsteren Gebäudes in der Avenida Rosa e Silva; dagegen herrschen im folgenden Abschnitt und, man könnte sagen, im ganzen Kapitel IV, menschliche Kontakte vor. Anstatt nach Hause zu gehen, läuft Maria de França, nachdem sie frei ist, ziellos durch die Gegend und befindet sich unversehens im Stadtzentrum. Auf den Straßen, in den Wirtschaften fallen sich Menschen in die Arme, bewerfen Fremde mit Puder und Wasser, spielen auf improvisierten Musikinstrumenten. Sie trinkt den letzten Schluck aus den Gläsern (»um den Kummer zu vergessen, meine Hörer, darum mach ich mit bei solch einem Mordsspaß«), erzählt aller Welt, sie sei Millionärin, klettert auf die Trittbretter der Autos, die im Schneckentempo und mit knatterndem

Auspuff fahren, beteiligt sich am Karnevalstanz unter den Lautsprechern (»es ist kaum auszuhalten, einfach großartig!«), und zum Schluß schließt sie sich dem Klub »Blume der Morgenfrühe« an. Da marschiert sie neben einem neuen Bekannten und singt das Vereinslied der Gruppe im Chor mit:

»Maßliebchen hier im Strauß verborgen, blühe,
den meinem Lieb ich binden ließ mit Mühe
beim Glanz des Morgensternes in der Höh.
Mädel, adieu,
schöne Blum' der Morgenfrühe!«

Der »Turm«, ein Fußballverein ohne Zukunft vom Stadtrand, in dem sich ihr neuer Freund als Mittelstürmer betätigt, verliert ein Spiel nach dem anderen. Die Sportler erhalten – wenn überhaupt – eine miserable Bezahlung, und dem Fußballer bleibt, solange er die Zugehörigkeit zur brasilianischen Nationalmannschaft anstrebt, nur der Ausweg, seine restlichen Kräfte als Nachtwächter zu verschleißen. Nicolau Pompeu (sein Name als Sportler, Dudu, wird in den Zeitungen kaum je erwähnt) ist von einer heiteren Gelassenheit, wie sie Maria de França für völlig unmöglich gehalten hat. Und das trotz seines raschen Ganges, der brennenden Augen, des aus der Stirn geschobenen Hutes und seiner – eigentlich vorgetäuschten – Art, zu tun, als wäre er einer, »der, wenn es anders nicht geht, die Ellenbogen gebraucht«. Er fühlt sich zu ihr hingezogen, und diese arme Liebe drückt sich darin aus, daß er ihr bei der Sozialversicherung weiterzuhelfen versucht. Nachdem der Karneval vorbei ist, hört er von Maria die Geschichte ihrer vergeblichen Bemühungen; er besteht darauf, daß sie die Sache wieder aufgreift: die Vorschriften seien geändert worden; er begleitet die ehemalige Arbeiterin aufs neue zur Rua do Riachuelo, wo man ihr die Auskunft gibt, sie könne vielleicht eine Unterstützung bekommen, falls sie

Gesundheitszeugnisse und einen Vormund beschaffe. Vormund? Was zum Teufel ist das nun wieder, meine Hörer?

2. September

»Die Mittel, die das Sozialversicherungsinstitut (I.N.P.S.) für die ärztliche Versorgung zur Verfügung stellt, sind unzureichend, und seine Zahlungen pro Krankenhaustag decken immer weniger die steigenden Kosten, die ein Patient verursacht. Dieser Umstand trägt einen großen Teil Schuld daran, daß während der beiden letzten Jahre achtundvierzig brasilianische Krankenhäuser ihre Pforten schließen mußten. Darunter befand sich das Hospital *Gute Hoffnung* in Itapecirica, das seinem Namen zum Trotz nur ein Jahr lang funktioniert hat und nun, durch die Anbringung einiger Gitter, in ein Gefängnis verwandelt wurde.« (Aus einem Bericht der Zeitung *O Estado de S. Paulo* vom 21.1.70, ein Ausschnitt, den ich zwischen den Papieren von J.M.E. fand)

4. September

Der Kampf gegen das I.N.P.S. hat erneut begonnen, aber durch den Mittelstürmer des »Turm« kommt die verklemmte Maschinerie in Bewegung, obwohl es so ist, als kämpfe man auf dem gegnerischen Spielfeld und mit einem bestochenen Schiedsrichter, der immer zugunsten der anderen Seite pfeift. Dudu beschafft Abschriften von Maria de Françias Aufnahmepapieren in der Irrenanstalt; in Begleitung der Mutter bringt er sie zur Rechtsberatungsstelle. Gegenangriff: die Unterlagen, die beweisen, daß sie geisteskrank war, genügen nicht; sie möge notariell beglaubigte Gesundheits- und Bedürftigkeitsatteste vorlegen. Dudu bestürmt die Rechtsberatungsstelle: er stößt auf beendete Dienststunden, die Abwesenheit von Angestellten, die alle entweder beurlaubt oder auf Reisen oder bei der Beerdigung von Verwandten sind. Endlich, nach so viel Anstrengung und Einsatz (während gleichzeitig sein Fußballverein bei den staatlichen Ausscheidungskämpfen verheerend abschneidet), erhält er den Bescheid, das Gesundheitsattest sei zu ungenau formuliert, er möge ein anderes vorlegen. Er wird wütend und schlägt Krach auf der Rechtsberatungsstelle, bringt alle möglichen Gegengründe vor, läßt nicht locker, als sie das zweite Gesundheitszeugnis entgegennehmen und beschließen, das Bedürftigkeitszeugnis zu beanstanden. Er erweicht das Herz des Polizeikommissars, der zunächst geschrien hat, sie sollten sich davonscheren und: ausgeschlossen!, so daß der zum Schluß nachgibt, lächelt und einen neuen Schein ausstellt.

Diese ganze Hartnäckigkeit scheint zum Erfolg zu führen. Die Papiere werden angenommen (die abschlägigen Vorwände der Dienststelle sind erschöpft) und später zurückgegeben zur Weiterleitung ins Justizgebäude. Der Mittelstürmer bringt sie ins Justizgebäude und von dort zum Verein zur Förderung der geistigen Gesundheit, wo – endlich! – ein Arzt seine Freundin untersuchen soll.

Am vereinbarten Tag ist der glücklose Vorstadtathlet mit ihr in dem engen, stickigen Wartezimmer. Es kommt noch nicht einmal dazu, daß der Psychiater sie sieht. Er läßt ihr sagen, daß die Papiere unerklärlicherweise verschwunden seien.

7. September

Die Enttäuschung wird teilweise dadurch wettgemacht, daß Nicolau Pompeu an der Omnibushaltestelle Maria de França einen schmalen Verlobungsring überreicht. Das ist der Höhepunkt einer erfreulichen Entwicklung, die sich sozusagen ganz in der Stille vollzieht. Trotz der Inkompetenz der Sozialversicherung, trotz aller Böswilligkeit oder trotz eines Zusammenwirkens von beidem und des Anscheins, es stecke ein tückischer Plan dahinter, eine Absicht, fühlt sie sich, seit ihr Freund – jetzt Bräutigam – sie betreut, mit der Welt im Einklang, und es ist ihr, als müsse sie die Liebesbeweise, die sie empfängt, weitergeben an alles und alle:

> »Niemand hat mich lieb? Niemand mag mich? O doch! Hallo, Hörer! Hört! Ihr seid weit fort, fern von diesem Jammertal; aber jetzt mache ich das eiserne Tor auf und komme zu euch, mein Mann und Engel will es so; einen Strohhut setze ich auf und trete ein in den Reigen, den Kreis der Menschen, die sich an den Händen halten; Blumen werfe ich auf die Dächer, in den Fluß und die Straßen von Recife.«

Sicherlich deswegen nimmt sie, die selbst so hilflos ist und nach diesen langen Monaten nichts von dem erhalten hat, worum sie nachsucht, ein blutarmes, etwas zurückgebliebenes Waisenkind von sechs Jahren in ihre Obhut. Wir sehen nun also die Heldin, deren Lebensumstände eine solche Aufgabe keinesfalls rechtfertigen, auf Dienststellen, zu denen sie auch sonst ging, in Warteschlangen stehen und lange, nutzlose Gespräche führen und mit dem Mädchen, dem sie helfen möchte, an der Hand, bei noch anderen Institutionen, wie der Kinderklink, vorsprechen.

In der Zwischenzeit geht Nicolau Pompeu, der in solchen Dingen dem Grundsatz huldigt, daß man die »Gevatterinnen nicht ungestört an der Aussteuer sticken lassen« darf, aufs neue zum Angriff über. Zusammen mit Rônfilo Rivaldo, der jetzt sein Freund ist, bringt er den Verein zur Förderung der geistigen Gesundheit in Aufruhr und erhält vom Arzt die überraschende Auskunft, daß er die Papiere wiedergefunden und seine Entscheidung gefällt habe, ohne die Patientin zu sehen. Welche Entscheidung? Er kann sich nicht erinnern. Und wo sind die Dokumente? In seiner Privatklinik. Kann man die am nächsten Tag abholen? Die beiden gehen hin und finden heraus, daß sie angeschmiert worden sind, daß keine Entscheidung getroffen wurde, alle Papiere im Verein liegen, der Arzt zu einem Kongreß gereist ist. Wohin? Nach Rio. Wann kommt er wieder? In etwa acht Tagen.

Es tritt etwas Unvorhergesehenes ein. Obwohl Maria de França wenig zu essen hat, wohnt das Kind bei ihr. An einem frühen Morgen rücken Leute von der Polizei an, die nach Straßenräubern fahnden. Sie brechen die Tür auf, schießen und dringen ins Haus. Als sie, zu spät, merken, daß sie sich geirrt haben, warnen sie die Bewohner: »Paßt gut auf, Maul halten, sonst kommen wir wieder, und dann gibt's was!« In all dem Rauch und Wirrwarr scheinen sie nicht einmal zu sehen, daß der Schützling der Irren, zweimal mit der Maschinenpistole durch den Hals getroffen, zuckend am Boden liegt. Kurz nach Mittag, noch vor der Beerdigung des Mädchens, erleidet Maria de França eine starke Krise. Kapitel III hatte mit ihrer Entlassung aus der Anstalt geendet; dieses schließt mit einer neuen Einweisung.

8. September

Herr Reinhold Stephanes, der neue Präsident des I. N. P. S., beginnt zu entdecken, daß in dieser Organisation eine »haarsträubende« Bürokratie herrscht. Die Akten für die Genehmigung eines Rehabilitations-Zentrums in São Paulo sind zu solchen Bergen angewachsen, daß man sie nur noch in einem Handkarren von einer Abteilung zur anderen transportieren kann. Ein anderes, bescheideneres

Verfahren, in dem es darum geht, einige Angaben auf einfachen Einzahlungsscheinen zu berichtigen, hat zwölf Dienststellen, zwei Stadtviertel, vier Gebäude und vierzig Tage durchlaufen, bevor es, mit zweiundzwanzig Stempeln und ebenso vielen Zwischenbescheiden versehen, ohne endgültige Lösung an seinen Ausgangspunkt zurückgekehrt ist (Zeitschrift *Veja* vom 4.9.74).

9. September

Maria de França erhält in der Irrenanstalt den Besuch des Arztes vom Verein zur Förderung der geistigen Gesundheit, der endlich sein Attest verfaßt und (legal?) eine Sondergebühr erhebt. Nicolau Pompeu bezahlt ihm die Rechnung und liefert die Papiere bei der zuständigen Stelle im Justizgebäude ab. Das unerschöpfliche Mißtrauen der Versicherungsmaschinerie führt dazu, daß ein neuer Arzt sich die Versicherte vornimmt.

»Weshalb, Doktor? Um zu sehen, wie es mit den Fibromen steht, meine Liebe, mit der infiltrativen Steatose, dem Stadium des morbiden Zustands, den Husten erzeugenden Muskelkontraktionen, der Eklampsie, der klinischen Evidenz, und um zu untersuchen, ob das abgelieferte Attest nicht falsch ist.«

4. Oktober

Ich habe schlechte Augen, ich, dem die Bücher so viel bedeuten. Jede größere Anstrengung schadet ihnen; ihre Gefährdung schmälert meine Freude am Lesen. Wegen meiner ein wenig vorstehenden Augäpfel (manchmal habe ich beim Blick in den Spiegel den Eindruck, sie könnten ins Waschbecken fallen) sehe ich aus, als sei ich nicht ganz bei Trost und stehe ungläubig vor dem, was mich umgibt, das ist so. Also, am Morgen des 9. September hatte ich ein halbes Dutzend Zeilen geschrieben, als alle Dinge ringsum – sogar die Schmerzen – intensiv zu glänzen anfingen und ich, der ich allein lebe, kaum mit dem Aufzug hinunterfahren konnte.

Während der fast drei Wochen Krankenhaus, in denen ich auf Lektüre verzichten mußte, ereignete sich etwas. Ich lag unbeweglich, vollgesogen mit Finsternis, alles in mir wirr; was nicht wesentlich war, wurde zu Staub – oder sank in Vergessen, ins Nichts, ins Dunkel –, und nur einige Bilder, losgelöst von allem anderen, hoben sich heraus: der Saldo, darf ich sagen, meiner fünfzig Jahre, die vom Glück begünstigten Minuten, kein umfangreicher Saldo und fast immer aus unverkäuflichen Dingen bestehend. Julias Beitrag überwog, obgleich unser Zusammenleben nur kurz – drei Jahre und sechs Monate – gedauert hat. Das Buch, das sie geschrieben hat und das ich keineswegs nur als Text wahrnahm, verband sich mit diesen Bildern und ergänzte sie auf mir unerklärliche Weise. Nicht, daß der Text sich aufgelöst hätte und sozusagen zu dem geworden wäre, was er bei Namen nennt. Er blieb das, was er ist, und bot sich zugleich als Wirklichkeit dar, und ich bewegte mich sowohl leiblich wie geistig in ihm. Eine andere Art von Lektüre? Eine in Vergessenheit geratene, eine uns verlorengegangene Form, Erzähltes wahrzunehmen? Ich weiß es nicht. Ich halte die beiden Phänomene fest, weil sie die Intensität spiegeln, mit der Julia Marquezim Enone und ihr Buch in mir gegenwärtig sind – und weil sie erkennen lassen, wie sehr sie und ihr Text sich noch jetzt in mir durchdringen.

6. Oktober

Ich bin an die Alameda Lorena und ihre Umgebung gewöhnt und vermeide es, wenn irgend möglich, mich ins Stadtzentrum hineinzuwagen. Menschen, die sich in ihren Stadtvierteln ganz natürlich bewegen, scheinen wie blind zu werden, wenn sie – zielstrebig, aber in einer Art von Panik – durch die Rua Quinze de Novembro oder die Rua Sete de Abril hasten, Gegenden, in denen das Leben von São Paulo intensiv pulsiert, und das verwirrt mich: obwohl ich nicht, wie der Bielikow von Tschechow, in einen Behälter eingeschlossen lebe, bin ich nur dann, wenn ich mich reglos verhalte, ganz bei mir.

Wenn ich auch den Wunsch hatte, Nachforschungen über die Namen gewisser Personen aus der *Königin der Kerker* anzustellen, schob ich deshalb doch immer wieder hinaus. Und erst heute begab ich mich zur Stadtbibliothek, um einen Entschluß in die Tat umzusetzen, den ich in der langen Krankenhausnacht gefaßt hatte. Ich steuerte einer Offenbarung entgegen – oder doch zumindest einer Vermutung –, die ich nur dem Zufall zu verdanken habe (niemand konnte ein Recht auf vertrauliche Mitteilungen von Julia M. Enone beanspruchen, die ihr eigenartiges literarisches Vorhaben betrafen), oder, um noch genauer zu sein, ich erkannte die Hinweise, die sie ausgestreut hat und die im Roman die gleiche Aufgabe erfüllen wie Begriffe in Bilderrätseln. Der Name Rônfilo, auf den ich bis gestern nirgendwo gestoßen war, kam mir seltsam vor. Er ist auch in den meisten Wörterbüchern und Enzyklopädien, die ich heute zu Rate zog, nicht verzeichnet. (Noch jetzt habe ich den Staub in der Kehle und gereizte Augen und schlage hier für eine Sekunde meine Notizen auf beim dumpfen Lärm des Verkehrs, der die Büchergestelle und die schrägen Deckel der Lesepulte vibrieren ließ.) Schließlich entdeckte ich einen gewissen Ronphile, einen Chiromanten, der im achtzehnten Jahrhundert zu Ruhm gelangte, weil er vorausgesehen hatte, daß Marie-Antoinette kurz vor ihrem vierzigsten Geburtstag »die Haare verlieren und nie wieder Ohrringe tragen würde«. Sollte es im selben Gewerbe irgendeinen Nicolau Pompeu geben? Allerdings. Um die Wende zum fünfzehnten Jahrhundert zieht ein Individuum mit diesem Namen, eine Mischung aus Gelehrtem (es befinden sich Bücher von ihm über den Bänkelsang und über die höfische Minne im Umlauf), Chiromant und Hellseher, der lange und anstrengende Reisen unternimmt, um Fürstlichkeiten, Kaufleuten oder sogar Prälaten aus der Hand zu lesen, deren Identität ihm, wie er sagt, »von himmlischen Zungen« offenbart wird, geschäftig auf den Straßen Mitteleuropas dahin, und der Ernst, mit dem er sich über die Handlinien verbreitet, hindert ihn nicht daran, in den Händen von Frauen, die seine Sinne reizen, den Hinweis zu lesen, das Schicksal bestimme sie füreinander, und dem hätten sie sich zu fügen. Gegen Ende seines Lebens wird der alte Nicolau Pompeu zugleich Chirurg und Buchdrucker. Ich glaube, einige Züge von ihm in abgeschwächter Form zwar nicht bei seinem Namensvetter aus dem Buch, wohl aber bei Rônfilo Rivaldo zu erkennen: den Hang zu Büchern, zur Magie, zu etwas Scharlatanerie. Ein dritter Name bereichert dieses Spiel von Entsprechungen, der von Belo Papagaio, einer simplen, wortgetreuen Übersetzung des berühmten Spitznamens Pretty Parrot O. (was bedeutet wohl dieses O.?), mit eindrucksvoller Präsenz in weit auseinanderliegenden Aktionsbereichen, dessen Lebensbeschreibung ich besitze, ohne daß mir bis heute eingefallen wäre, was *Die Königin der Kerker Griechenlands* mit ihm zu tun haben könnte.

7. Oktober

Gleich gestern abend noch las ich die Geschichte von Pretty Parrot O., bis dahin eins von den vielen Büchern, die man kauft und die dann jahrelang zwischen anderen auf den unwahrscheinlichen und immer wieder hinausgeschobenen Tag warten, an dem man sie lesen wird. In dem kleinen Band, den ein gewisser Ashley Brown verfaßt hat, zweifellos einer, den es dürstete nach Zauberkunst und Abenteuer[6], verbinden sich zwei Aspekte, die mich rätselhaft anziehen: die Seeräuberei und die Wahrsagekunst. Dennoch hatte ich bisher nur selten darin geblättert, aber einige Stellen waren durch deutlich mit dem Nagel eingeritzte Striche gekennzeichnet. Die habe ich nicht gemacht. Als Chiromant der Besatzung zugeteilt, macht Pretty Parrot O. die letzten Reisen von Calico Jack, dem Kapitän des Korsarenschiffs *Trinidad*, mit, und es scheint, daß er sich nicht sehr sicher gefühlt hat; denn wenn er bei der Entzifferung von Kreuz oder Stern im – zweifellos kaum erkennbaren – Linienwirrwarr der Seeräuberhände unschlüssig war, dann fragte er (und hörte auf) einen Papagei, den er immer auf der Schulter trug. Als Schicksalsdeuter oblag es ihm in dieser seinesgleichen so wenig vertrauten Gesellschaft, aus den Händen von Seeräuberkandidaten und sogar von Gefangenen zu lesen, und es wurde jeder verstoßen, der Gier der Haie ausgeliefert oder auf einem Felsen ausgesetzt, für den Pretty Parrot O. unheilvolle Vorzeichen herausfand, wie den Ring des Saturn oder das Zeichen des Blutgerüsts.[7] Solche Vorsichtsmaßnahmen verhinderten nicht, daß eine englische Schaluppe die *Trinidad* rammte, Calico Jack gefangennahm und nach Jamaica brachte, wo er abgeurteilt und gehängt wurde. Zwei der Überlebenden gehen straflos aus: Pretty Parrot O. – Chiromant und kein Seeräuber – und ein Matrose, den der Kapitän nicht untersucht hatte. Seiner

Kleider beraubt, muß er sein Geschlecht und seinen richtigen Namen preisgeben: er heißt Anne Bonney und kann, als die seidene Schärpe seinen Bauch freigibt, eine Schwangerschaft von etlichen Monaten nicht verleugnen. Das Kind ist vielleicht von Calico Jack, vielleicht auch vom Chiromanten, der später gesteht, das wahre Geschlecht der Anne Bonney trotz der Verkleidung und ihrem Geschick im Umgang mit Waffen schon zu Anfang an ihren Händen erkannt zu haben. Die beiden tun sich zusammen; Pretty Parrot, an dem das Leben unter Piraten und Vagabunden seine Spuren hinterlassen hat, versucht sich als *black birder*,[8] sagenhaft ist das Fabuliertalent, mit dem er die Zuhörer einwickelt, wenn er von seinen eigenen Abenteuern berichtet. Fügen wir noch hinzu, daß sich sein Ende wie auch das der tapferen Anne Bonney irgendwo auf den karibischen Inseln im Dunkel verliert.

Es läßt sich nicht mit Sicherheit sagen, daß Julia Enone diese Figur in den Nordosten Brasiliens, wie er vor einigen Jahren war, versetzt hat, obwohl, abgesehen vom Namen, mindestens noch eine Eigenschaft des Partners der Anne Bonney in Belo Papagaio weiterlebt: die Freude daran, tollkühne Streiche und gefährliche Abenteuer zu schildern. Dabei ging es ihr, wie ich meine, nicht darum, Menschen wiederauferstehen zu lassen, die zur Sage geworden sind, sondern sich namenskundlicher Fährten zu bedienen, um eine Art chiffrierter Eintragung vorzubereiten, die, entschlüsselt, die Horizonte des Werkes erweitern soll.

8. Oktober

Von den ersten Seiten an geht es in *Die Königin der Kerker* – wie jeder nicht zu unaufmerksame Leser feststellen kann – darum, Bezug auf die Hand zu nehmen, beinahe ein Leitmotiv. Abgesehen von weniger gewichtigen Fällen wie

Belo Papagaios abgeschnittenem Daumen und dem kleinen Finger des Rônfilo Rivaldo mit dem langgewachsenen Nagel, wird zu Beginn des Buches auf einer ganzen Seite das Thema der Ableitungen dargelegt, die von den Händen, die waschen (oder den Boden bearbeiten) zu Sonne, Regen, Wind und Welt führen. Der Nachdruck, der auf diesem Motiv liegt, wird, wie es sich später zeigt, auf der letzten Seite des Textes noch deutlicher.

Ich hatte geplant, diese Tatsache zu erklären, die ja ein häufig wiederkehrendes Phänomen in der Literaturgeschichte ist: das Vorhandensein von Wanderthemen in Werken, die durchdrungen sind von der Zeit, in der sie entstehen, Themen einer fernliegenden Tradition wie das vom Zusammenhang zwischen Hand und Welt, die im Menschen – dem Grundgedanken des Kosmos – ihren Vermittler findet. Als Überbleibsel einer Zivilisation, die vor den Sumerern existierte, zeigt schon die Tontafel aus der Gegend von Susa, die man im Museum von Lanciano besichtigen kann, von oben nach unten:

die berühmte Karte der Sternenwelt;

einen Menschen mit ausgebreiteten Armen;

die geöffnete Hand des Gottes der Weissagung, Dhah.

»Dem, für den das Tägliche die Hand ist, sind das Nächtliche die Sterne. Die Hand spiegelt den Menschen und der Mensch die Schöpfung«, verkündet Eudoxius von Antiochien.[9] Es ist kein Zufall, wenn ich den Namen des Eudoxius nenne, den viele für den uneingestandenen Meister des Artemidoros halten, des Verfassers von Abhandlungen über die Handlesekunst in weit zurückliegenden Zeiten. Die Übereinstimmung, die zwischen den Namen der drei wichtigsten männlichen Mitspieler des Romans – Belo Papagaio (Pretty Parrot), Rônfilo und Nicolau Pompeu – und denen bedeutender Chiromanten besteht, bestärkt mich in der Annahme, daß es diese Kunst oder Wissenschaft oder Bauernfängerei ist, nach der sich der Aufbau des Werkes ausrichtet, das sich (willkürlich?) in fünf lange Kapitel gliedert und dadurch an die Zahl der Finger erinnert.

9. Oktober

»Die größten Probleme dieser Organisation«, bestätigt Herr Reinhold Stephanes, »könnte man praktisch in einem Punkt zusammenfassen: dem Sozialversicherungsinstitut fehlt eine Politik des Versicherungswesens und der sozialen Leistung.« (Interview mit dem *Jornal da Tarde*, São Paulo, 3.10.74).

10. Oktober

Nachdem sie zur Ruhe gekommen ist und den »Hörern« erklärt hat, sie sei vollständig geheilt, findet Maria de França, bezeichnenderweise mit einem Rosenkranz um den Hals, neue Arbeit als Hausangestellte. Mond-Staubwedel hat auf Anweisung von Erzbischof und Berater Albertus Magnus einen alten Zahnarztstuhl gekauft und zieht unentgeltlich Zähne. Der unermüdliche Nicolau Pompeu, der dem Personal im Justizgebäude keine Ruhe gelassen, alle Verzögerungen ertragen hat und fast täglich hingegangen ist, setzt durch, daß das Vormundschaftspapier unterschriftsreif gemacht wird.

Die Mutter begleitet ihn und Maria de França, als ginge es zu einer Hochzeit, unterzeichnet so gut sie kann, bekommt die Prozeßakten ausgehändigt und bringt sie zusammen mit dem Mittelstürmer und der Tochter zur Rua do Riachuelo, von wo aus sie zur Dienststelle im hinteren Teil des Grand Hotel geschickt werden, wieder zur Rua do Riachuelo zurückkehren und noch einmal zum Grand

Hotel gehen müssen. Hier bemerkt ein Abteilungsleiter erstaunt, daß man »für diesen Unschuldsengel« einen Vormund gefordert hat: er glaubt nicht, daß hier irgendeine Leistung zu erwarten ist. Schriftlich gibt er ihnen eine Reihe von Instruktionen mit (das Telefon funktioniert nicht) »für die Drecksbande von der Riachuelo«. Nicolau Pompeu übernimmt die Botengänge.

Aber bald kommt auch er unter die Räder. Banditen überfallen den Laden, den er zu bewachen hat, und er wird die Nacht über auf der Polizeiwache verhört. Am Morgen kann er nicht schlafen; außerdem treibt es ihn um, daß der »Turm« abends ein Spiel hat. Vor dem Kampf trinkt er ein Gebräu, das der Magier Mond-Staubwedel ihm gibt, rennt während der beiden Halbzeiten unablässig herum und verhilft in der letzten Minute durch eine Einzelaktion dem »Turm« zu einem Sieg über den »Santa Cruz Club«, der bis zu diesem Sonntag an der Tabellenspitze gelegen hat. Er wird verdächtigt, gedopt worden zu sein, und muß wieder zur Polizei, steht als Mittelpunkt dieses kurzen Skandals, der so alltäglich ist wie sein ganzes Leben, zwei Tage lang in den Sportnachrichten der Zeitung. Der Eigentümer des Ladens, der schon unzufrieden ist mit der fragwürdigen Pflichterfüllung des Wächters bei dem Überfall (man weiß nicht, hat er sich gewehrt oder ist er davongelaufen), entläßt ihn.

Da sich nichts anderes bietet, nimmt Dudu eine Anstellung als Omnibusschaffner an, bei der er weniger verdient; um sparen zu können und genug zu essen zu haben, schläft er in einem der Wagen in der Garage; plötzlich bekommt er heftige Rückenschmerzen. Einer der Omnibusfahrer ist Belo Papagaio.

Und Maria de França? Ihre nicht sonderlich flinken Hände werden ungeschickt, sie macht Wasserhähne, Besen, Topfhenkel, Türen kaputt: landet auf der Straße.

Ihr Prozeß wird nach neuen Dienstwegen durch die Instanzen, nach Bittgängen und Formalitäten zur Riachuelo zurückverwiesen, mit einem geheimnisvollen Nachtrag: es sei ein Fall von Hysterie. Nicolau Pompeu will wissen, wer diese Diagnose unterschrieben hat, aber der Name ist unleserlich; und weiter geht die Wanderschaft der Papiere, abwechslungsreich, vom Zufall gelenkt, nicht mehr feststellbar bis in alle Schlupfwinkel der Behörden hinein. Er erhält jedoch eine wichtige Auskunft: der Lagerverwalter läßt, nachdem er ihm ein Heftchen mit seinen Versen aufgeschwatzt hat, durchblicken, bei allen aufgrund von Geisteskrankheit eingereichten Anträgen behaupte irgendwer, es handele sich um Hysterie, was die Bewilligung einer Leistung erschwere, wenn nicht gar verhindere. Er nennt ihm im Vertrauen den Namen des Arztes, an den Maria de França sich wenden, dem sie den Hergang schildern und den sie um neuerliche Beurteilung bitten solle.

Nicolau Pompeu, der nahezu den ganzen Tag hinter einem Omnibusdrehkreuz festsitzt, verfügt jetzt über wenig Freizeit. Trotzdem faßt er sich ein Herz und unternimmt vertrauensvoll noch einmal einen, den letzten, Versuch. Gewiß mit beklommenem Herzen, denn seine Braut will zu diesem Zeitpunkt nur noch hinter dem Haus im Freien leben, wo sie sich unter Wutanfällen darum bemüht, ihren Körper schneller zu bewegen als ihren Schatten. Der neue Arzt untersucht sie und gibt seine Stellungnahme beim Institut ab, in der er ihr klipp und klar definitive Arbeitsunfähigkeit bescheinigt. Auf diese Formulierung hin wird dann die Rente gewährt, die nach allem Vorausgegangenen aussichtslos schien.

In der gleichen Nacht erscheint wieder der »Geist des Lichts«, Antônio Aureo. Er schreit Maria de França an, sie dürfe nichts glauben, nichts erwarten, nichts, laß dich mit keinem dieser Dreckskerle ein, und wenn du die Zündschnur der Welt findest, dann zögere keinen Augenblick: mach Feuer! Sie fängt an, sich immer übers rechte Auge zu fahren, »um einen Schmutz wegzuwischen«. Außerdem fühlt sie sich bedroht, glaubt, der immer noch wachsende Fisch sei dabei, den Boden aufzubrechen. Plötzlich gibt es in dieser Auseinandersetzung eine beinahe fröhliche Pause mit untergründigen falschen Spannungen, worauf ich noch einmal zurückkommen werde: Nicolau Pompeu, seit kurzem ein Verehrer des Belo Papagaio, nimmt eine Einladung zum Bier von diesem an und bringt Maria de França mit. Die Begegnung verläuft, ohne daß die Heldin (ihr obliegt, erinnern wir uns, die Berichterstattung) oder ihr Verführer die leiseste Erinnerung an das bekunden, was damals vorgefallen ist. Maria de França kehrt in Begleitung ihres Bräutigams nach Hause zurück. Ein wüstes Geschimpfe geht los. Die Mutter, der die sonst immer nur vage erwähnten und mit ihren Problemen nicht vertrauten Geschwister eben mitgeteilt haben, Maria sei seit langem kein »ahnungsloser Engel« mehr – ihre Verrücktheit bekümmert sie nicht, eher freut sie sich wohl sogar über die Erkrankung, die zu einer Einnahmequelle werden kann –, überschüttet die Tochter mit Jammergeschrei und Verwünschungen, verflucht sie und jagt sie aus dem Haus.

> »Angebohrt! Familienschande. Angebohrt? Ich? Bin ich 'ne Flöte? 'ne Hose, die man zerfetzt? 'ne Gitarre? Angebohrt wie und wo! sagt mir's doch, und was für 'ne Familie ich befleckt hab und was für einen Fleck ich gemacht hab, ich armes Huhn.«

Der Bräutigam ist niedergeschmettert über das, was er als »treulosen Verrat« bezeichnet, und tritt von seinem Heiratsversprechen zurück; danach besänftigt er die Alte und versöhnt Mutter und Tochter.

12. Oktober

Die verspätete und nicht hierhergehörende Frage nach der Art, wie ich mich im September während der Tage meiner Blindheit *innerhalb* des Romans zugegen fühlte, mich in ihm bewegte, macht mir zu schaffen. War das wohl ein Ausdruck meiner Verzweiflung darüber, nichts von mir in ihm zu sehen? Solches Nichtvorhandensein kann jemanden, der die Schriftstellerin so sehr geliebt hat (und, soweit wir Tote zu lieben vermögen, immer noch liebt) wie ich, nur beunruhigen, und ich möchte beinahe fragen: »Wie will ich erfahren, ob ich existiert – ob ich wenigstens *für sie* existiert – habe, wenn ich mich in ihrem Buch nirgendwo wiedererkenne?«

13. Oktober

Der streitbare Dudu – mit dem sich trotz meiner farblosen Darstellung möglicherweise manch einer angefreundet hat – steht kurz vor seinem Abgang. Bei der Röntgenuntersuchung, der sich die Spieler des »Turm« regelmäßig zu unterziehen haben, stellt sich heraus, daß der Mittelstürmer einen Lungenschaden hat. Die Beratungsstelle für Tuberkulose, in der er eingeschrieben ist, schickt ihn nach Pedra de Buíque, wo er einige Zeit bleiben soll. Wie ein Kind schluchzt er vor der Abreise an der schmalen Schulter seiner Freundin und verlobt sich wieder mit ihr. Die Zeit vergeht, ohne daß er wiederkommt und ohne daß die bewilligte Rente an Maria de França ausgezahlt wird. Sie und ihre Mutter beschließen, aufs neue in die Rua do Riachuelo zu gehen, und hören dort zu ihrem Schrecken, daß die Vormundschaft, die mehr als ein Jahr nach der Wartezeit eingesetzt worden ist, also auch mehr als ein Jahr, nachdem der zwölfte Monatsbeitrag der Versicherten bezahlt wurde, von der Institution nicht anerkannt wird. Man müsse einige Zeit zurückgehen, den Schein abändern, damit er gültig würde. Diese Lösung sei »legal«, werde häufig praktiziert, »eine Sache von ein paar Monaten«. Sie sollten den Richter aufsuchen und ihn bitten, das in Ordnung zu bringen. So ist man wieder einmal, wie in einem ungeheuerlichen Alptraum, an den Ausgangspunkt zurückgekehrt, allerdings mit dem Nachteil, daß der tatkräftige Dudu jetzt im Sanatorium ist.

Trotzdem erreichen sie es mit großer Mühe, bei einem Richter vorgelassen zu werden. Sein Verdikt: eine Rückdatierung der Vormundschaftsurkunden sei unmöglich. Er läßt seinen Sohn rufen, einen jungen Anwalt, und erklärt ihm den Fall. Der Anwalt hält es für »unnötig, überflüssig, fruchtlos und vergeblich«, den Rechtsweg zu gehen, das könne Jahre dauern. Der Richter bestätigt diese Ansicht. Er gibt dem jungen Mann Hinweise, und daraus wird dann eine ausführliche Bittschrift, die gegen die negative Entscheidung Berufung einlegt. Vormundschaftspapiere, ärztliche Atteste, Bescheinigungen von Anstaltsaufenthalten und noch andere Dokumente, die Maria de França nicht kennt, gehen zur Rua do Riachuelo und vergrößern den Umfang des Gesuchs.

14. Oktober

Nicolau Pompeu kehrt zur Beratungsstelle für Tuberkulose zurück. Er hatte sich in Pedra de Buíque äußerst schnell erholt, wieder angefangen Fußball zu spielen und seinen Zustand dadurch so sehr verschlechtert, daß jetzt ein chirurgischer Eingriff nötig ist.

Maria de Françås Gesuch durchläuft etliche Dienststellen, holt sich soundsoviele Zwischenbescheide und landet wieder bei dem gleichen Mann, bei dem es zur Bearbeitung der Revision eingegangen war. Der Anwalt verfolgt die Entwicklung des Prozesses und richtet sogar eine Eingabe an den örtlichen Behördenchef. Diese Autorität telefoniert mit einem Beamten, zu dem Maria de França gehen soll, und legt ihm mit spürbarer Wichtigtuerei nahe, »die schnellste Lösung für diese Scheißsache« zu finden. Der Beamte, ein galliger, träger, undurchsichtiger Typ (sein Vorbild ist, wie wir noch sehen werden, ein Held der brasilianischen Geschichte), der einer Zweigstelle in der Rua da Praia unterstellt ist, beschränkt sich darauf, die unglückliche Klägerin zu einem weiteren Arzt zu schicken. Der Arzt, der den Fall schon kennt, läßt sich die vollständigen Unterlagen holen. Verspricht, die Klägerin samt Vormund und Anwalt innerhalb von acht Tagen abzufertigen.

Nicolau Pompeu taucht in seinem Stadtviertel auf; heiser und mit schlotternder Kleidung. Man hat ihn ins Sanatorium Otávio de Freitas eingewiesen, wo er einer Lobektomie unterzogen werden soll, ein Wort, das er mit einem gewissen Stolz wiederholt. Die Krankheit ist inzwischen jedoch wider Erwarten fortgeschritten und greift auch den bisher gesunden Lungenflügel an. Operation unmöglich, gesteht er. Aber er erträgt den Anblick von Sterbenden nicht, und deshalb trat er ab, und niemand könnte ihn zurückholen. Ein oder zwei Tage später findet man ihn tot auf, den Finger am Abzug des Revolvers. Der Revolver aus seiner Nachtwächterzeit?

Am vereinbarten Tag erscheint Maria de França, die den Selbstmord des Bräutigams nicht erfaßt hat, ohne Begleitung in der Rua da Praia. Niemand erwähnt die Empfehlung, daß der Anwalt und die Mutter mit ihr kommen sollten. Der Arzt hat die Prozeßakten studiert und ist bereit, eine zustimmende Entscheidung zu fällen, sobald man ihm eine schriftliche, von einem der Beamten der Rua do Riachuelo ausgefertigte „Dienstliche Mitteilung zustellt. Maria de França geht in die Rua do Riachuelo. Der Beamte schickt sie mit einem Schreiben zurück zum Arzt, in dem er verlangt: Fassen Sie den Fall kurz zusammen (dabei hat der Empfänger das ganze Aktenbündel bei sich), und erläutern Sie Ihren Standpunkt (was ja gerade die Aufgabe des Arztes ist). Der Arzt wird ärgerlich, fährt die Überbringerin an und kritzelt neue Instruktionen für den selben unverschämten Schreiberling, in denen er die Forderung nach einer »Dienstlichen Mitteilung« wiederholt.

Anstatt wieder in die Rua do Riachuelo zu gehen und diesen Bescheid abzuliefern, der ihr anvertraut worden ist (und dann wieder hinzulaufen und dann noch einmal und noch einmal?), streift Maria de França mit dem Papier in der Tasche ziellos durch Recife, wobei sie streng auf einen nicht zu überschreitenden Abstand achtet zwischen sich und denen, die ihr begegnen. Vor ihr geht ein Mann mit einem in Zeitungspapier gewickelten Gegenstand. Sie folgt ihm von fern. Der Unbekannte biegt in eine wenig belebte Straße ein, macht das Paket auf und entnimmt ihm einen Pflasterstein, legt die rechte Hand auf die Bordsteinkante und zerschmettert sie mit drei Hieben. Dann rennt er, stumm vor Schmerz, mit blutender Hand durch die Straße. Sie bleiben stehen und schauen einander an. Maria de França geht an ihm vorbei auf den Stein zu, der am Boden liegt.

So schließt das Manuskript, was die – irrige – Vermutung rechtfertigt, es sei unvollendet geblieben. Von dem unterirdischen Fisch erfährt man nichts mehr.

16. Oktober

Wie täuscht uns doch die in ihrer Armseligkeit so kalte, so eintönige Zusammenfassung der Handlung! Wieder einmal zeigt es sich, in welchem Maße der Roman – ein Wortgebäude, ein Bündel von Andeutungen, Labor voller Gerätschaften, Prüffeld für sowohl neue wie scheinbar überholte Werkstoffe – der Roman, sage ich, der so tut, als sei er für die Fabeln da, die er darstellt, sich ihrer bedient, um zu existieren; und das geht so weit, daß man vielleicht behaupten könnte: nicht er sei es, der eine Geschichte erzählt, sondern die Geschichte erzähle ihn.

Indes ist es belanglos, daß die dargebotene Zusammenfassung – der einleitende Abschnitt meines Plans – noch wenig über *Die Königin der Kerker Griechenlands* aussagt. Im Gegenteil, dieser Mangel unterstreicht die Nützlichkeit des begonnenen Vorhabens, das gerade darauf abzielt klarzumachen, wie das Buch der Julia Marquezim Enone unter dem Schein, sagen wir einmal, einer banalen figürlichen Darstellung, ungewöhnliche Lösungen verbirgt, die weit von dem entfernt, was meine Zusammenfassung andeuten kann, die gängige Erscheinung des Wirklichen und die erzählerischen Verfahren in Frage stellen, wie wir noch sehen werden.

Damit Ihr merkt, wie die Verfasserin, ohne ihre Ziele zur Schau zu stellen, eher darauf aus, sie zu verstecken, Abweichungen von den Normen vornimmt, will ich ein Beispiel geben. Nicolau Pompeu, der Mittelstürmer, ist stolz auf seine angeschnittenen Bälle, wie sie bei Freistößen üblich sind und bei denen der Ball in sehr schnelle Rotation versetzt wird, so daß er eine ausgeprägte Parabel in der Luft beschreibt. Ich glaube, die Betonung dieser Fähigkeit ist Absicht: auch die großen Linien der Fabel (das Phänomen kommt in kleineren, thematisch verbundenen Stücken wieder zum Vorschein) zeigen Lösungen wie diese »angeschnittenen Bälle«. Die Ereignisse verfolgen eine Richtung, die grundsätzlich zu bestimmten Konsequenzen führen muß.

Doch begnügte sich die Autorin nicht damit, die hervorgerufenen Erwartungen zu enttäuschen: sie erfüllt sie nie dann, wenn man damit rechnet, und immer so, daß sie die – bei näherer Betrachtung falsche – Vorstellung erweckt, als habe sie keinen Zusammenhang mit dem Vorausgegangenen. Als hinterhältigste Variante so irreführender Absichten löst das Verfahren, wie es Julia Enones Poetik anstrebt, klingende Reime aus oder sogar Binnenreime, die unauffällig sind und dem zerstreuten Leser entgehen.

Ohne daß ein Irrtum möglich wäre, bemerke ich diesen Effekt an mindestens drei Stellen. Nichts Schlimmes widerfährt den Kindern, die unter der Obhut der geisteskranken Maria de França stehen, obwohl sie mit der Scherenspitze Stoffpuppen »ermordet«, aber das Mädchen, dem sie Geborgenheit schenken will, wird von der Polizei erschossen. Belo Papagaio läßt nichts verlauten, als er sich mit ihr und Nicolau Pompeu in der Wirtschaft trifft, aber die Enthüllung erfolgt auf anderem Wege und führt zum Bruch des Verlöbnisses. Es ist zu beachten, daß die Begegnung der drei Menschen und die Preisgabe der Entjungferung zu Hause unmittelbar nacheinander stattfinden, so daß die Häufung gleichartiger Ereignisse etwas schwerfällig und vielleicht unbeholfen erscheint. Die Autorin wollte dadurch die Vermutung ausschließen, Belo Papagaio, der sich diskret verhält und Maria de França nicht wiederzuerkennen scheint, werde später auf indirekte Weise das – ohnehin so aussichtslose – Verlöbnis zu stören suchen. Die Rückkehr des Bohèmiens und Lastwagenfahrers ist aus traditioneller Sicht entbehrlich; aber sie erlaubt Julia Enone, den Gang der Dinge, die sie erdichtet hat, in Bewegung zu halten. Deshalb ist es nicht verwunderlich, daß das gleiche Verfahren am Ende des Buches auftaucht. Der klingende Reim oder der angeschnittene Ball, sie ordnen die Schlußszene unter einem neuen Blickwinkel. Strenggenommen käme es der Heldin zu, die keinen zufriedenstellenden, eindeutigen, ihr gemäßen Platz in der Welt der Arbeit gefunden hat, ihr entscheidendes Werkzeug, die rechte Hand, zu zerstören. Die Erzählerin verwirft jedoch eine so augenfällige Darstellung und läßt, um mehr Abstand zu wahren, einen Unbekannten für die ehemalige Weberin eintreten!

20. Oktober

Die Zeitung von vorgestern (*O Estado de S. Paulo*, letzte Seite) bringt einen ausführlichen Bericht über den Brand eines Hauses im Parque das Américas von Mauá, den eine schadhafte Gasflasche verursacht hat. Ich halte die Sache hier fest, weil sie schon vergessen ist (die heutige Zeitung und sogar die von gestern bringen nichts mehr darüber) und weil die Wohnverhältnisse der Opfer mich an die von Maria de França erinnern mit den vielen gesichts- und namenlosen Geschwistern. Das niedergebrannte Haus bestand aus einem Zimmer und einer Küche. Vierzehn Personen wohnten in den beiden Räumen, davon zwölf im Zimmer: allein in einem Bett schliefen zur Zeit der Explosion sechs Menschen. Das Unglück ereignete sich um drei Uhr früh, und einer der Mieter, der noch nicht von der Arbeit zurück gewesen war, berichtete dem Reporter, sie wären alle vom Land gekommen, aus Ubá im Staate Minas Gerais; man verdient mehr in São Paulo, aber man plagt sich ab wie ein Esel; wohl war er hier mit dreizehn anderen zusammengepfercht, aber er sah fast nie jemanden und hatte kaum Umgang mit den anderen. Der Bericht meldet noch mehr erstaunliche Einzelheiten, die in Julia Marquezim Enones Roman fehlen, dessen Handlung einige Jahre früher und in einer von den Wahnideen der Industrieentwicklung weniger betroffenen Großstadt spielt: in der Wohnung befanden sich ein Kühlschrank, ein tragbares Radio mit Plattenspieler, ein Fernseher und sogar ein Diaprojektor; in einem obskuren Theater im Stadtteil Brás probten allabendlich, »am Anfang einer künstlerischen Laufbahn« stehend, Lucia und Maria do Carmo, die bei dem Brand ums Leben kamen.

Infolge eines Unglücks wird die Schicht sichtbar, die man – wie die Abwässer – zu verbergen sucht und die, vielleicht nicht ganz so kraß, in *Die Königin der Kerker Griechenlands* zum Vorschein kommt.

21. Oktober

Wie kann sich doch aufgrund einer Vermutung oder eines neuen Anhaltspunktes unsere Sicht der Dinge und selbst die Intensität dessen, was wir sehen, verändern! Wenn ich in den Papieren blätterte, die Julia hinterlassen hat, hielt ich oft eine Fotokopie in Händen, der ich keine Aufmerksamkeit schenkte und deren Original mir unbekannt ist. Jetzt schaue ich mir dies Papier genauer an, denn es wird mir im Hinblick auf die oben erwähnte Vermutung wichtig. Über der ausgebreiteten Hand wimmeln hermetische Symbole: Schlösser, Minarette, Monde, ein Pferd, die heraldische Lilie, das Zahnrad, Spiralen und andere Schöpfungen der Geometrie. Das hatte ich schon immer gesehen. Bis heute waren mir die Rotstiftstriche um die Wülste an den Fingerwurzeln nicht aufgefallen, die dem Merkur, der Sonne, dem Saturn, dem Jupiter und der Venus geweiht sind. Diese mir bisher unsichtbaren Linien fingen für meine Augen zu leuchten an: sie verraten mir, daß sich J.M.E. für Chiromantie interessiert hat.

22. Oktober

Ich vertiefe mich in mir fremdartige Werke, ziehe vor allem den Leitfaden von J. O. von Hellwig, *Die Hand, Zusammenfassung der Welt*[10] zu Rate. Dieser Hellwig fesselt mich, denn er hat sich auch mit Alchimie beschäftigt, zum mindesten besaß er zwei Bücher darüber: *Hermaphroditisches Sonnen- und Mondkind*, Mainz 1752, und *Arcana Maiora*, Frankfurt 1712. Die Anthologie des Verlags Azteca in Mexiko *Die Prophezeiungen der Hände*, die Schriften von Patrício Tricasse, Gaspar Peucer, Rodolfo Goglenius, dem Hauptmann d'Arpentigni, de Desbarolles und von etlichen anderen vereint, von denen ich nie gehört habe, wird meinem Essay durch den Anschein beträchtlicher Gelehrsamkeit, eine unentbehrliche Zierde solcher Arbeiten, Beachtung verschaffen. Epigraph der Anthologie: »Aller Menschen Hand drückt Er (Gott) ein Siegel auf, damit jeder seine Werke erkenne« (Hiob 37, 7). Ich hatte immer geglaubt, ein anderes Zitat desselben Buches, mit dem Julia Marquezim Enone ihre Erzählung einleitet: »Oh, daß meine Bitte geschähe, und Gott gäbe mir, wes ich hoffe!« (6, 8) bezöge sich auf Maria de Françås Leiden, wäre ein Widerschein der Heimsuchungen Hiobs. Aber vielleicht zeigt sich hier eine weniger augenfällige Absicht, denn, angeregt durch den Bibelvers der Anthologie, kehre ich zum Erzvater des Hus zurück und stelle fest, daß auch in der Heiligen Schrift das Motiv der Hände zu nachhaltig vertreten ist, um als Zufall gelten zu können.

23. Oktober

In einem Dokumentarfilm sehe ich Zeichnungen, die auf einer wüstenähnlichen Ebene von Peru ausgeschachtet sind – eine Spinne, einen Vogel, einen Pfau – von solchen Ausmaßen, daß wir sie nur aus einiger Höhe vom Flugzeug aus erkennen. Der Mensch kann sein Leben lang über diese Furchen wandern, ohne je auf den Gedanken zu kommen, daß sie Teil einer wohlgegliederten Figur sind und mit Bedacht gezogen wurden. Wollten diejenigen, die diese rätselhaften Bilder entworfen und in den steinigen Boden gegraben haben – ohne Flügel könnten wir sie niemals sehen – zu verstehen geben, daß es Täuschung und eine Folge unserer Begrenztheit ist, wenn wir in Kunstwerk und Leben keinen Sinn finden?

24. Oktober

Nach erneuter Lektüre sind alle Zweifel zerstoben: *Die Königin der Kerker Griechenlands* verweist uns beharrlich auf Grundregeln der Chiromantie; jedes der fünf Kapitel entspricht einem der fünf Finger und dem, was die Handlesekunst des fast legendären Artemidoros[11] aus ihnen erkennt.

Erschwert wird zu Anfang der Nachweis dadurch, daß die Kapitel nicht in der Reihenfolge der Finger angeordnet sind. Das überrascht nicht. Weiß der Leser wohl, daß jedes Fingerglied zu einem Tierkreiszeichen gehört? Die des Zeigefingers zum ersten Quadranten (der Daumen hat keine Bedeutung in der Astrologie); die des Mittelfingers zum letzten Quadranten; die des Ringfingers zum zweiten; die des kleinen Fingers schließlich zum dritten. Genau wie der Roman ändert also auch die Chiromantie die Reihenfolge der Finger, wenn sie Hände und Gestirne in Beziehung zueinander setzt.

Man kann mit Recht die Frage stellen, ob nicht die sehr ungewöhnliche Beschaffenheit des Geländes, auf dem das Gerüst des Werkes steht, Laien die Tragweite der Analogie vorenthält, die ich nur zufällig und dann mit Mühe erfaßt habe – und damit zugleich die Wirkungen, die sich aus dieser Analogie ergeben. Die Antwort muß positiv ausfallen und zeigt uns vom ersten Entwurf an, welchem grundsätzlichen Gebot diese Autorin ihre Kunst unterworfen hat, eine Kunst, die man im höchsten und feinsten Sinne des Wortes hermetisch nennen kann, nicht weil sie unergründlich, sondern weil sie eine Kunst des Sichverbergens ist. *Die Königin der Kerker Griechenlands* – das ist eine ihrer Qualitäten – hat viel Ähnlichkeit mit rituellen Gebärden, deren Bedeutung die Anthropologen erforschen; dem Außenstehenden scheinen sie banal, denn ihren anderen, tieferen Sinn behalten sie den Eingeborenen vor.

25. Oktober

Kapitel I weist auf den Mittelfinger hin, auf alles das, was der Mittelfinger dem Chiromanten verrät. Diese Wahl erscheint uns einleuchtend, wenn wir bedenken, daß der Mittelfinger dem Berg des Saturn eingepflanzt ist, des Planeten, der als Verkünder von Hindernissen gilt. Maria de França, die das Abwandern der Landbevölkerung in den Stadtbereich repräsentiert – eines besonders benachteiligten Sektors des brasilianischen Volkes –, fühlt sich, obwohl sie arm ist, erst nach ihrer Begegnung mit Belo Papagaio in Kapitel II, als Opfer. Bis dahin gibt es nur Prophezeiungen, die sich in Wahnvorstellungen äußern und durch das, was sie von Antônio Aureo zu hören meint, den »Geist des Lichts«. Die dreißig maschinengeschriebenen Seiten enthalten nicht nur dies, sondern auch zahlreiche dazwischengestreute Aufzeichnungen von fast technischem Inhalt; aber im großen und ganzen läßt sich dieses Kapitel als dasjenige bezeichnen, das den beschwerlichen Lebensweg der Heldin ankündigt. Antônio Aureo und die Stimme sind selbstverständlich nur dazu da, die Prophezeiung zu verstofflichen. Aber man kann wohl sagen, daß das ganze Kapitel die unausgesprochene Vorhersage eines widrigen

Geschicks bedeutet. Der abgeschnittene Daumen von Belo Papagaio, dem Mann, der Kapitel II beherrscht und rechtfertigt, erleichtert es, die Zugehörigkeit zu erkennen, die außerdem durch allerlei Beiwerk bestätigt wird. Der Daumen ist Venus geweiht und verbindet sich mit Liebe, Sinneslust und Wellenlinie. Die Zusammenfassung des Kapitels macht das klar: die Umgebung, die Prostituierten, Belo Papagaios Erzählungen und seine Affäre mit Maria de França fügen sich in diesen Themenkreis ein.[12] Wir dürfen nicht vergessen, daß die Angewohnheit, den Daumen zu verstecken, die der Lastwagenfahrer der naiven Hausgehilfin des Bordells überträgt, eine Neigung zum Widerrufen bedeutet. Die Autorin bedient sich eines abgeschlossenen Instrumentariums, in dem nur das vorhanden ist, was Claude Levi-Strauss als *einschränkende Mittel* bezeichnet hat, »eine allezeit limitierte Sammlung von Utensilien und Materialien«.[13] Aber wir müssen zugeben, daß sie dank großer Geduld und eines stark entwickelten Sinnes für Methode mit dieser Einengung fertig wird.

26. Oktober

»Heiliger Afonso Henriques![14] Mach eine Schriftstellerin aus mir. Aber nur das. Keine Festivals, Preisrichter bei (Schönheits- oder Literatur-)Wettbewerben, keine Ämter in sogenannten Kulturabteilungen, keine hehren Gremien, geistvollen Phrasen. Halte mich frei von der Faszination, der so viele unserer heutigen Autoren erliegen, die gebannt sind vom Umgang mit denen, die Geld haben, davon, daß ihre Bücher zur Pflichtlektüre der Studierenden erklärt werden, daß sie reisen dürfen mit freier Fahrt und bezahltem Hotel. Laß mich stolz bleiben auf meine bescheidene Herkunft und unbeirrbar in meiner geheimen Arbeit des Schreibens.« (Aus den Papieren von J.M.E.)

Salamander. Tausendfüßler. Schwanzlurch. Surinam-Kröte. Glasfisch. Worin besteht der Unterschied zwischen wirklichen Parasiten und den Parasiten des Raumes oder *Epiphyten*? Was versteht sie unter Mutation? Während ich an diesem unbeständigen Sonntag, der bald düster ist, bald sonnig, Prüfungsthemen zusammenstelle und meine Papiere ordne, denke ich, daß vielleicht eine gewisse Ironie darin liegt, daß sich Julia Enone diesem Gebiet menschlicher Erkenntnisse (oder Träume) verpflichtet fühlt: einige Grundregeln der Handlesekunst in ihr Buch zu projizieren, kann eine Parodie auf gewisse wunderliche Strukturen sein, die im Roman des 20. Jahrhunderts häufig vorkommen, wiewohl mit zahllosen Präzedenzfällen in der mittelalterlichen Dichtung – wo die numerierte Anordnung zum Beispiel schon an Manierismus grenzt – und noch weiter zurück, im Alten Testament. E. R. Curtius zufolge erreichte der Dichter mit diesem Vorgehen »ein doppeltes Ziel: ein formales Skelett für den Aufbau und symbolische Tiefenwirkung«.[15] Die Dichtung verband sich mit etwas, das über sie hinausging vermöge der Zahlen, denen sie sich unterordnete und für die sie deshalb die Grundlage bildete: sie trug sie in sich. Zwar bin ich ein ungläubiger Betrachter der alchimistischen Praktiken und Spekulationen und derer, die den Tierkreis erforschen und in den Händen die unleserliche Schrift des Lebens lesen, doch ist deshalb meine Achtung vor dieser Seite menschlichen Fragens und Erkundens nicht geringer.

Durch solche Forschungen lassen auch wir Zahlen und Sterne in uns wirken und erfüllen unseren so kurzen Erdenweg mit Ewigkeit. Mag immer Julia Marquezim Enones Vorhaben ironisch gemeint sein, es gibt dank der geschickten Handhabung ihrem Werk auch noch diese bereichernde, magische Dimension.

28. Oktober

Die dichten Gebilde des Poeten, des Verfertigers von Synthesen, rufen – heute mehr als je zuvor – den analytischen Verstand auf den Plan. Nehmen wir also trennende Instrumente zur Hand, um auseinanderzulegen, was verwickelt ist. Ich meine: ist der Text erst analysiert (im chemischen Sinn), enträtselt – wenn eine vollständige Zerlegung angängig und beweisbar wäre, wieso noch das Streben nach totaler Enträtselung? –, dann verdunstet er gewissermaßen. Selbst wenn ich das meine, bleibe ich Kind meiner Zeit und werde wie ein Schwimmer, den die Strömung zieht, in dieser meiner Abhandlung dazu gezwungen sein, das, was in dem Roman ein Ganzes ist, zu zerteilen, auszugliedern und einzustufen. An dieser Stelle denke ich an etwas Unmögliches: an ein Werk, das sich auseinandergefaltet aufzeigte, das in Schichten entworfen wäre und vorgäbe, seine eigene Analyse darzustellen: so etwa, als gäbe es keine Julia Marquezim Enone und *Die Königin der Kerker Griechenlands*, als wäre das, was hier geschrieben steht, der Roman mit diesem Titel und ich selbst eine erfundene Gestalt.

Was würde, wenn es sich vorstellen ließe, der Sinn eines solchen Werkes sein? Würde man seinen Urheber, der sich nackt auf fremdes Gebiet gewagt und solche Gedanken vorgebracht hätte, verdammen oder freisprechen? Aber ich komme von meiner Linie ab. Es ging mir nur darum, mich zur Vorsicht zu mahnen, den Dämon des Analysierens ein wenig in mir zu unterdrücken, bevor ich über den Teil des Romans zu sprechen beginne, in dem der unglaubliche Mond-Staubwedel auftaucht.

29. Oktober

So wie das Abschneiden des Daumens, von der Chiromantie her gesehen, in dem Themengefüge, das auf Belo Papagaio basiert, den Einfluß der Venus anzeigt, ist der langgewachsene Nagel des kleinen Fingers, der die bösen Geister verscheucht und schädliche Einflüsse tilgt, das Zeichen symbolischer Beziehungen, die in der Figur des Rônfilo zusammentreffen, ihrem Träger oder dem Mittelpunkt ihrer Ausstrahlung.

Je mehr ich mich bemühe sie aufzudecken, um so schneller entschlüpfen mir diese Beziehungen. Ich beschäftige mich also mit R. R., obwohl ich sicher bin, das Wesentliche wegzulassen, wenn ich über ihn spreche. Als Gründer und Leiter einer Schule bewegt er sich im Umkreis des geschriebenen Wortes. Könnte er lesen, so wäre der Zusammenhang weniger bedeutsam. Dadurch, daß er Analphabet ist, bekommt seine Liebe zu den Büchern eine tiefgreifende Doppeldeutigkeit: er verbreitet, was er nicht kennt, ein Tun, das den Sonderfall des Dichtens heraufbeschwört als Frucht der Spannung zwischen Wissen und Nichtwissen. Dieses Motiv verknüpft sich noch mit Eingebungen, die den Menschen zuteil werden und die bei all ihrer Erlesenheit auch sogar in vergleichsweise primitiven Kulturen auftauchen. Bei den Bambaras, die Dominique Zahan erforscht hat, stellen die Wörter einfach Emanationen der Weisheit dar, die Leben gewinnt auf der Zunge, die sie ausspricht. Daher denn auch die überragende Wichtigkeit, die man diesem Organ zumißt: jenseits der Wörter, glauben sie, liegt die Erkenntnis.[16] Es wird auch behauptet, daß große religiöse Führer, darunter Mohammed, Männer gewesen seien, die nicht lesen konnten, und daß dieser Zug – wahr oder falsch – keineswegs gleichzusetzen sei mit Unwissenheit, ja, sogar als das Gegenteil von Unwissenheit ausgelegt werden müsse: »er bedeutet die unmittelbare Wahrnehmung (Intuition) der übernatürlichen Wirklichkeiten, das Freisein von einer inneren Versklavung durch Buchstaben und Form«.[17] Unter alten Völkerschaften wie den Kelten mußten sich bestimmte Überlieferungen dadurch ausbreiten, daß sie mündlich weitergegeben wurden. Eine Aufzeichnung hätte in ihrer Unwandelbarkeit den Tod verkörpert.

Das Eindringen in die Welt des Unsichtbaren ist es, was die Gestalt des Analphabeten Rônfilo auszeichnet. Es ist nicht nötig, auf seine Puder und Amulette hinzuweisen und vor allem auf den Schutz, den ihm der von der Gleichgültigkeit der Gesellschaft nicht angesteckte und über die mangelnde Schulbildung seines Schützlings hinwegsehende Albertus Magnus de Titivila gewährt.

Der Name, das ist bemerkenswert, bestätigt aufs neue die Verbindung zwischen Rônfilo Rivaldo und dem Wort. Die Attribute Inquisitor und Märtyrer des imaginären Prälaten führen auf falsche Fährten. *Titivillus*, ein häufig verwendeter Spitzname bei den Mönchen des hohen Mittelalters, bezeichnete den bösen Geist fehlerhafter Abschriften: untätig saß er in den *scriptoria* herum und blies den Kopisten ihre Irrtümer ein. Nicht dies allein: sein Namensvetter, der heilige Albertus Magnus, Lehrer des Thomas von Aquin, soll im Rahmen einer aus Ägypten oder sogar aus noch früherer Zeit stammenden Zauberhandlung einen Automaten von menschlichem Aussehen, einen Androiden, konstruiert haben, von dem er weise Antworten erhielt.[18]

Das beunruhigende Spiel der Gegensätzlichkeiten in Rônfilo hat, obgleich es beabsichtigt ist, nichts Willkürliches. Es beruht auf der überlieferten Ambivalenz des kleinen Fingers, der unter dem Einfluß des Merkur steht und von den Chiromanten »der Weise« genannt wird, während man ihm gleichzeitig die Fähigkeit zuerkennt, schädliche Einflüsse zu bannen. Kraft seiner Gaben und seiner Macht entsprach Thot, der ägyptische Gott mit dem Ibiskopf, der in einer bemerkenswerten Doppelbedeutung Schirmherr der Zauberer und des schöpferischen Wortes war (sein Einfluß erstreckte sich darüber hinaus noch – eine überraschende Ideenverbindung – auf die Archivare und die Astronomen), in den Augen der Griechen, dem Hermes. Diese Reinkarnation Merkurs hatte mit Hilfe des Wortes die Welt erschaffen. Auch vier Götter und vier Göttinnen soll die Stimme des Thot hervorgebracht haben. Sie singen und verstummen niemals und halten mit ihrem nie endenden Gesang die Sonne in ihrer Bahn. Licht und Leben sind angewiesen auf die Stimme dieser Sänger. Es ist, nebenbei bemerkt, nicht belanglos, daß Kennzeichen derartiger Ausstrahlung und Wirkungskraft gerade dem schwächsten und, von praktischen Erwägungen her, vielleicht unwichtigsten der Finger anhaften (»den Müßiggänger unter den Fingern« nannte ihn Glogenius), der dank einer solchen Auszeichnung eine Bedeutung bekommt, die seiner Schwäche widerspricht. Vielleicht will die Beziehung des kleinen Fingers zum Geistigen auf die Feinheit des Spirituellen im Gegensatz zum zweckhaften Tun verweisen. Jedenfalls entfernen wir uns nicht weit von der Wahrheit, wenn wir in diesem Kontrast ein Symbol des geistigen Lebens erkennen, das bei aller Zartheit mit ungeahnten Kräften ausgerüstet ist.

Wie wichtig dieser Hinweis ist, wird durch die Position des Kapitels unterstrichen; es ist das dritte der fünf, die mit ihren angesammelten, keineswegs aufsehenerregenden Abenteuern das Buch ausmachen: innerhalb des Romans bildet dieses Erkenntnis und Sprache beschwörende Element eine Art Zentrum, eine Achse oder einen Gipfelpunkt. Was soll wohl diese bevorzugte Stellung aussagen, die in einem von der Zahl fünf, der mittleren der neun Ziffern, regierten Text noch an Bedeutung gewinnt? Handelt es sich um die Stellung Julia Marquezim Enones zum Wort? Um eine künstlerische Planung des literarischen Textes, die eine Verbindung herstellen soll zu Teufelsaustreibungen, Unvereinbarkeiten und unsichtbaren Stimmen, dazu vielleicht – wer weiß – zu Gestirnen und Archiven? Ich fühle mich nicht in der Lage, eine Deutung zu wagen. Es wird auf dieser Erde nicht das einzige Mal sein, daß ich ratlos bin.

30. Oktober

Korrekturen von Klassenarbeiten, ein zeitraubendes Geschäft – die Augen brennen mir –, den ganzen Tag habe ich damit zugebracht. Damit das Buch etwas weiter gedeiht und auch, weil das Thema meines Erachtens die Welt der Maria de França vervollständigt, fasse ich eine Meldung zusammen, die heute im *Diário Popular* stand. Unter der Bewachung von dreizehn Gesetzeshütern, die zum Teil Kapuzen über ihre Gesichter gezogen hatten, wurden dreiundneunzig Minderjährige mit einem Omnibus in den Gemeindebezirk Camanducaia im Staat Minas Gerais gebracht und dort um drei Uhr früh nackt im Freien (es regnete) zwischen Holz und Eisenrohren ausgesetzt. Obwohl sie alle die gleiche, ungewöhnliche Behandlung erfahren, sind es ganz unterschiedliche Anschuldigungen, die auf den jugendlichen Verbrechern, unter ihnen einem Epileptiker, lasten; sie reichen vom gemeinschaftlichen Autodiebstahl bis zum unerlaubten Verkauf von Backwerk im Park Dom Pedro II.

31. Oktober

Ob wohl Rônfilo Rivaldo der Erzählerin, die ihn schuf, deutlicher vor Augen stand als mir? Ich würde das nicht bejahen und halte es auch nicht für wesentlich. Dem Dichter die gleichen Gesetze zuzuerkennen wie dem abstrakten Denken, ist irrig. Bei Lautréamont steht: »Dem dichterischen Werk liegt eine Idee zugrunde. Es ist nicht die der Philosophie.«[19]

2. November

Vermutlich ist der Allerseelentag dafür bestimmt, längst vergessener Toter zu gedenken. Julias Fall liegt anders. Ich stieg trotzdem in den Omnibus, fuhr zum Friedhof und legte Blumen auf ihr Grab. Wäre es nach mir gegangen, man hätte nur den uns bekannten Namen und die Daten eingraviert: 6.1.1940–27.3.1973. Ihre freigebigen Geschwister haben noch einen abgeschmackten Satz hinzugefügt, über den sie lachen würde und den hier zu zitieren ich mir schenke. So banal der Satz auch ist, er sagt immer noch zuviel aus über die Beziehungen zwischen ihnen und der Verstorbenen. Auch glaube ich nicht, daß ihre Gefühle den Worten entsprechen. Meine Freundin hatte den Kontakt mit ihrer Familie seit langem auf ein Minimum beschränkt, denn sie wurde von ihr nicht als das akzeptiert, was sie war, so daß . . . Nein. Schlagen wir einen anderen Weg ein.

Es befindet sich auf dem Grab außerdem noch die Vergrößerung einer Photographie – oval und sepiabraun. Da sie keine neuere Aufnahme besaßen oder auf diese Weise dem dunklen Wunsch nachgeben konnten, die Erwachsene zu verleugnen und etwaigen Betrachtern der kleinen Grabstätte ein Abbild der Unschuld zu vermitteln, sehen wir Julias Gesicht hier von einem hellen, leichten

Schleier umrahmt am Tag ihrer Erstkommunion. Wenn wirklich eine verkappte Absicht die Fälscher bewogen hat, ihr den klaren Verstand abzusprechen, dann haben sie sich geirrt. Es ist ein Kindergesicht, wiewohl es schon das verheißt, was ich in meinen Händen gehalten habe und in mir bewahre, und ihr schwarzes Haar, das über die Schultern fällt wie immer, betont das Kindliche darin. Die Augen jedoch unter der noch unberührten Stirn und dem Schleier sehen prüfend und voller Glanz in die Linse des Apparates, durchstoßen den kurzen Augenblick der Aufnahme und scheinen bei fernen Gesichten jenseits der Gegenwart zu weilen. Vorzeitig leuchtet an diesem Morgen ihrer Kindheit der gleiche kühne Blick, den sie beim Sterben hatte.

3. November

Nicolau Pompeu, der unscheinbare Mittelstürmer des »Turm«, verkörpert einen wenig beachteten Aspekt des brasilianischen Fußballsports: den des Spielers ohne Zukunft, der sich vor immer leeren Zuschauerbänken auf der Rasenfläche verausgabt, ein Bastard unserer auch außerhalb der Stadien so ungleichen Welt, wobei erschwerend ins Gewicht fällt, daß der Ruhm lautstark ist und die Verachtung der Fußballhelden, ihre Gleichgültigkeit den Kameraden gegenüber grenzenlos.

Neben ihrem dokumentarischen oder gesellschaftlichen Wert gewinnt diese bescheidene Gestalt – sobald man sie sich innerhalb des Weltganzen und nicht nur vor dem Hintergrund einer Stadt des Nordostens vorstellt – dank der Verknüpfung des Kapitels, in dem sie auftritt, mit dem der Sonne geweihten Ringfinger, eine andere Tragweite. Motive von untergeordneter Bedeutung erinnern an diese Beziehung, die sich zum Beispiel in dem Verlobungsring widerspiegelt, der Verbindung von Kreis und Gold, Sonnenmetall. Aber das Hauptthema, das auf die Einwirkung der Sonne zurückgeht, ist das Miteinander der Menschen, von dem im Kapitelanfang die Rede ist, die breite Darstellung des Karnevals, des von allen brasilianischen Festen am meisten Gemeinschaft stiftenden. Wir wollen hier noch die Wende in Maria de Françás Haltung anmerken, wenn sie unter dem Einfluß dieser Liebe, die so aussichtslos ist wie die sportliche Laufbahn des Bräutigams, eine Atempause erlebt im radikalen Abbruch ihrer Beziehungen zur Umwelt. Die Verbindung ist kein Stillstand und bekundet sich in ihrem Versuch, dem Kind zu helfen, Ausdruck eines Vertrauens, das die lange Kette der Fehlschläge noch nicht zerstört hat und das erst die Brutalität der Polizei auslöschen wird, womit dann im Roman die Periode der Sonne zu Ende geht.

4. November

Als die Polizisten über die nachts in Camanducaia ausgesetzten Minderjährigen verhört wurden, erklärten sie, die dreiundneunzig Festgenommenen hätten nach einer Panne am Gefangenenwagen einen Tumult vom Zaun gebrochen, sich ausgezogen (ist es bequemer, ohne Kleidung zu flüchten?), und das Weite gesucht. Diese Gesetzeshüter verkündigen auch noch, daß sie »in der besten Absicht, ein ungelöstes Problem zu erledigen«, so gehandelt hätten und daß die »besten Vorsätze, der Allgemeinheit einen guten Dienst zu erweisen«, sie gelenkt hätten. Bei einer von der Sicherheitsbehörde eingeleiteten Untersuchung wird als einziger der Gerichtsschreiber J. A. P. für schuldig befunden und dreißig Tage vom Dienst suspendiert. (*O Estado de S. Paulo,* 1. 11. 74)

Denunzierung, Anklage, Vertreibung, Vorgänge, die mit dem Zeigefinger verknüpft sind, dem Finger des Jupiter, beherrschen Kapitel V. Maria de Françás Entjungferung wird denunziert, Dudu wird angeklagt, einer Einbrecherbande angehört zu haben und *gedopt* worden zu sein, er verliert seine Arbeit, seine Braut wird von der Mutter aus dem Haus getrieben, und er, der an Tuberkulose erkrankt ist (Lunge, Arterien und Tastsinn gehören in die Einflußsphäre des Jupiter), tritt aus dem »Turm« aus, verläßt die Stadt und muß auf den Umgang mit gesunden Menschen verzichten, um sich schließlich mit einer Revolverkugel das Leben zu nehmen (der Zeigefinger, Finger des Abzugs).

Noch in der letzten Szene des Buches verbinden sich Denunzierung, Anklage und Vertreibung, als sich der Unbekannte, stellvertretend für Maria de França, die rechte Hand zermalmt. Ein Mensch, der seine eigene Hand unbrauchbar macht, schließt sich aus, verschwindet aus dem *nützlichen*, dem produktiven Universum, mit dem er nichts mehr zu tun haben will. Diese Geste klagt in einer Art Synthese die Gefühllosigkeit der herrschenden Klassen an, wie sie in Maria de Françás Konfrontation mit der Sozialversicherung zum Ausdruck kommt, den das Buch schildert. Während die rechte Hand nach allgemeiner Ansicht die Vorstellung von Nützlichkeit für die Arbeit erweckt und nach christlicher Überlieferung die des Erbarmens ist, symbolisiert die linke – auch *Hand der Strenge* genannt – die Gerechtigkeit. Die Anklage also stellt sich durch einen Vermittler dar, dem die Macht zu richten verliehen ist, nämlich die linke Hand, was ihr noch mehr Nachdruck verleiht. Außerdem sei angemerkt, daß mit der zermalmten rechten Hand auch die Willfährigkeit endigt. Maria de Françás abschließende Bewegung in Richtung auf den Stein, das Werkzeug der Vollstreckung, ist kein Zufall:

sie eignet sich die Geste des namenlosen Menschen an als ihre persönliche Antwort auf eine Gesellschaftsordnung, die nichts von Gerechtigkeit noch von Erbarmen weiß.

6. November

Wer von den Lesern dieses Essays auch den Roman liest und auf den Handlungskomplex, aus dem Julia Marquezim Enones Buch besteht, das Schema legt, das ich hier entwickle, ist vielleicht enttäuscht und lehnt meine Interpretation möglicherweise ab: die chiromantischen Lehrsätze, die in den Plan der Erzählung eingebaut sind, lösen sich nahezu auf in der Fülle der Einzelereignisse. (Zu beachten ist auch, daß die in diesem Essay (?) vorgelegte Zusammenfassung die vielen anschaulichen Beschreibungen des Romans beiseite läßt.) Das Aneinanderreihen verschiedener Handlungseinheiten will hier nämlich nicht chiromantische Grundsätze illustrieren, sondern sich einigen von ihnen anpassen. Das Buch bedient sich eines Sektors der Wahrsagekünste, den sein Alter ehrwürdig macht, und es wird dadurch sicherlich nicht ärmer. Aber wir werden ihm auch nicht völlig gerecht, wenn wir nur seine esoterische Seite betrachten. *Die Königin der Kerker* ist wie jedes bedeutendere Werk ein heterogener Gegenstand. In unterschiedlichem Maße haben mythologische Anklänge, eine metaphysische Unruhe, Gesellschaftsanalysen, der Ruf nach Gleichberechtigung, Abneigung gegen die Institutionen, der Versuch, die Psychologie der Armen zu analysieren (samt ihren Träumen, Mythen und ihren Nachrichtenquellen) Anteil daran, alles dies verflochten mit Formproblemen von großer Aktualität.

Wochen bevor sie das im November 1969 begonnene Buch zum Abschluß brachte (sie sollte danach noch volle acht Monate an der Niederschrift des Originals arbeiten und es dabei beträchtlich ändern)[20], erhielt Julia Marquezim Enone den vom 11.1.1972? datierten Brief eines Verlegers, der ihr mitteilte, es habe keinen Zweck, ihm das Manuskript zu schicken. Der Markt sei wenig aufnahmebereit für die Werke inländischer Autoren, was ihm gewisse Zwänge auferlege, »da ja ein Verlag in erster Linie auf Gewinn abzielen müsse«. Ein anderer sandte ihr den endgültigen Text zurück: er berief sich darauf, daß er Originale nicht zu prüfen pflege. Dieser Brief ist abhanden gekommen. Mag sein, daß die Autorin ihn in den Papierkorb geworfen hat. Etwa zwei Monate nach ihrem Tod wandte ich mich an einen dritten. Seiner Ansicht nach, antwortete er mir, fehle der Schluß des Werkes, weshalb er eine Veröffentlichung nicht für gerechtfertigt halte.

Heute hat die Tatsache, daß der Roman ungedruckt ist, was, wie ich fürchte, so bleiben wird, andere Ursachen. Das Buch ist Julias ganze Hinterlassenschaft. Aber nach einem Leben voller Höhen und Tiefen, dessen Auswirkungen sie nie zu korrigieren gesucht hat, denn sie mißachtete alle Spielregeln, die unser Alltagsleben steuern, hat sie durch ihren Tod Anlaß zu einem absurden Konflikt gegeben, in den Personen verwickelt sind, die den Roman in keinerlei Hinsicht beurteilen können – ein unbequemes Erbe für sie – aber aus Furcht, vielleicht auch aus Familienstolz, die Zustimmung zu seiner Veröffentlichung verweigern: alles eher, als auch noch diese Demütigung. Da ich mit der Autorin nur zusammengelebt habe und keinen gesetzlichen Anspruch auf den Nachlaß besitze (ich mußte sogar darauf verzichten, das Original zu verwahren, dessen Zustandekommen ich miterlebt habe), paßte ich mich den Umständen teilweise an und tat alles, was in meiner Macht stand, damit ihre Arbeit nicht völlig unbekannt bliebe.

8. November

Nachdem die Geschichte zusammengefaßt ist und ich bestimmte verfängliche Hintergedanken im Gesamtplan des Buches, wie ich annehme, nachgewiesen habe, sehe ich mich plötzlich einer Frage gegenüber, die dieses Tagebuch zweifellos weitläufig umkreist hat und der ich nicht länger ausweichen kann: »Was ist in dem Buch, mit dem ich mich beschäftige, das zentrale Thema, und worin liegt seine Bedeutung?«

Die Frage, die sich auf einen Einzelfall bezieht, betrifft in Wirklichkeit die gesamte Belletristik, und da finde ich möglicherweise niemals eine vollständige Antwort. Aber verbirgt sich nicht vielleicht in allen Behauptungen, auch den unanfechtbarsten noch, ein Bodensatz von Ungeklärtheit? Sind nicht vielleicht die Fragen die einzige uns wirklich zugebilligte Form des *Wissens?* Was sagen sie aus? Ich würde nicht in Abrede stellen, daß das literarische Werk eine verbale Artikulation ist, die sich das Thema oder die Themen zum Vorwand nimmt. Der Wortschatz, die Anordnung dieses Arsenals, seine Nebenbedeutungen, seine Rhythmen, darin liegt sein Gehalt; hinzu kommt noch – aber mit geringerem und, wie ich glaube, weiter abnehmendem Einfluß auf einem so erlesenen Gebiet – die Kunst, Ereignisse zusammenzustellen, eine Epoche deutlich zu machen, mit zeitlichen Abläufen zu agieren, den Spannungsverlauf zu regeln etc. Daher gibt es eine ganze Klasse von Romanen, die formale Lösungen anstreben und auf Ideen und Fabeln herabsehen. Davon weicht Julia Marquezim Enones Auffassung ab. (Jedes Kunstwerk verkörpert seine eigene Theorie.) Trotz all dem besteht die Frage fort, der ich mich heute stelle. Die Welt wirft mehr denn je zuvor Fangleinen und Netze nach uns aus. Ich weiß darum, ich weiß darum und bin auf der Hut. Eben deswegen frage ich, argwöhnisch und ohne Umschweife, ob sich die künstlerische Idee eines literarischen Werkes einfach fortentwickelt und klärt, oder ob wie zufällig ein von der Macht ausgehender Hauch sie verführerisch durchdringt. Mag sein, daß wir hier eine schillernde Zone berühren, in der auch Nuancen und Echowirkungen ihr Gewicht besitzen.

Das System der Sozialversicherung wird in Julia M. Enones Roman vorgeführt, als die Zeitungen voll von Briefen und sogar Berichterstattungen sind, die auf die Fehler dieser Organisation hinweisen. Graciliano Ramos schreibt einen Roman über die Opfer der Dürre. Weshalb? Der Stoff ist ja so alt, so allgemein bekannt! Im Wie der Erzählweise, in der künstlerischen Gestaltung liegen Sinn und Eigenart eines literarischen Werkes. Ist das nun alles? Ich glaube nicht. Wenn der Erzähler sich aus einem mannigfaltigen Angebot seine Themen wählt, nimmt er dadurch selbst Stellung, und zwar nicht nur in bezug auf das Leben: auch im Hinblick auf die Literatur. Mit seiner Entscheidung sagt er aus, bis zu welchem Punkt er sich dadurch, daß er sich verpflichtet, *Dinge beim Namen zu nennen*, auch den *genannten Dingen* verpflichtet, und welcher Art diese Verpflichtung ist. Die, welche vor der Dürre fliehen (der Künstler begreift nicht alle Bedeutungen dessen ein, was er erschafft), repräsentieren, ohne daß er es sagt, den Menschen, der sich der Hölle oder seinem Schicksal entzieht, der kämpft, um zu verstehen, alles das – und viel mehr – sind diejenigen, die vor der Dürre fliehen, aber was immer sie auch sein, was immer sie bewirken, so sehr sie aufbegehren mögen, sie bleiben diejenigen, die vor der Dürre fliehen, und dem können sie nicht entfliehen.

Daher beziehe ich, je mehr das Thema eines Buches und die Meinungen, die es vertritt, die so unbequeme, niederträchtige Seite der Literatur vorführen, falls ich nichts davon weiß, zu meinem Schutz eine ausweichende Position. Dies selbst dann, wenn das Thema ausgewählt oder ausgedacht zu sein scheint, um ein ernstes Anliegen des Erzählers vorzubringen. Wer garantiert mir denn, daß es nicht, gewissermaßen unbewußt, auf dunklen Wegen und unabwendbar in den Autor hineingelangt und nun schon in ihm heimisch geworden ist und danach drängt, sich in Schrift umzusetzen? Wer garantiert mir das? *Die Königin der Kerker Griechenlands* bringt, aus einer transzendentalen Perspektive heraus betrachtet, die großen Fragen des Menschen – nach Erlösung, nach dem Ziel, nach dem Verstehen – oder alle zusammen ins Bewußtsein. Hüten wir uns jedoch, meine Freunde, vor der Transzendenz und vor dem, wozu sie uns verführt. Sie kann den Sinn für das Zufällige abstumpfen; es bestehen Unterschiede zwischen der Irrfahrt des Aeneas (oder des Walfischfängers Ahab) und der Maria de Franças. Wir dürfen nicht vergessen, wie begrenzt – flach, armselig – ihre Zielsetzung ist, und welcher Art die Kräfte sind, die sich ihr entgegenstellen.

Es ist beinahe zwei Uhr früh, meine Augen brennen, und sogar die Hunde sind schlafen gegangen, aber eine Klarstellung, die ich schon formuliert habe, ist unumgänglich; ich muß sie nur noch niederschreiben. Was ich heute festhielt, soll keine Regeln setzen. Auf die Mannigfaltigkeit kommt es an; ich weiß, es gibt keinen verbindlichen Weg für den Roman, und ich habe nicht einmal die Absicht, eine Lehre darzulegen, durch welche die Entscheidung meiner Freundin im Hinblick auf die Kunstgattung verteidigt wird. Ohnehin schrecken mich (gibt es unter den literarischen Manifesten einen aktiveren Kobold?) dogmatische Stellungnahmen, sofern von Kunst die Rede ist. Nur zwei Dinge machen eine solche Haltung verständlich: die Kampfstrategie (der Kampf läßt keinen Mittelweg zu) und die naturgegebenen Mängel des Menschen, die ihn gelegentlich sogar daran hindern, den geliebten Gegenstand zu verstehen und ihn zu dessen blindem und begeistertem Beschützer werden lassen.

Was »mein« Buch betrifft, wovon wird es handeln?

11. November

Um das Jahr 1920 sprang ein schwarzgekleideter Mann vom Pferd und stieg, unter den Blicken zweier hochgewachsener Frauen, Mutter und Tochter, die Stufen zu einer schmalen Vorderterrasse hinauf. Er war seit kurzem Witwer und hielt es nicht für richtig, in diesem Stand zu verbleiben; er kam, weil er um das Mädchen anhalten wollte. Die Bauernhände auf die muskulösen Oberschenkel gestützt, saß er da und versuchte, eine Unterhaltung in Gang zu bringen, während man auf das Familienoberhaupt wartete, das die Arbeiten auf dem Hof beaufsichtigte. Aus dem Schatten und der Stille des Hauses trat die jüngere Schwester des Mädchens plötzlich auf die Terrasse, mit vollen Brüsten, denen noch ein Puppengeruch anhaftete. Entschlossen streckte sie ihm die Hand entgegen, zog sich dann wieder zurück und warf sich drinnen aufs Bett: laut genug, daß man es auf der Terrasse hörte.

Der Mann war gekommen, um über Nacht zu bleiben, und hatte vor, seinen Antrag am nächsten Morgen zu machen. Er wollte sich nicht der Verlegenheit aussetzen, noch Gast im Haus zu sein, falls sein Ansuchen abschlägig beschieden würde; für eine Rückkehr bei Nacht war die Reise zu weit, schwieriger noch für jemanden, der ein Nein im Gepäck trägt. Indessen fühlte er sich befangen, er wußte nicht, weshalb, und verstand sein eigenes Verhalten nicht, da sich seine Entscheidungen im allgemeinen von ihm ablösten, und es war, als sei er, Oton, ein Bote seiner selbst, dem es nur noch obläge, sie auszuführen; er saß herum, blieb einen Tag und noch einen, obwohl ihm bewußt war, daß alle den Grund seines Besuches kannten.

Von der Verstorbenen hatte er eine Tochter und drei Söhne (in der Taschenuhr lag eine Fotografie des Mädchens). Viele Dinge zeigte und sagte er nicht der Erwachsenen, die er zu heiraten gedachte, sondern dem jungen Ding, das nach und nach zutraulicher wurde und ihn fester ins Auge faßte. Warum? Die Antwort darauf bekam er, während sie ihn ansah und den Satz auf ihn abfeuerte, den sie im Augenblick ihrer Begegnung auf der Terrasse formuliert hatte, als ihr eine Ahnung davon gekommen war – ihr oder ihrem jungen Leib –, welche Qualitäten jener Mann besaß, der in diesen vierzig Stunden weiter in ihrer Achtung gestiegen war; der Witwer vernahm die wenigen Worte, als seien sie eine Offenbarung oder ein Spruch:

»Sie müssen sich verheiraten, wissen Sie, aber mit mir.«

Verstört und wie im Rausch murmelte er: »Warum?«

»Sie fragen noch, Herr Oton? Wenn Sie mich kennen würden und wären deshalb hierher gekommen, in Ordnung. Das gibt es alle Tage. Aber nein! Sie kannten meine Schwester. Die ist keine Frau für Sie. War nur der Lockvogel. Sie sind meinetwegen gekommen. Aber nie hatten Sie mich gesehen und nicht von mir reden hören.«

Zuweilen betrachtet man das Unvereinbare, das Unsinnige als das Wahre; selten so sehr wie an diesem Tag. Wer vermöchte mit größerem Verständnis für die vier Waisen zu sorgen als sie, Adelaide, eine so junge Stiefmutter? Alles rechtfertigte ihren Vorsatz, ohne daß sie Listen brauchte, Netze auswarf, sondern einfach, weil hier der Partner war, der Schwängerer, den ein planender Zufall herbeigeführt, ihr zum Greifen nah gebracht hatte; sofort oder nie, aber es hatte sofort zu sein, jetzt. Schwangerschaften und Geburten stießen sie vorwärts, los!, dies ist der Erzvater. Ohne geschlafen zu haben, klopfte der Gast um vier Uhr früh an die Tür des Ehepaars, und das Begehren des Mädchens begann sich zu erfüllen. Sie veranlaßte ihn, die künftigen vier Stiefkinder zu holen, und sorgte für sie alle, als sei sie die Mutter; küßte jedes einzelne vor der Hochzeit, die der Bräutigam noch in Trauerkleidung beging. Für ihre Schwester fand sich kein brauchbarer Bewerber – es gab in dieser Gegend nicht viele Männer, die in Frage kamen –, und Adelaide lud sie niemals ein. Sie besuchte auch ihre Eltern nie, nicht einmal auf dem Totenbett: Jahre hindurch verließ sie ihr Haus keinen einzigen Tag, versah den Haushalt ohne jede Hilfe, ein unzulässiger Eigensinn, bedenkt man, daß sie genau zweidutzendmal niederkam, beim einundzwanzigsten Mal mit Julia. Seit ihrer ersten Geburt vernachlässigte die vorher so liebevolle Stiefmutter ihre Ziehkinder und verteilte sie kurz danach unter Verwandte der Verstorbenen. Oton Enone sah bald nur die zweite Familie und sprach selten über die Kinder aus erster Ehe. Als Julia von ihnen erfuhr, war sie fünfzehn oder sechzehn Jahre alt.

Dies alles – die Art, in der das des Lesens und Schreibens nahezu unkundige, unerfahrene Mädchen es verstand, sich bei einem Mann durchzusetzen, der andere Pläne hatte, der unerbittliche Rhythmus, in dem sie vierundzwanzig Kinder austrug, von denen keines während der ersten Jahre starb – erkannte meine Freundin, ohne Ironie und ohne Enthusiasmus, als ein Zeichen von Genialität an, als etwas, was sich normalen Maßstäben entzieht und alles aus dem Weg räumt, um sich zu verwirklichen. Darüber hinaus: den Mut zum Wagnis, die unermüdliche Bereitschaft, ein maßloses Vorhaben zu Ende zu bringen. Diese allzuweit gehende Beanspruchung forderte den Ehemann ganz und gar, so daß er mit der Zeit zum Sklaven absank, zum Werkzeug, und für die übrige Welt nicht mehr existierte. Er war leidlich wohlhabend und bewohnte inzwischen ein zweistöckiges Haus mit sechs Zimmern in Recife, wo er einen Brief seiner ältesten Tochter erhielt – das Kinderbild war aus seiner Uhr verschwunden –, die ihn zu ihrer Hochzeit einlud. Durch den Überbringer der Einladung ließ er ausrichten (er schrieb nicht einmal eine Entschuldigung für seine Absage): »Ich bin letzthin sehr beschäftigt. Habe gar keine Zeit.« Als er starb, war er über siebzig Jahre alt und hatte sich um seine vier ältesten Kinder nie mehr gekümmert, die durch den Sippengeist der heute auch über siebzigjährigen Adelaide gänzlich aus seinem Herzen verdrängt worden waren.

Diese Tatsachen wurden mir natürlich durch die Verfasserin von *Die Königin der Kerker Griechenlands* übermittelt, die ihre Familienchronik in romanhafter Weise ausgeschmückt haben mag.

18. November

Vielleicht werden meine Leser, ich glaube, ich werde mehr als einen haben, merken, daß es gelegentlich Pausen zwischen zwischen den einzelnen Aufzeichnungen gibt. In Wirklichkeit nehme ich dies Heft fast täglich – nicht immer gleich lange – zur Hand, um zu schreiben. Oft verwerfe ich, was ich geschrieben habe, und ebensooft hebe ich eine Seite auf als Verzeichnis meiner Unzulänglichkeiten oder auch, weil sich inmitten der Zweifel und Wirrnisse der Faden verbirgt, dem ich zu folgen habe.

Ich möchte den Leser nicht mit diesem unfertigen und selbstquälerischen Teil meines Buches belasten, doch will ich auch nicht schweigend darüber hinweggehen.

20. November

Ich als Achtzehnjähriger: sinkender Abend; ich lese in einem Roman von Stendhal, ohne das schwindende Tageslicht im Zimmer wahrzunehmen.

Seither sind Jahre vergangen. Beim Nachdenken über romanhafte Abläufe vertiefte ich mich in berühmte Autoren und lese nun wieder einen Roman von Sendhal. Das gleiche Buch, *Rot und Schwarz*, aber der Lesevorgang verläuft anders und dadurch verändert es sich.

Bei der Gegenüberstellung von Roman und Leser spielt heutzutage nicht nur die Frage nach dem Alter eine Rolle. Der jetzige Leser unterscheidet sich von dem früherer Zeiten. Auf den Leser, der bereit war, sich vorzustellen, was er las, fasziniert von Entwicklungen, deren Zusammenwirken einen Zauber auslöste, den er nicht deutlich erkannte, ist der mißtrauische Leser gefolgt, der aufsässige, der keineswegs harmlose, der, wenn er sich äußern soll, zu sagen scheint: »Ich erinnere mich nicht, und ich will mich nicht erinnern.«[21]

Was soll einer tun, der, wiewohl er um diese Weigerung weiß, nicht darauf verzichten möchte zu erzählen, weil er es für wichtig hält oder erregend findet? Da er sich nicht auf Erinnerungen stützen kann, die ihm brav ins Gedächtnis rufen, was zur Welt seiner Romane gehört, geht er jetzt in einem verwegenen Manöver voller Unvorhersehbarkeiten dazu über, im Mittelpunkt der Verweigerung in Erscheinung zu treten. Er tauscht die Lage eines glaubwürdigen – und mehr oder weniger unaufrichtigen – Zeugen gegen die andere, weniger ehrbare und gewagtere eines zugegeben falschen Gewährsmannes ein. Die Veränderung des Textes liegt nicht mehr zeitlich hinter seiner Existenz und vollzieht sich von seinem Ursprung an.

Der heutige Roman weicht von dem ab, was dem früheren Ehrensache war, der sich für die Wahrheit verbürgte, mit mehr oder weniger naiven Verstellungskünsten (in Form von Bekenntnissen der Helden oder von Manuskripten, die der Autor gefunden hatte), damit die Geschichte und die »Erinnerungen« des Lesers echt aussahen, den der Text dazu bewog (eine Hypnose?), glaubhafte Ausschnitte der Welt wachzurufen. Der Schriftsteller legt seine Kunstgriffe bloß, die in der neuen Rangordnung dieser Gattung Ansehen genießen. Damit macht er deutlich, daß er anwesend ist, und scheint jedem von uns zu sagen: »Ihr glaubt mir nicht? Um so besser! Hier geht es um Sprache und Handwerk.«

Das derzeitige Phänomen stellt in neuer Gestalt vielleicht letzten Endes die Rückkehr der Erzählung zu ihrem Ausgangspunkt, zu ihrer wahren Natur dar. Hat der König Scheherezade Glauben geschenkt?

Keine Schlüsse ziehen, meine Freunde, aus der ästhetischen Wertschätzung alles dessen, was als modern verkauft wird, eine tröstliche Geschwätzigkeit, die man in unseren Tagen stillschweigend hinnimmt. Nur für den, der die Bestimmung der Dinge nicht bedenkt, ist es ein entschuldbarer Fehlschluß zu meinen, daß die Konstituierung der Werke die Konstituierung des Lesers verleugnen darf. Der Friedhof von Büchern, die für alle Zeit zugeschlagen wurden (auch auf meinen Regalen ruhen einige davon), zieht sich über die ganze Erde hin, und Einzigartigkeit heißt nicht Unsterblichkeit – oder geringere Kurzlebigkeit. Borges erinnert in seinem *Manual de zoología fantástica* daran, daß nicht alle erdachten Tiere überlebt haben: sie fanden kein Echo im Herzen der Menschen. Sicher war eine Hekatombe von Ungeheuern nötig, damit Einhörner und Zentauren auf uns kamen.

Die neuen Beziehungen zwischen Romanautor und Leser treten klar hervor in der schwer faßbaren Instanz, die mit der Erzählung betraut ist. Als Natascha in *Krieg und Frieden* für mich tanzte, als, während der nächtliche Wind im Ödland über das Heidekraut jagte, Kathy zu mir sagte: »Ich bin Heathcliff«, als Jude einsam in seinem Zimmer in Christminster starb und seine Gedanken bei Sue weilten, während die unausstehliche Arabella sich in den Straßen herumtrieb, bei all diesen Gelegenheiten erinnerte ich mich wirklich, als ob ich kein Buch vor mir hätte, und es war, als lösche die Geschichte den Text aus. Jetzt weiß ich: Erzählung ist ein Geschehen in Worten, die deshalb ein Agens braucht, das sie formuliert; die Rolle des Erzählers, eines rätselhaften Wesens, ist geheimnisvoll und vielfältig; nach und nach beseitigt die zeitgenössische Prosadichtung die Verbote, die den Vermittler einengten und mit ihrer Unerbittlichkeit dem Universum des Romans die Gesetze der körperlichen Welt unversehrt aufzuzwingen suchten.

Wieviel ist über dieses Thema geschrieben worden! Wie hitzig die Diskussionen über die Absurdität eines Erzählers, der alles weiß! Wie viele sträubten sich, lehnten eine Erzähler-Person starrköpfig ab, weil sie die Möglichkeiten des Romans beschränken würde! Percy Lubbock, Wayne O. Booth, Henry James, Mark Schrorer, Chavignolles, Warren Beach, Friedmann, Spielhagen, Wolfgang Kayser, Stanzel, Sartre, Genette. Unmöglich und nicht ratsam, Euch alle aufzuführen, die Ihr Untersuchungen über das anstellt, was man nach allgemeiner Übereinkunft Blickwinkel, Brennpunkt, Gesichtsfeld oder Erzählperspektive nennt.

Dennoch findet sogar der vorgewarnte und unabhängige Leser, für den der Roman keine Anhäufung roher Tatsachen ist, sondern vor allem ein Kunstgebilde aus Wörtern, die Erzählperspektive oder die entsprechende Technik nicht immer heraus. Nein, ich darf nicht von Hilfsmitteln reden. Erzählen setzt voraus, daß man Zeugnis ablegen will – wahrheitsgetreu oder falsch –, und wie sollte man das tun, ohne sich an einen bestimmten *Punkt* oder an mehrere zu versetzen? Der perspektivische Standort ist also im Roman eine unumgängliche Notwendigkeit: der Autor probiert ihn aus, verhehlt ihn, kämpft mit ihm, stößt ihn um, vervielfacht ihn, löscht ihn aus und greift immer wieder auf ihn zurück. Groß ist die Auswahl und reichhaltig die Nomenklatur. So wenig wie in der Botanik und Zoologie fehlen auch hier Klassifizierungen und Unterteilungen.

23. November

Darf ich behaupten, allein zu sein? Mit dem Blick – oder in Gedanken – überfliege ich langsam die Reihen meiner Bücher, solche, die ich gelesen habe, und andere, die noch zu lesen sind, die ich dringend lesen möchte. Ein niemals vollständig erschlossenes Phänomen, diese lesbaren Zeichen (wie viele?), die wie Wolken kleiner Schmetterlinge zwischen den Seiten sitzen, wo sie nur durch ein Wunder reglos verharren. Ob es wahr ist, was uns eine apokryphische Schrift des heiligen Johannes verheißt, daß beim Jüngsten Gericht alle Wörter aus den Büchern auffliegen werden, auch die aus solchen, die vernichtet wurden? Ein zauberhafter Schwarm! Die alte Handschrift sagt nichts darüber, ob die Wörter aus den Büchern, die erzählen, auffliegen und die Figuren über die Erde wandeln werden: Helden, Mitspieler und Widersacher. Für mich hat diese Stunde schon oft geschlagen, und die Romane, die ich gelesen habe, öffnen ihre versiegelten Tore zu mir unbekannten Schlupfwinkeln meines Wesens. Was die anderen betrifft, die bleiben unverletzlich, und halb unruhig, halb unwissend betrachte ich sie von außen. Was verbergen sie? Haben sie mir ein Geheimnis zu offenbaren? Sollte es unmittelbar neben mir eine grundlegende Substanz geben, die nur darauf wartet, daß ich sie mit einer einfachen Gebärde von diesem Baum pflücke?

24. November

Ein Nachteil: dadurch, daß uns die heute gängigen Ausdrücke – Blickwinkel, Brennpunkt, Perspektive oder Gesichtswinkel – begegnen, werden wir verleitet, wirklich an einen Punkt, ein Auge zu denken, die mit einer Person zusammenfallen oder die sich isoliert in der Phantasiewelt des Romans bewegen. Eine solche Vorstellung hat zweifellos teil an dem, was man unter dem Gesichtsfeld einer Erzählung zu verstehen gewöhnt ist, macht aber nur sein offenkundigstes Merkmal aus. Daher ziehe ich die Anregung Diderots vor, die er in einem im definitiven Text nicht enthaltenen Entwurf für *L'Eloge de Richardson* gibt. In diesem von der englischen Zeitschrift *Drum*[22] als Faksimile abgedruckten Manuskript, das gewisse Thesen des *Paradoxe sur le Comédien* wieder auf- oder vorwegnimmt,[23] wie die, daß sich in einem Roman nichts genauso abspielt »comme en nature« und daß die dramatischen Dichtungen »sont tous composés d'après un certain système de principes,[24] benutzt Diderot die Formel »dispositif de médiation«, die alle heute im Umlauf befindlichen Entwürfe an Reichweite übertrifft. Hier fehlt die vereinfachende Vorstellung eines »Punktes«, der beobachtet oder von dem aus jemand beobachtet. Der Autor von *La Religieuse*, ein Vorläufer auch in dieser Beziehung, hat die kunstvollste und sicher genaueste Idee eines bis ins kleinste abgestuften Mechanismus entworfen, mit Gesetzen, die sich nie wiederholen und die auf verschiedenen Ebenen anzuwenden sind: dieser Mechanismus beherrscht die Erzählung. Die »Vermittlungsmaßnahme«, so schreibt er: »berücksichtigt nicht einfach die Geschehnisse. Sie bürgt für das, was man weiß, und für das, was man nicht weiß; sie regelt Entfernungen – zwischen einer Person und der anderen, zwischen Person und Welt, zwischen Leser und Person –, und sie kann sogar wählen zwischen dem neutralen Bericht und der leidenschaftlichen Einmischung.

Auch beim Skizzieren einer Typologie für die »Vermittlungsmaßnahme« scheint mir Diderot das Richtige zu treffen. In ihrer Einteilung ist diese Maßnahme, deren Struktur fest und deutlich zu sein hat, *streng*; in der *Anpassungsmaßnahme* herrscht das scheinbar Willkürliche vor, weshalb diese eher zum Improvisieren geeignet ist oder für das, was in unserem Jahrhundert Thornton Wilder »den wunderlichen Atem der Schöpfung« nennen würde. Viele Spielarten dieser letzten Modalität finden wir zum Beispiel in Romanen, welche unausgesprochen die Existenz eines engelartigen, nicht ortsgebundenen Erzählers von unbestimmbarem Alter, vielleicht sogar alterslos, zulassen, dem – so glaubt man – nichts verborgen bleibt. »Wir, die wir als Unkörperliche alles wissen und bei allen Toden zugegen sein können.« (Sérgio Sant'Anna, *Das Erwachen des Gregório Barata)*

27. November

Der für das Unternehmen Camanducaia zuständige und dreißig Tage vom Dienst suspendierte Gerichtsschreiber J. A. P. hat bei der Vernehmung durch den Richter, der die Aufsicht über die Strafanstalten führt, mehrere Vorgesetzte beschuldigt und hinzugefügt, daß man ihm versichert habe, seine Suspendierung diene dem Zweck, die Presse zu beschwichtigen. Sie werde sehr bald widerrufen, und zur Belohnung dürfe er dann mit dem Polizeiminister zu Mittag essen. Er sagte aus, den Befehl bekommen zu haben, »das Grammophon nicht laufen zu lassen« (den Mund zu halten), andernfalls würden ihm zur Strafe bald »die Ameisen im Mund herumkrabbeln«. Der Euphemismus entspricht nicht dem einfachen Begriff von Tod, sondern dem von brutalem, von wehrlos erlittenem Tod, bei dem die Leiche an irgendeinem Straßenrand landet. Auch wirkt die Vorstellung eines Mundes, der sich in ein Ameisenloch verwandelt, weil er nicht schweigen konnte, abschreckend.

28. November

Die »Vermittlungsmaßnahme« in *Die Königin der Kerker Griechenlands*, wo eine Person, Maria de França, die Rolle des Erzählers übernimmt, ein typisch *strenges* Verfahren, wird infolge gewisser Verzerrungen *geschmeidig*. Der Bericht, der einer des Lesens und Schreibens nahezu Unkundigen in den Mund gelegt wird, entzieht sich jedem Bemühen um Nachahmung. Es kennzeichnet ihn eine stilistische Tendenz, die unvereinbar ist mit dem, der ihn spricht. Wir kommen hier zu einem heiklen Punkt, doch will ich versuchen, ihn zu klären. Sehr kultivierten Lesern oder solchen, die sich für diese Materie weniger interessieren, wie auch denen, welche im Umgang mit der Romanliteratur die Unkompliziertheit anderer Zeiten bevorzugen, entgeht nichts, wenn sie jetzt spazierengehen und diese letzten Novembertage überspringen. Doch möchte ich ihnen vorschlagen, nach zwei oder drei Seiten zurückzukehren. Viele Überraschungen harren ihrer.

Es gibt zwei unterschiedliche Gestaltungsprinzipien, die nicht immer gleichzeitig Anwendung finden: das gelehrte und das poetische. Das erste spiegelt immer das wider, was der Schriftsteller aus traditionsgeheiligten Gebieten ausgewählt und gelesen hat; es legt Wert auf eine gewisse Eleganz; das zweite, das darauf abzielt, das noch nicht Formulierte, das kunstlos Schlichte zu erforschen, gräbt auf verschiedenen Ebenen nach volkstümlichen Schätzen und übergeht das kulturelle Erbe oder bekämpft es. Die geistige Auseinandersetzung, die sich in der gelehrten Manier, wie etwa bei Machado de Assis, im Aphorismus verdichtet, tritt bei der poetischen Darstellungsform nicht unbedingt als Endergebnis von Überlegung zutage, sondern als provisorische Wirklichkeit, die aus dem Umgang mit der Welt gewonnen wird. In diese Reihe gehören Werke wie *São Bernardo* von Graciliano Ramos und *Grande Sertão: Veredas* von Guimarães Rosa.

São Bernardo ist gewissen realistischen Konventionen verpflichtet und gibt sich offen als ein von einem Mann mit rudimentärer Schulbildung geschriebenes Werk zu erkennen; es bemüht sich deshalb um eine Ausdrucksweise, die der Figur entspricht, ein literarisch nicht durchführbares Vorhaben, denn es ist notwendig, daß das Buch, das uns von seiner Primitivität überzeugt, gleichzeitig – natürlich unauffällig – ein hohes Maß an Ausdruckskraft vermittelt; dieser Konflikt, der für den wirklichen wie für den Pseudo-Autor schwer zu lösen ist, erfaßt die thematische Ebene. *Grande Sertão: Veredas*, ein Werk, das sich freimacht von den Schwierigkeiten, mit denen sich Graciliano herumschlägt, erweist sich gleich als inakzeptabel, weil es eine mündliche Redeweise vortäuscht, die dem aufs sorgsamste gestalteten, wenngleich nicht gelehrten Text unentwegt zuwiderläuft: die Fiktion entsteht eindeutig im Akt der Aussage selbst. Der Bandit Riobaldo persönlich erzählt in einem Band von 550 Seiten einem unklar bleibenden Gesprächspartner seine Geschichte, deren offenkundige Unwahrheit keinen Augenblick verborgen bleibt.

Die Königin der Kerker Griechenlands folgt dieser letztgenannten Richtung und geht dabei noch weiter im Sinne einer Darstellung, die eingestandenermaßen imaginär ist; man erkennt das, was gesagt wird, als nicht geschrieben, und es steht immer im Präsens des Indikativs. Anatol Rosenfeld, mit dem ich darüber sprach, glaubt, daß diese, im modernen Roman häufige, Lösung bestrebt ist, »den Eindruck eines Abstands zwischen Erzähler und Erzähltem auszumerzen« oder »die Geometrie einer ewigen, zeitlosen Welt aufzuzeigen«.[25] In seiner Interpretation fehlt etwas Wichtiges: die Form des Präsens verstärkt in diesem Fall den fiktiven Charakter der Dichtung. *Grande Sertão: Veredas* ahmt noch – eine Konzession an den gesunden Menschenverstand – den mündlichen Bericht schon geschehener Tatsachen nach; dadurch, daß *Die Königin der Kerker* jede Handlung unmittelbar in Worte umsetzt, scheint sie uns nahelegen zu wollen, das, was sie sagt, als falsch, unwirklich, absurd und nicht beweiskräftig für etwas in der Vergangenheit Geschehenes anzusehen: sie läßt es als Erzählung gelten, nur das.

Julia Marquezim Enone treibt ihren Vorsatz, den rein literarischen Charakter des Romans herauszustellen, noch weiter.

Ihre »Vermittlungsmaßnahme«, deren zentraler Punkt in der ersten Person liegt, wächst durch eine unlogische »Allwissenheit«, das übliche Merkmal des anonymen, engelartigen Erzählers, der außerhalb des Romans steht:

> »Er läßt mich nicht aus den Augen und stellt mir blöde Fragen, denn er denkt, ich bin verrückt (›Hat es gestern geregnet?‹ ›Von welcher Seite ist das Fenster schmutzig?‹ ›Magst du Reis?‹) Nie fragt er mich das, was er eigentlich fragen will und wovor er nachts im Dunkeln schaudert, wenn er den Schrei nach mir auf seiner Junggesellenmatratze erstickt.«

Die Person, die dieses »ich« gebraucht, Maria de França, ist eine Irre, so wird der Leser folgern. Er wundert sich also nicht darüber, daß sie im Innern derer, die sie kennt, und sogar Fremder, lesen zu können glaubt.

Damit vollzieht sich eine Wendung; wir kehren in den Umkreis des Natürlichen zurück, wodurch die These von einer »Vermittlungsmaßnahme« teilweise aufgehoben wird, die rückhaltlos die Vorteile des Imaginären übernimmt. Der passende Einwand würde unfreiwillig den wesentlichen Zug dieser schwer durchschaubaren Kunst, den Hang, sich zu verbergen, aufs neue an die Oberfläche bringen. Nicht um die Psychologie von Geisteskranken zu studieren oder um nach naturalistischem Vorbild ein »Geschwür am Leibe der Gesellschaft« aufzuzeigen, geschieht es, daß Maria de França den Verstand verliert. Diese Option gehört in die Reihe der Verstellungen. Der Irrsinn der Heldin erlaubt es J.M.E., wie man noch sehen wird, gewisse Gebiete des Romans, die von der zeitgenössischen Forschung angepeilt werden, auf ihre Weise auszuloten und doch den Eindruck zu erwecken, als bewege sie sich innerhalb traditioneller Grenzen. Wenn wir oberflächlich lesen, scheint zum Beispiel die Behandlung von Raum und Zeit das gestörte Bewußtsein der Weberin und Hausangestellten widerzuspiegeln. Eine Analyse zeigt den Irrtum auf: Raum und Zeit, die wie in so vielen heutigen Romanen von Unordnung und Widerspruch geprägt sind, entsprechen in Wirklichkeit einem sehr genauen Kalkül unvermuteter Bedeutungen.

30. November

Das Buch verzichtet auf eine Diagnose und gibt keine sehr genauen Auskünfte über die Symptome von Maria de Françás Geisteskrankheit. Ein solcher für große Werke charakteristischer Verzicht hat einen Sinn, den wir meistens übersehen, und verbindet sich mit einem umfassenden Verstehen der Dinge. Namen einzusetzen ist oft ein Fehler, ein Zeichen von Blindheit oder Unreife: wir halten uns zum Narren, wenn wir etwas benennen, das weit über seinen Namen hinausgeht. Irgendwo in den 1500 Seiten von *Der Mann ohne Eigenschaften* steht ein aufschlußreicher Satz von Musil. Er spricht über Agathes ersten Mann und sagt, es habe ihn, »was man in der Sprache der unaufgeklärten Welt eine Infektionskrankheit nennt«, befallen. Für die aufgeklärte Welt ist eine Infektionskrankheit ein abgedroschener Begriff: hinter ihm, größer als er, stehen Leiden und Schmerz, Verfall der Existenz und Elend. Ebenso ist es mit dem Irrsinn. Es gibt, darüber dürfen wir uns nicht hinwegsetzen, ein Denken, das auf das Wesentliche gerichtet ist, ein wissendes – kein wissenschaftliches – Denken, angesichts dessen die Deutlichkeit nichts verdeutlicht: sie ist Verzerrung der Wahrheit, Maske, Mißverständnis, Täuschung.

2. Dezember

Ich hätte wohl schon zu erkennen geben sollen, daß ich nicht eben aus kluger Voraussicht der »zweideutigen und schlecht abgegrenzten Rolle«[26], Literaturunterricht zu erteilen, entgangen bin, einer bei Menschen meines Schlages weitverbreiteten Manie, der sich selbst der vorzügliche A. B. nicht hat entziehen können. Er war es, der vor Tagen zu mir sagte: »Wenn diejenigen, denen die Bücher ein Quell des Glücks sind, in der Absicht, Arbeit und Vergnügen in Einklang zu bringen, der Versuchung nachgeben, das zu lehren, was ihnen, als Lesern, weniger Wissenschaft ist als Erlebnis, dann sind sie verloren.«

Er hat recht. Wenn man ein gewissenhafter Lehrer sein

will – und das ist bei ihm der Fall –, dann muß man sich an festgelegte Systeme halten, alles Verschwommene und Intuitive ablehnen und mit methodischen Untersuchungen zu Werke gehen, so daß man schließlich eine Art von nützlichem, geordnetem, solidem, funktionalem und anerkennenswertem Wissen erwirbt – von Freude keine Spur. Nun, der Umgang mit literarischen Texten hat etwas von Herumtreiberei an sich, und ich bereue es nicht, mir dieses vom Glück begünstigte Vagabundentum bewahrt zu haben.

Was für Stunden und Kurse sind es also, von denen ich mehr als einmal sprach? Ich bin ein kaum genau festzulegender, unbekannter Lehrer auf dem Gebiet, das man früher Naturkunde nannte. Es reizt mich, die Mannigfaltigkeit der Wurzeln abzuhandeln oder, als Reaktion auf die siegesgewisse Pädagogik für geistig Behinderte, die in unserem Land ausgeübt wird, die Doppellebigkeit der Amphibien nachzuweisen. Außerdem wird das, was ich lehre, in einer so steinernen Stadt wie São Paulo zu etwas Magischem. Spinnen und Nachtfalter sind in den Augen der Schüler so unwirklich und absurd wie der Pterosaurier von Texas.[27]

Aber der Botaniker oder Zoologe gibt – hierin unterschieden von den Inhabern geisteswissenschaftlicher Lehrstühle – dem Impuls nicht nach, den meist mit anderen Dingen beschäftigten Geistern das einimpfen zu wollen, was sich am schwersten übertragen läßt: Begeisterung. Diese Rolle habe ich immer gefürchtet, denn sie ist dem Lehramt unzuträglich und Narren angemessen (oder jemandem, der dadurch, daß er liebt, von den Gesunden abrückt). Geisteswissenschaftliche Fächer wie Geschichte und Geographie verlangen von dem, der sie beherrschen will, eine ständige Aktualisierung. Pflanzen und Tiere dagegen bilden in all ihrer Vielfalt eine unveränderliche

Welt – wie es die der geometrischen Figuren ist. Es wird folglich nicht an Leuten fehlen, die in der Wahl, die ich getroffen habe, eine gewisse Arglist sehen; tatsächlich gewährt sie mir den unvoreingenommenen Genuß der Werke, die in meinem Haus versammelt sind. Diesem Genuß gesellen meine empfindlichen Augen den Vorzug oder Wert des Risikos bei. Und obendrein profitiere ich davon, daß ich nur an einem Gymnasium tätig bin: ich entgehe dadurch vielen aufreibenden – wie A.B. mir bekennt, manchmal unnützen – Verpflichtungen, die von den Vorzügen der höheren Dozentur nicht wettgemacht werden.

Es lag nicht einmal in meiner Absicht zu schreiben, abgesehen von diesen (ganz privaten?) Heften, in denen ich seit mehr als zwanzig Jahren aufzeichne, was ich über die Bücher denke, die ich lese; die vorliegende, ausgearbeitete Studie bildet eine Ausnahme in meinem Lebensplan.

3. Dezember

Die vollkommen fiktive Allwissenheit, deren Träger das »Ich« der Maria de França ist, beschränkt sich nicht darauf, im Inneren ihrer Gesprächspartner oder der an ihr vorüberziehenden Gestalten zu lesen. Sie umfaßt mit einer Freiheit, wie sie dem unpersönlichen Erzähler nicht immer gestattet wird, die Kontrolle des Raumes, da ja alle ihre Sinne in völliger Ungebundenheit, also der Fesseln des Körpers ledig, durch Recife geistern:

»Ihr könnt es nicht merken, aber das ist der Geruch aus der Sumpfniederung und vom Rauch des Zugs um sieben Uhr früh, Steinkohle, auf dem Weg ins Binnenland, da fangen die Geländer der Alten Brücke, geteertes Eisen, an, sich zu erhitzen, durch die Luft kommt der Geschmack der Mangofrüchte und gebratenen Fische vom Marktplatz in den Mund geweht, die großen Glocken der Karmeliter- und Franziskanerkirche läuten und die kleinen Glocken der Kapellen, die Sonne geht auf, sie taucht aus dem Meer, sie steigt, hallo! hallo! schaut und seht, sie überflutet die ganze Umgebung und die Mitte der Stadt.«

Riechen, Fühlen, Schmecken, Hören, Sehen fangen jeweils einzelne Aspekte eines frühen Sommermorgens in der Stadt Recife ein. Zuweilen ändert Julia Enone das Verfahren durch die wiederholte Verwendung der Figur, die in den Handbüchern als Synästhesie bezeichnet wird:

»Seht, seht, am Strand zerbricht das Tosen der Wellen, glitzernd und schwarz wie Ruß, ist das schön? ist das schön? Kinder strecken die Hand aus dem Fenster (in Torre, in Aflitos, in Encruzilhada, in São José, in den Dirnenhäusern der Rua Vigário Tenório), dieser Geschmack des Regens auf den ausgestreckten Handflächen, der Erzbischof, barfuß mitten im Garten, erhebt sein Haupt, öffnet den heiligen Mund, sieht auf der geweihten Zunge das Funkeln des Blitzes, macht den Mund zu, die gefesselte Zunge, Dudu! mein Liebster, hör den Geruch des Regens, der langsam eindringt durch die halb geöffneten Omnibusfenster, ein Geheimnis, dieser Regenduft, der das Öl durchzieht und das Schmierfett und den schwarzen Schmutz der Garage, im Regierungspalast öffnet der König die Nasenlöcher, atmet tief, regt sich nicht, sieht nichts, atmet und tut königlich kund: ›Der Regen ist kalt.‹«[28]

Das Aufrufen aller Sinne ist sozusagen obligatorisch in dieser Art von Beschreibung und kommt in dem Buch so häufig und mit so vielen Variationen vor, daß eine gesonderte Studie gerechtfertigt wäre.

4. Dezember

Die mögliche Entgegnung, ein auf diese Weise geschilderter Raum bringe keine Allwissenheit zum Ausdruck, sondern sei nichts weiter als ein Reflex der spezifischen Phantasiearbeit der Heldin, scheint durch andere Stellen des Textes widerlegt zu werden, sofern man nicht den ganzen Bericht der Maria de França für falsch hält.

»Der Regen kommt vom Meer, erreicht den Hafenkai, zieht zur Stadt hinauf, rückt weiter vor und überquert die Brücken, die die Inseln ans Festland ketten, hallo, ihr, die ihr zuhört, es sind die Wasser des Monats März, mit dem linken Bein stehen sie am Flughafen, mit dem anderen in Santo Antônio, der Kopf ist über der Flußniederung, und den rechten Arm streckt er nach Casa Amarela aus und befeuchtet die Hügel und die Stadt Recife, die fast gänzlich zugedeckt ist von diesem Regenkörper; die Vögel, groß wie Hunde, schlüpfen unter das Laubdach der Bäume, ein ungeheurer Kanarienvogel kommt heulend angeflogen, ist schneller hier als die Regenhand, die wild auf den Hügel niedersaust und mich noch im Garten findet, und ich laufe nach drinnen, die Türen schlagen, eine Taube setzt sich aufs Dach, und das Haus ächzt, hört ihr's?«[29]

Die *wirkliche* Wahrnehmung des Regens (des Regens im Garten, wo sich die Gestalt aufhält, bestätigt die *unwirkliche*, romanhafte (des Regens an entfernten Orten der Stadt).

5. Dezember

»Alice wartete, bis die Augen der Katze zu sehen waren, und dann nickte sie ihr zu.«

Lewis Carroll, *Alice im Wunderland.*

6. Dezember

Man darf nicht glauben, der Kunstgriff, durch den Julia Marquezim Enone die erzählende Person mit einer Art von geistigem Sehertum ausstattet, sei als einfacher Ersatz für ein Personalpronomen anstelle eines anderen zu verstehen. Maria de Franças Allwissenheit ist wohlgemerkt nicht frei von Irrtümern und reicht deshalb viel weiter als die eines unpersönlichen Erzählers. Der darf sich nicht täuschen. Welchen Vorteil hätte es schließlich auch, sich von den menschlichen Begrenzungen freizumachen, um dafür in ihre Irrtümer hineingezogen zu werden? Maria de França dagegen kennt die Allwissenheit und ist zugleich an ein „Ich" gebunden, dem die menschliche Beschränktheit hemmend den Weg verstellt. So gibt es mehr als einmal gefährliche Mißverständnisse: ihre unvollkommene Allwissenheit liest fremde Überlegungen und Gefühle unzuverlässig. Maria de França stützt ihr Handeln einer anderen Person gegenüber auf das, was sie von deren Innenleben weiß – oder zu wissen glaubt.

Aber die »Vermittlungsmaßnahme« des Buches, die keineswegs streng durchgeführt ist, wird Euch noch Überraschungen bieten. Zwischen dem Bewußtsein der Person, während sie Person ist, und dem, was sie als Erzählerin verzeichnet, lassen sich gelegentliche Abweichungen feststellen. Der Effekt ist suggestiv und beunruhigend. Das sprechende »Ich« berichtet uns, Belo Papagaio, der Lastwagenfahrer verfolge zerstörerische Absichten, und seine Abenteuerberichte seien nichts weiter als eine List, »ein Gewölk aus Gerüchten und Lügenmärchen, um mir den Kopf zu vernebeln und die Wachsamkeit zu nehmen«, während das handelnde »Ich«, taub für diese Feststellungen, deren Sprachrohr es ist, sich in der Schlinge verfängt.

7. Dezember

Es gibt also in dem Werk ein Hin und Her, willkürliche Schwankungen im Verhältnis zwischen der Person, die handelt, und ihrem zweiten »Ich«, das redet, obgleich sie – die eine wie die andere – das gleiche Fürwort gebrauchen, das dadurch etwas Schillerndes bekommt. Der Leser sieht sich – und der Kritiker folgt ihm darin – verwirrt und verunsichert: er steht einem Sprecher gegenüber, der nicht den geringsten Glauben verdient, und der es darauf abgesehen hat, ihn nicht zu verdienen, vermittels eines Spiels von Treffern und Irrtümern, von Öffnungen und Verengungen innerhalb seines Gesichtsfeldes, dessen Beschränkung zuweilen ans Absurde grenzt. Die folgende Stelle bestätigt unsere Beobachtung:

> »Ich gehe die Treppe hinunter, komme in einer Woche wieder, ich steige die Treppe hinauf, der Antrag wird mangels gesetzlicher Grundlage abgelehnt, ich gehe hinunter und hinauf und hinunter, laufe durch die Straßen, niemand weiß, was ich sehe, welche Laute ich höre, nichts, niemand weiß es, ich weiß es nicht, habe keine Ahnung, was ich denke und was ich fühle, keine Ahnung, was ich rede, falls ich rede, wo bin ich? auf der Straße oder zu Haus?, es ertönt das Pausenzeichen, Ende unserer Übertragungen.«

Die Rede ist immer verknüpft mit diesem auswechselbaren, instabilen »Ich« und geht weiter, während die Person sozusagen abhanden kommt. Außerdem taucht deutlich, wenn auch ohne besondere Betonung, der Zweifel an der wahren Quelle der Aussage auf: »Ich habe keine Ahnung, was ich rede, falls ich rede.« Wir stehen also vor einer doppelsinnigen Erfindung, in der die Rechte des allwissenden Erzählers und die üblichen Begrenzungen der Person, die sich das Recht anmaßt, zu erzählen, einander angeglichen sind, so daß sich diese beiden – hier verbundenen –

Möglichkeiten gegenseitig befruchten können. Dabei ergeben sich noch zusätzlich zu dieser dehnbaren und für den Beobachter faszinierenden Maßnahme die zeitweiligen Widersprüche oder Kontaktverluste, wo der Text, losgelöst und ohne Beziehung zur Umwelt, seine eigene Existenz in Frage stellt.

8. Dezember

Genaue Zahlen verdeutlichen die Erklärungen von Herrn Reinhold Stephanes über die Sozialversicherungsanstalt, die er, wie er sagt, zu verbessern gedenkt, wozu *O Estado de S. Paulo* heute Stellung nimmt. Nach seinen Angaben haben sich im I.N.P.S. 100000 Meter Aktenmaterial auf dem Gebiet der Leistungen angesammelt; vier Jahre vergehen zwischen dem Beschluß, ein neues Ambulatorium zu erstellen, und dem Einsetzen des ersten Rammpfahls; viele Beschlüsse haben eine Geschichte hinter sich, die 100 bis 400 Teilbescheide umfaßt; Ausstattungen und Hospitäler sind veraltet. Nach all dem ist die ergänzende Auskunft der gleichen Behörde überflüssig, alle Sektoren dieser gigantischen Einrichtung (16 Millionen direkt Unterstützungsberechtigte und im ganzen 42 Millionen Angehörige) seien »voll und ganz bürokratisiert«.

9. Dezember

Ich sagte, daß der in der Vergangenheitsform geschriebene Roman *Grande Sertão: Veredas* noch die mündliche Erzählform durchlebter Ereignisse andeutet und daß *Die Königin der Kerker Griechenlands* diesen kleinen konventionellen Kniff verschmäht und es vorzieht, auf einen Abstand zwischen Leben und Erzählen zu verzichten. Aber in ihrer Art fingiert der doppelsinnige Diskurs von

Julia M. Enone – wie auch, obgleich auf ganz anderer Ebene, der von J. Guimarães Rosa – eine gehobene Form des mündlichen Ausdrucks, die in ihrer Künstlichkeit dem Werk eine des Humors nicht entbehrende, einzigartige Vitalität verleiht. Wir decken diesen – heiteren, im Grunde vielleicht tragischen – Zug des Textes auf, wodurch wir die Mutmaßungen scharfsinnigerer Leser bestätigen.

Die Soziologin Cesarina Lacerda hat auf Anregung von Lucien Goldmann, dessen Briefschülerin sie war, eine Feldstudie in den Arbeitervierteln von Recife durchgeführt, in der sie, wie sich absehen ließ, die absolute Vorherrschaft des Radios als Instrument der Nachrichtenübermittlung und die völlige Bedeutungslosigkeit der Zeitung nachweisen konnte. Überraschender sind die Unterschiede zwischen dem Weltbild, das vom Radio vermittelt wird, und demjenigen, welches die Zeitungen für die, die lesen können, drucken. Früher oder später gelangen die Zeitungen in die Außenbezirke, sei es als Einwickelpapier, das arme Straßenhändler nach Gewicht erwerben, um es weiterzuverkaufen, oder auch weil der Wind sie hinweht. Eine Hausfrau, die 1968 interviewt wurde, meinte, der Selbstmord von Getúlio Vargas, der sich 1954 ereignete, liege nur kurze Zeit zurück. Was aber Cesarina Lacerda besonders berührt zu haben scheint und was von ihr in einem langen Kapitel behandelt wird, ist die »Daseinsbestätigung«, wie sie es nennt. Der Bewohner der Außenbezirke hat, da er gesellschaftlich und topographisch an den Rand gedrängt lebt, wenig Verbindung mit der Stadt und leidet unter diesem Ausgeschlossensein. Das Radio, das sich durch den Sprecher an jeden x-beliebigen, und immer hochgeschätzten Hörer wendet, füllt eine Lücke aus. »Es erreicht den Menschen, ob er auf den Anhöhen oder ob er im Schwemmland lebt, als (längst erwartete!) Stimme der Stadt, die für ihn bestimmt ist und ihm Beachtung schenkt.

Die Sprache des Radios hat gleichzeitig etwas Wohltuendes und Versöhnliches für ihn. Wenn die Stadt ihn mit Schweigen übergeht, so ist das für den Menschen ein Signal der Ablehnung: es ist notwendig, daß die Stadt redet, damit man existiert. Diese Rolle übernimmt die Radiosendung, sie gibt einem fragwürdigen Dasein Halt und bekommt dadurch einen privilegierten, man möchte fast sagen sakralen Status.«[30] Cesarina Lacerdas Untersuchung erklärt vielleicht die Anziehungskraft des Radios für die Armen. Wie auch immer, sie sucht die Bedeutung auszumachen, die der in diesem Kommunikationsmittel häufig verwendete freundliche und dem Hörer schmeichelnde Ton für die sogenannte Klasse »C« (die Notleidenden) hat, abzuschätzen. Außerdem rechtfertigt die Essayistin von der Soziologie her, ohne es zu wissen, die Redeweise Maria de Françás, wenn diese so tut – eine Lösung, die von Kapitel II an deutlich ist –, als spräche sie zum Publikum eines Rundfunksenders. Floskeln, die bei den Sprechern gang und gäbe sind, und gewisse typische Schablonen der Radioprogramme, darunter der Nachrichtensendung, die mit Humor und professionellem Geschick gemacht wird und sowohl die handelnden Personen (auch die Erzählerin selbst) wie die durch Anachronismen und andere Faktoren entstellten Weltereignisse einbezieht, beleben das Werk.

12. Dezember

Wie oft haben sich seit dem *Dekameron* und den *Canterbury Tales* mehr oder weniger geschwätzige Erzähler an kleine Zuhörerkreise oder an einen geduldigen Gesprächspartner (er zeichnet später die Geschichte auf) gewendet? Es gibt den privilegierten Erzähler, und es gibt die Begegnung von Erzählern, die ihre Geschichten austauschen oder einen Wettstreit veranstalten: in Chaucers Buch soll der beste *Autor* als Belohnung ein Abendessen bekommen. Es ist kein Zufall, daß diese Möglichkeit und ihre Varianten so häufig benutzt werden: sie gestaltet das Phänomen der Erzählung von Anfang bis Ende – da ist der Erzähler, da ist die Fabel, sind die Zuhörer und sogar der gastliche Ort –, und man kann wohl behaupten, daß ihre Faszination auf diesem Zusammenspiel beruht. Solch eine Geschichte wird manchmal dadurch hervorgehoben, daß man sie nicht mehr improvisiert, sondern daß jemand den anderen einen Text, fast immer geheimnisvollen Ursprungs, vorliest. So ist es mit der »Novelle von der unziemlichen Neugier«, die samt einigen anderen Büchern in der Schenke von jemandem liegengelassen wurde, »der möglicherweise zurückkommt«, und die der Pfarrer im Don Quixote mit lauter Stimme zu Gehör bringt; so ist es dreihundert Jahre später mit dem »schönen, roten Album im verblichenen Einband mit altmodisch vergoldeten Ecken«, dessen Inhalt Douglas den Gästen eines alten Hauses in *The Turn of the Screw* von Henry James vorträgt. Zum wiegenden Schritt ihrer Reittiere erzählen sich Chaucers Pilger einige Fabeln; aber die natürlichsten Schauplätze für solche Begegnungen sind die Herbergen, in denen jeder Gast zu einem noch nicht geöffneten Buch wird. Meist zu nächtlicher Stunde. Die zehn jungen Leute des Boccaccio erzählen sich ihre Geschichten, während sie auf dem Rasen sitzen, »die Sonne steht hoch, und die Hitze ist groß«. Schon »Der Mann vom Berge« braucht eine ganze Nacht, um Tom Jones seine Erfahrungen zu berichten, und der Douglas von Henry James mehr als eine für das Verlesen seines seltsamen Manuskriptes. Bis in jede Einzelheit beschreibt Charles Dickens die Wirtsstube des *Pfauen*, wo Mr. Pickwick und seine Freunde einkehren, kurz bevor – ebenfalls bei Nacht – die »Geschichte des Handlungsreisenden« zum besten gegeben wird.

Mit der Zeit verwandeln sich die Gasthäuser in Hotels und Restaurants, werden von den stark befahrenen Straßen in die Stadtzentren verlegt; etwas von der Abenteuerlichkeit der durchreisenden Erzähler und ihrer wohlwollenden Mitspieler, die längst nicht mehr auf ihren müden Pferden oder in der Postkutsche daherkommen, verflüchtigt sich; jetzt duften sie nach Lavendel und treten manchmal im Gesellschaftsanzug auf; aber in ihrem Kern sind die Gegebenheiten unverändert – die Geschichte, der Erzähler, der Zuhörer und die Unterkunft.

»Auf dem Tisch stand eine kleine Schirmlampe. Ein Reiseführer, ein Kalender, ein Tintenfaß mit Feder und eine halbe Siegellackstange befanden sich auf dem Kamin. Er hatte zum Kaffee zwei doppelte Kognaks bestellt und saß zusammengekauert im Sessel. Ein seltsames Gefühl von Intimität, das von den ruhesamen und lautlosen Räumen des Plaza-Hotels ausgeht, umfing uns.

›Wäre es Ihnen unangenehm, wenn ich den Vorfall schilderte? Er ist einem Freund meines Onkels passiert und liegt mehr als achtzig Jahre zurück.‹«

Das Zitat ist nicht echt; es verquickt Bruchstücke von Dickens und Maugham. Doch welcher Romanschriftsteller erkennt hier nicht das Geschäft des Erzählens, die Verbindung mit dem Leser und das Verlangen, abseits vom Trubel der Welt Gehör zu finden?

17. Dezember

Wenn Julia Marquezim Enone dieses Schema ausbaut, wenn sie die vier oder fünf Personen, die aufgrund langer Überlieferung dem Erzähler in Gasthäusern und Hotels, auf Wagen und Schiffen zur Verfügung stehen, mit Tausenden multipliziert, weiß sie, daß diese Ausweitung gewisse Nachteile einschließt. Die nimmt sie in Kauf: diese und auch andere, die sich in unserer Zeit der Kunst entgegenstellen, sind kennzeichnend. Erzähler, die in so manchen Erzählungen der Vergangenheit ihre Geschichte einer Gruppe von Hörern mitteilen oder die Manuskripte unbekannter Autoren vorlesen, sie suchen sich irgendwie ihr Publikum aus, und dies ist niemals uninteressiert. Wie sollte auch der Autor, dem es so wichtig ist, sich mitzuteilen, Zuhörerschaften erdenken, die ihm keine Aufmerksamkeit schenken?

Aber der Kunstgriff, den Julia Marquezim Enone anwendet, wenn sie ein bewährtes Hilfsmittel heranzieht und abwandelt (wobei sie es perfektioniert, denn in Wahrheit ist ja das Publikum des Romans unsichtbar), erfüllt den Wunsch des Schriftstellers nach Widerhall nicht und bringt statt dessen seine unabänderliche Isoliertheit zum Ausdruck, den immerwährenden Monolog, das Ausbleiben der Antwort.

18. Dezember

Führt Reflexion den Menschen zur Wahrheit? Ich setze natürlich einen klaren und geübten Verstand voraus. Ohne diesen ist Denken, als ließe man einen Wagen steuerlos fahren: das Resultat ist immer verheerend. Wäre ich aber, wenn ich dies Instrument besäße und es mit Wissen angereichert hätte, vor Irrtum gefeit? Nein. Wenn ich mir dagegen etwas vorstelle, gehe ich nie fehl: das Ersonnene hat seine eigenen Gesetze und schwebt über den Veränderlichkeiten. Für Anaximander von Milet zersprengt der Wind, der in eine Wolke eingeschlossen ist wie Wein in einen Schlauch, diese während eines Sturms durch seine Kraft, und es ist dieses Aufbrechen, das den Blitz erzeugt und den Donner. Es ist Überlegung, die Anaximander zu solcher Widersinnigkeit führt. Aber die Widersinnigkeit hört auf, wenn ich die eigentlichen Grundlagen seiner Vermutung freilege. Als der Denker von Milet mit seinem wendigen und kraftvollen Geist sich das Problem vornahm, empfing er, überzeugt, Stimmen aus einer anderen Welt zu vernehmen, eine Antwort seiner Phantasie, die so nachhaltig wirkte, daß es uns noch heute nicht schwerfällt, uns vorzustellen, daß große Luftkerne die Wolken mit Getöse und Wetterleuchten zersprengen.

19. Dezember

Was ich gestern niederschrieb, scheint für das, was ich zu sagen vorhabe, nicht zuzutreffen. Ich will versuchen, den Text zu ändern, um ihn deutlicher zu machen und Schritt für Schritt zu entwickeln.

Bringt ein Geist, der sich mit der Lösung eines Problems beschäftigt (ich setze voraus, daß er darin erfahren ist und über Hilfmittel verfügt), notgedrungen brauchbare Antworten zuwege? Wenn ich »brauchbare« schreibe, meine ich nicht unbedingt richtige Antworten; aber zum Beispiel abstrakte Antworten auf abstrakte Fragestellungen. Wenn wir die Geistesgeschichte verfolgen, beunruhigt es uns zu Anfang, wie oft der Denker sich täuscht, wie oft er etwas für ein Resultat des Verstandes hält, was der Einbildungskraft entstammt. Ist diese Unruhe jedoch berechtigt? Anaximander von Milet, der eine Erklärung für Donner und Blitze suchte, behauptete – und das scheint für ihn unumstößlich festzustehen –, die Luft, die in den Wolken gefangen sei »wie der Wein im Schlauch«, reiße diese auseinander, wenn es stürmt. Unsere heutigen Erkenntnisse widerlegen eine solche Deutung. Es rettet sie jedoch ihre *Ungereimtheit.* Der Denker von Milet, der seinen Verstand anstrengt, um ein Naturphänomen zu erkennen und zu erläutern, nimmt unbekümmert an, was ihm seine

Einbildungskraft anbietet. Gerade deshalb und weil das Eingebildete über dem Vergänglichen schwebt, bleibt seine Annahme weiterhin lebendig, und wir sind bereit zu glauben, daß luftgeschwellte Wolken zu Schläuchen werden, die mit Donner und Blitzen zerbersten.

Diese Abschweifung ist auf die Zweifel zurückzuführen, die mein Gemüt zuweilen überschatten, seit ich mich darangemacht habe, *Die Königin der Kerker Griechenlands* zu analysieren. Ich konzentriere mich auf einen Gesichtspunkt des Buches und fühle mich nicht immer sicher in dem, was ich zu sehen glaube. So ist es mit einigen Entsprechungen – ihr Einfluß auf Geschichte und Rede ist in meinen Augen unverkennbar –, die Maria de França und den Schriftsteller miteinander verbinden könnten. Als Entrechtete und Irre suchen sie beide, den Bereichen der Macht weit entrückt und der Wirklichkeit ratlos gegenüberstehend, in der *Stadt* erfolglos nach etwas, was sie für den Irrsinn entschädigt; die Botschaft der Heldin, eine Sendung ins Leere, ruft das Drama der Schriftsteller ins Bewußtsein, denn viele von ihnen leben und sterben, ohne das Glück einer Rückäußerung kennengelernt zu haben; wie der Erzähler und, in noch höherem Maße, der Dichter, gibt sich die zentrale Figur des Buches preis und liefert der gleichgültigen Umwelt aus, was man gemeinhin verbirgt.

»Achtung! Er beobachtet mich mit seinem blauen Auge, das Gesicht halb zur Seite gedreht, er ist noch im seidenen Nachthemd, und ich bin nackt, er legt den Finger an mein Büchschen, oh, was für einen skandalösen Finger, einen groben Chauffeurfinger, der es gewöhnt ist, mit Handwerkszeug umzugehen und auf der Landstraße Lastwagenreifen zu wechseln, er hebt das Nachthemd hoch, was ist das, meine Hörer, was da nach oben zeigt?, er kommt auf mich zu, da geschieht es, ja jetzt. Die genaue Zeit: zweiundzwanzig Uhr und einunddreißig Minuten in der Hauptstadt des Nordostens. In eben diesem Augenblick ist es aus mit meiner Jungfernschaft, und ich kann mich fortan als Dirne empfehlen.«

Die hier erwähnte und veranschaulichte Annäherung ist ein Beispiel unter anderen. Hat sie eine wirkliche Grundlage, oder habe ich sie erfunden? Mich bedrückt das Dilemma nicht mehr. Von den Blitzen des Anaximander sollte ich wohl etwas lernen.

20. Dezember

»Zweiundzwanzig Polizeibeamten, darunter sechzehn Kommissaren, wird vom Richter, der die Strafanstalten und die Gerichtspolizei beaufsichtigt, wegen ihrer Verantwortung für das ›Unternehmen Camanducaia‹ der Prozeß gemacht.«

»Der Vertreter der Anklage J.B. Marques da Silva Filho von der Dienstaufsicht hat gestern seinen Bericht über den Fall abgeschlossen und dem Präsidenten des Gerichtshofes von São Paulo, dem Generalstaatsanwalt, dem Jugendrichter, dem Staatssekretär für öffentliche Sicherheit und dem Minister Armando Falcão Kopien zugeleitet.«

»Hauptverdächtiger ist R. A. L., der in jener Zeit Direktor der staatlichen Abteilung für Untersuchungen und Festnahmen war.« »Auch der Polizeikommissar A. C. Lellis vom Stab des Staatssekretärs für öffentliche Sicherheit schloß gestern nachmittag die polizeilichen Ermittlungen über das erwähnte ›Unternehmen‹ ab und lud dreiundzwanzig Polizeibeamte – sechzehn Polizeikommissare, drei Untersuchungsbeauftragte, zwei Gefängniswärter, einen Gerichtsschreiber und einen Chauffeur – vor, wegen *schwerwiegender Verfehlungen.* Gegen alle wird ein Disziplinarverfahren eingeleitet, was ihre Entlassung aus dem öffentlichen Dienst zur Folge haben kann.« (*Jornal da Tarde*, São Paulo, 17.12.74)

23. Dezember

Bei starken Wolkenbrüchen Reise ins Thermalbad Serra Negra. Meine Nichte Alcmena, ein junges Mädchen von zwanzig Jahren, schlank und freundlich, die ich zuletzt als etwa Vierzehnjährige sah, ist aus Espírito Santo gekommen, um einige Tage mit mir zu verbringen. Sie versprach immer, mich zu besuchen, und nun ist sie also hier, hat das Zimmer neben dem meinen, steht vielleicht am Fenster und sieht den Regen auf Garten und Hügel niederrauschen, sie, die ohne es zu wissen, eine kurze Zeit des Behagens und des Müßiggangs in mein sonst so geregeltes Dasein bringt, das heutzutage nur noch von den Autoren, die ich liebe, Wärme empfängt.

24. Dezember, Mitternacht

Heiligabend. Hier haben sie in allem die europäische Tradition nachgeahmt: die Musik, den großen, kerzenerleuchteten Christbaum, der den Hintergrund des Aufenthaltsraumes schmückte, und sogar manche Gerichte: Maronen, Datteln, Aprikosen. Ein solcher Mangel an Echtheit würde die Puristen im Hinblick auf Sitten und Gebräuche vor den Kopf stoßen, die eine tropische Gestaltung der weihnachtlichen Festtage fordern. Ich weiß nicht, ob sie recht haben und ob ein Ersatz dafür wirklich möglich ist. Ich neige zu der Annahme, all das könnte hier sogar noch mehr Kraft haben als in den Ursprungsländern. Später hob Alcmena – ihr Gesicht schimmerte im Kerzenschein – das Champagnerglas, um es an meines klingen zu lassen oder den Rhythmus der Musik damit zu begleiten.

Durch Mandeln und Nüsse, durch das mit Lichtern besteckte Gezweig, auf dem Watteflocken den eisigsten Winter vortäuschten, erstanden ein Raum, eine Zeit, die in ihrer Fremdartigkeit und Einmaligkeit von Geheimnis erfüllt waren. Der Mensch ist niemals immun – eher empfindlich – für Gewürze, duftende Essenzen und Tiere, die fernen Ländern entstammen.

25. Dezember

Bezeichnend, dieses Bedürfnis des Menschen, seine Feste im Überfluß zu feiern. Wenn wir die Grenzen nicht anerkennen, die unsere Macht über die Dinge regelt, wenn wir es uns erlauben, so zu tun, als könnten wir die Welt sorgenfrei genießen, dann verbannen wir die Not und überlassen für einen Augenblick der Üppigkeit und somit der Verschwendung das Regiment.

6. Januar 1975

Heute wäre Julias Geburtstag. Fünfunddreißig Jahre. Alcmena hob bedächtig den einen Arm und griff nach einer Haarsträhne, die ihr in die Stirn fiel.

»Hat sie nie Kinder gehabt?«

Das Zimmer lag fast völlig im Dunkel, und ich sah nur den eindringlichen Blick, der mich ganz umfing.

»Doch, eine Tochter. Sie müßte in deinem Alter sein.«

»Sieht sie mir ähnlich?«

»Ich kenne sie nicht. Habe gehört, sie sei ein wenig . . . einfältig. Julia sagte, das stimme nicht. Aber sie hat das Mädchen nur selten gesehen.«

Sie wartete schweigend darauf, daß ich ihr erklärte, warum. Ein Stern funkelte ganz nahe über uns. Ich gab ihr eine ausweichende Antwort:

»Sie lebt bei einem Onkel, einem von Julias Brüdern.«

»Ist er ein Onkel wie du?«

Lächelnd drückte sie meinen Arm, ließ ihn los; dann verschränkte sie, im Sessel zurückgelehnt, ihre Arme, das eine lange Bein weit ausgestreckt.

»Weißt du, wie viele Kinder ihre Mutter hatte? Vierundzwanzig: Jungen bei den ungeraden, Mädchen bei den geraden Zahlen. Nach der einundzwanzigsten Schwangerschaft Julia, sie drehte diese Reihenfolge um. Nach ihr kam ein Junge, danach noch ein Mädchen und zum Schluß ein Junge, der letzte.«

»Dann war ihre Geburt eine Ausnahme«, jubelte Alcmena: »Sie fiel aus dem Rahmen. Brachte den Rhythmus durcheinander!«

»Sie hat sich darauf nichts eingebildet. Lehnte die Vorstellung ab, als etwas Besonderes auf die Welt gekommen zu sein.« Die Vorhänge bewegten sich leicht. Ein schwaches Rauschen –, dann waren die Dinge wie zuvor.

10. Januar

Alcmena, die vorgehabt hatte, acht Tage zu bleiben, blieb drei Wochen bei mir; mir scheint, ich weiß nicht, ob zu Recht, daß sie es vermied, mich anzusehen, als sie in den Omnibus stieg und dabei ihre Gitarre in der grünen Hülle ein bißchen fester umgriff. Noch lange werden hier ihr Instrument, ihr jugendliches Lachen, ihre stelzenden Schritte nachhallen, und wenn ich *hier* schreibe, dann denke ich an das Haus und an das Buch, dieses, das ich mehr als einmal versucht war, ihr zu zeigen. Sie bestand darauf, *Die Königin der Kerker* zu lesen, und überraschte mich mit ihrer Behauptung: »Ich seh dich in dem ganzen Buch.« Als ich etwas ängstlich protestierte, erklärte sie: »Nicht daß ich dich in einer der Personen erkannt hätte.

Aber du bist anwesend.« Sie bemerkte auch, daß von Anfang bis Ende ganze Verse brasilianischer Volksweisen in den Text eingefügt sind, und zeigte mir Beispiele dafür. Sie sang mir die Lieder mit ihrer heiseren und melodiösen Stimme vor. Ja, eine Zeit des Behagens und des Müßiggangs, eine Unterbrechung, ein freundlicher, kurzlebiger Sommer, der heute sein Ende fand.

Ich kann nicht sagen, daß Julia Enone – die ältere, stillere – und Alcmena einander ähneln. Was soll ich also von der Stimmung halten, die ich in all diesen Tagen empfand und die der so sehr ähnlich ist, die damals hier herrschte? Ist es vielleicht eine Eigenschaft, die beide miteinander verbindet, etwas, das wir Unschuld nennen könnten, eine geistige Reinheit, die der Reifeprozeß meistens zerstört und die sich meine Freundin zu bewahren wußte, bis sie starb?

12. Januar

Immer wenn ich den Roman las, hatte ich den Eindruck, auf manchen Seiten ein rätselhaftes, flüchtiges Echo zu hören, vertraute Schwingungen (dies sicherlich die Wirkung, die J.M.E. anstrebte, als sie in den Text Verse aus der Volksdichtung einfügte), ohne daß ich allerdings entdeckte, was dies junge Ding von kaum zwanzig Jahren bei der ersten Lektüre bemerkte. Mühelos hatte ich bei der Karnevalssequenz, als Maria de França dem Nicolau Pompeu begegnet, mehrere Bruchstücke karnevalistischer Texte erkannt, die in die Sätze eingebaut sind, wie in dem folgenden Abschnitt die kursiv gesetzten Stellen, deren Herkunft ich angeben kann:

»Nicolau und ich unter einem Tisch, weiches Lager aus Konfetti und Luftschlangen, und *Da schäme ich mich sogar*, die Kneipe ist beinahe leer, wie spät ist's?, tiefe

Nacht?, Lieder im Kopf, *O Gärtnerin, du Schöne, was willst du tun, hoher Herr?, Gern seh ich dir zu, brauns Mädel, wenn du Drachen steigen läßt,* 'ne Spur Parfüm ins Bier, das tut gut, Nicolau steht auf und kippt die Reste aus den Gläsern, ich rufe von unterm Tisch her, *Brauchst dich nicht zu eilen,* und er: *»Ich möchte Kohle brennen sehn, ich möchte Kohle brennen sehn,* hab 'nen fürchterlichen Durst, Liebchen«, ich auch, ich auch, Durst und Kopfweh, aber am schlimmsten ist der Mann am Klavier, der mit den Füßen stampft und gröhlt:

»Manch Ständchen hab ich am Tor gesungen
von einer, die schlecht mit mir umgesprungen«,

diese eine ist eine Dirne, fett und zusammengestoppelt, *Fahnen in der Luft,* einer mit Maske in der Tür, der tanzt wie eine Puppe und schreit nach drinnen: »Guck mal da, die Pforte der Welt, Leute, die Pforte der Welt!« *Morgenfrühe,* weit in der Ferne stimmt ein *Chor* den *Heimwegsmarsch* an, die Dirne neben dem Klavier weint, und dabei verschmiert sie ihr rot geschminktes Gesicht, auf jeder Seite ein kleines Herz, sie beklagt sich bei dem Mann: *»Dies Leben ist nun eben so,* Hermilo, *Wer schenkt mir etwas Glück fürs Leben«,* Hermilo haut aufs Klavier und singt:

»Ich weiß nicht, was soll ich machen,
damit mein Liebchen nicht weint«,

Nicolau stimmt mit ein, Stücke vom Sonntag in Recife schwirren vorbei, *Rua Nova, Kaiserin* und *Kaiser,* der Unabhängigkeitsplatz, ich und Nicolau Pompeu *mit dem riesigen Sonnenhut, die berühmten Klubs, Klub der Blumen, Andaluzas, Glühwürmchen, die unersättlichen Herzen, Lyra von Charmion, die ganze Schar begleitet mich,* der Kerl schreit jetzt in der Kneipe drinnen: »Die Pforte der Welt! Die Pforte der Welt!«

Alle diese Zitate, ausgenommen »O Gärtnerin«, der

Marsch von Benedito Lacerda und Humberto Porto, stammen von pernambucanischen Autoren: Nelson Ferreira, Antônio Maria, Luiz Bandeira, den Brüdern Valença und vor allem Capiba, der mindestens siebenmal in dieser Collage vorkommt. Das Stück »Morgenfrühe, weit in der Ferne stimmt ein Chor den Heimwegsmarsch an« ändert (um die Inversion des Vorbildes zu vermeiden?) die Verse von Nelson Ferreira in seiner *Beschwörung Nr. 1* ab: »Es klang in Morgenfrühe / der Heimwegsmarsch / vom Chor des Klubs gesungen.« In der Serie der »weitberühmten Klubs«, einer Huldigung für den Komponisten Nelson Ferreira, scheint sich eine Anspielung auf das berühmte Lied *Wertvolles aus vergangener Zeit* von Edgard Moraes erhalten zu haben, der in diesem Werk die Namen von fünfundzwanzig Karnevalsvereinen zusammenstellt, darunter einige besonders reizende (Nächtliche Lyra, Goldener Pfau, Magnolienblüte), welche die Autorin nicht in ihren Text hineinnimmt, vermutlich um die eindrucksvolle Bewegtheit der Szene nicht durch übertriebene Häufung zu beeinträchtigen.

17. Januar

Dies ist der Augenblick, etwas niederzuschreiben, was ich auch schon früher bemerkt habe: Maria de Franças Sprachstil (gesucht, wie wir sahen, dabei scheinbar natürlich, ja sogar naiv) bezieht sein Material aus verschiedenen semantischen Feldern, den jeweiligen Themenkreisen entsprechend. Geht es um Ärzte, so gerät ihre Sendung unter den Einfluß eines bald trockenen, bald grotesken Jargons, den sie wissenschaftlichen Büchern, den Schildern auf Medikamenten und dem entleiht, was die Sprachwissenschaftlerin Dora Paulo Paes in einem humorvollen Essay (verblüffend bei den sonst immer so eingebildeten Spezialisten) als »Stil der Beipackzettel« bezeichnet; sie stellt dabei sehr lustige Vergleiche zwischen Anwendungsvorschriften für Beruhigungsmittel und päpstlichen Erlassen an.[31]

»Die Tür wird aufgemacht, und ich gehe mitten hindurch, ein therapeutischer Mann, dieser Jemand, von dem ich spreche, mit sedativen Augen und Belladonnastimme, sagt der Patientin, sie solle sich setzen, alles in Ordnung mit dir?, was meint meine Zuhörerin?, ich hier, wenn alles in Ordnung wäre? Hier?«

»Atme! Mach den Mund auf! Keine Kristalle. Jetzt tief atmen. Mach die Augen auf! Sklera und Retina.«

»Doktor, wirkt Passiflorin auf die Schleimhaut?«

»Voll und ganz. Vom Mastdarm bis zu den Bronchien. Atme! Mach dein Hinterteil frei! Du hast Würmer, das Chromatin ist einheitlich. Komm in den nächsten Tage wieder vorbei!«

Hier noch ein anderes Beispiel, in dem die Selbstsicherheit des Psychiaters (eines Halbverrückten?) im Widerspruch steht zur Besorgnis der Arbeiterin, die er untersucht:

»Ich bin ein ausgezeichneter und kompetenter Arzt. Hier an der Wand kannst du meine Zeugnisse sehen und mein Bild nach bestandenem Examen. Ich trage den Berufsring am Finger und habe das Rotarierabzeichen. Meine Braut ist ein durch und durch gesundes Mädchen. Was siehst du auf dieser Vorlage?«

»Schon wieder Vorlagen, immer die gleichen Flecken, rote und schwarze, die mich verfolgen und die ich nicht entziffern kann. Nie. Das Leben ist schwer, junger Mann. Ein Weg voller Dornen. Wer kann mir helfen? Was soll ich auf der Vorlage sehen? Ein verzwicktes Spiel oder ein unmögliches. Recife ist zu groß, es gibt da zu viele Dinge, an viele habe ich schon gedacht, aber das sage ich nicht, nie ist es das, was es sein soll, nie das, was sie haben wollen, immer verliere ich. Atemnot. Zuckungen. Herzklopfen. Das Nervensystem. Dosierung ... Ich erkenne auf dieser Vorlage ... dieser Vorlage ...«

»Nun ja. Komm in einer Woche wieder!«

19. Januar

Es sind keine besonders feinen Instrumente erforderlich, um die karikierende Absicht solcher Stellen zu erfassen, wo Personen aus der Sphäre der Justiz: Anwälte, Richter oder einfache Gerichtsschreiber auftreten. Hier schlachtet die Autorin das schwierige Vokabular der Gerichtshöfe aus und ahmt, ohne den Gesamtstil des Werkes zu durchbrechen, die Selbstgefälligkeit und das sophistische Talent der Juristen nach, wobei sie versteckt darauf anspielt, daß diese Ausdrucksweise eine Falle ist.

Unmöglich, den Geist des Originals mitzuteilen (Übertreibung und Weitschweifigkeit, wesentliche Eigenschaften des juristischen Manierismus, würden verlorengehen), wenn wir nur einzelne Sätze aus dem Teil abschrieben, in dem Maria de França die belehrende Rede des Richters erzählt, ehe er ihr den eigenen Sohn als Verteidiger ihrer Sache vor Gericht empfiehlt, als »Rechtsbeistand und Paladin«. Dies der Grund für das ausführliche Zitat:

»Wenn ich vor dem Richter stehe und der Richter zu mir spricht, ist daraus zu schließen, meine Hörer, daß der Richter einen Mund besitzt und ich Ohren habe. Wie sollte er sprechen, wenn er seines Sendeorgans beraubt wäre, zu jemandem, der sich aus Arglist oder Böswilligkeit die Ohren verstopft hätte? Betrachten wir die Umstände. Also, es ist nicht allein bewiesen, daß er redet und daß er zu jemandem redet, der in der Lage ist, seinen klugen Vortrag aufzunehmen, sondern auch, daß ich, damit die Tatsachen nicht in Abrede gestellt, verneint oder möglicherweise *ab iuris* verdreht werden, in

Gegenden, die weit entfernt sind von den plombierten und versiegelten Fenstern dieser heiligen Hallen, seinen Grundsatz – einen gelehrten, denn er kommt von einem Herrn Doktor – übertrage: all und jedes Gesetz, mein Kind, arbeitet, wenn es klar ist, gegen den Beschuldigten, denn da werden die Dinge beim Namen genannt, und eine Hintertür oder Berufung existiert nicht. Wozu gäbe es in der zweiten Instanz die Richter und das Römische Recht, wozu gäbe es die Handbücher und die Berufungen, wozu gäbe es die Gerichtsrobe und das Schwert, wozu gäbe es das *Amtsblatt* das *der Gerichtshöfe,* und die *Zeitschrift*, die *der Justiz*, wozu gäbe es das ganze erlauchte Gebäude, wenn die klaren Gesetze keiner Auslegungen bedürften und also auch keiner Interpreten, wobei es zweckmäßig ist hervorzuheben, daß die Möglichkeit, eine Lücke zu finden, um so größer für den Gesetzesbrecher ist, je willkürlicher die Auslegungen sind, hä? Ich fasse meine ganze Lehre in einer Antilabe zusammen. Es würde dem Geist des Gesetzes widersprechen, wenn der Gesetzestext ein Buch für den Hausgebrauch wäre, ein Almanach wie der von *Capivarol* (Stärkungsmittel für die ganze Familie), ein Katechismus für Anfänger oder *Der Praktische Ratgeber für Büchsenöffner*. Das wäre lächerlich. Das Gesetz, sehr verehrte Geschworene, muß in vornehmer Sprache verfaßt sein, möglichst in einer toten und begrabenen, die den Leuten unbekannt ist, denn sonst macht die Sache keinen Spaß. Als Vorbild für die Gesetze dienen die Orakel, und jeder Beamte legt sie aus. Darum sind vor dem Gesetz alle gleich, und man kann, ohne recht zu haben, seinen Prozeß gewinnen oder freigesprochen werden, wobei alles von uns abhängt, den ergebenen Beschützern und Auslegern *ut possidetis*. Hast du dir schon einmal klargemacht, Antragstellerin, wie witzlos es wäre, wenn jeder Hergelaufene wüßte, was es ihn kostet, falls er sich rührt oder den Mund aufmacht? Es ist ein natürlicher Grundgedanke der Justiz zu verlangen, daß das Volk im allgemeinen von einem Siebengestirn – uns – abhängt, denn nach Artikel I hast du, weil du die Klausel II verletzt, Vorteile vom vorausgegangenen Abschnitt und ziehst dir die im letzten Paragraphen aufgeführten Strafen zu, wobei Gebrauch gemacht wird von den Befugnissen, die die einschlägigen Bestimmungen verleihen und die entgegenstehenden widerrufen. Oder, wie die Rechtsgelehrten verkünden: *Ab hoc et ab hac.*

22. Januar

Diese pompöse Litanei, die der Richter einen kurzen Satz nennt, eine »Antilabe«, ist nichts anderes als die groteske Umschreibung eines richtigen Gedankens in verdrehter Form (beachten wir das Durcheinander im letzten Teil, eine Art Falle, ein lebendiges Abbild der verbrämten Redeweise des Richters, bedeutsam vorgebracht, die nicht erkennen läßt, ob er freispricht oder verurteilt), und wir können ihre Wichtigkeit nicht gebührend einschätzen, wenn wir sie nicht mit dem Original vergleichen, das sie so gewaltsam entstellt und das, wie ich glaube, als Einleitung zu Kapitel V (»Von der Undurchsichtigkeit der Gesetze«) eines Klassikers der juristischen Literatur vorliegt, *Über die Verbrechen und die Strafen* von Beccaria:

»Wenn die willkürliche Auslegung der Gesetze ein Übel ist, so ist es ihre Undurchsichtigkeit im Hinblick darauf, wie sie auszulegen sind, nicht minder. Dieser Mißstand wird noch größer, wenn die Gesetze nicht in gemeinverständlicher Sprache geschrieben sind.

Solange der Text der Gesetze kein Buch für den Hausgebrauch ist wie ein Katechismus, solange sie in einer toten Sprache niedergelegt sind, die das Volk nicht kennt, und solange man sie feierlich als geheimnisvolle Orakel handhabt, wird der Bürger, der die Folgen seines Tuns für seine Freiheit und für seinen Besitz nicht abzuwägen imstande ist, immer von einigen wenigen Männern abhängen, die Treuhänder und Ausleger der Gesetze sind.«

23. Januar

Ja, alle diese Besonderheiten waren mir nach und nach aufgegangen. Ich hatte, vielleicht weil ich das Gewebe der enonischen Prosa so sehr aus der Nähe betrachtete, nicht bemerkt, wieviel die Verfasserin den Textern der brasilianischen Volksmusik verdankt. Mit ihnen verfährt Julia Marquezim Enone so, wie es andere mit den Sprichwörtern, den Volksfesten und der Moritatenliteratur getan haben. Aus zwei Gründen, denke ich, nennt sie keine Namen: sie bemüht sich immer, ihre Tricks zu verbergen; auch liegt in dieser Anonymität wohl eine Art Anerkennung, das Eingehen der individuellen Schöpfung ins Allgemeingut. Dabei gilt es zu bedenken, daß die Erzählerin in manchen Fällen Liedfragmente der Vergessenheit entreißt, die sie in ihren Text einbezieht, ohne ihre Herkunft anzugeben. Anonyme Schöpfungen, aus der Menge hervorgegangen, sie haben keinen Autor. Dies mag der Grund dafür sein, daß sie bei der Auswahl ihres Materials Verse bevorzugt hat, in denen die volkstümlichen Quellen besonders deutlich sichtbar werden, wie bei Ataolfo Alves, der mehrfach »zitiert« wird: »Ich trat mir auf mein Hühnerauge *(Sambavasall)*, »Stein hart an Stein, die Mauer stürzt ein« *(Hart auf Hart)*, »Krokodil, laß nur sein, denn der Sommer trifft ein, und vielleicht wird der Teich dann ganz klein« *(Wie viele Pläne)* etc.

Möglicherweise aber will die Verfasserin, wenn sie mit der systematischen Einverleibung so vieler Zitate den Liederschreibern unseres Volkes, diesen Sprachrohren des Humors, des Gefühls, der Gedankenwelt der Straße in einem Buch Ehre erweist, dessen zentrale Figur eine Frau aus dem Volk ist – der außerdem die Übermittlung der Rede zufällt, die dieses Tagebuch seit zwei Monaten behandelt – indirekt auch ihren Widerwillen gegen den sie so sehr irritierenden Intellektualismus aufzeigen, der spezielle Teile der Gesellschaft beherrscht, Abseitsstehende, die im Begriff sind, sich, ich weiß nicht mithilfe welches Mechanismus, Geheimkodes auszudenken, die denen, die eindringen wollen, vollkommen unzugänglich sind.

Die Art, in der Maria de França, anspruchslos und ohne in die Fußstapfen literarischer Vorbilder zu treten, ihre Rede formuliert, eine Rundfunkansprache vulgärster Art, bestätigt, wie ich glaube, noch einmal die Abneigung der Autorin gegen angelesenes Wissen und unverständliche Botschaften.

24. Januar

Gestern verlor ich beim Schreiben jedes Gefühl im rechten Arm, und gleichzeitig war es mir unmöglich, mich auf die Bezeichnungen *Arm* und *Hand* zu besinnen. Ich sah ihn, berührte ihn, konnte ihn (allerdings nur schwach) bewegen, aber es war, als wäre er ein unbekanntes Phantom, und der wirkliche Arm befände sich in einer anderen Welt, ich weiß nicht, auf welche Weise. Die Empfindung verging bald, hinterließ jedoch Spuren. Etwas Ähnliches ist mir im Oktober mit meinem Namen geschehen, gleichfalls an einem Tag, an dem ich stundenlang geschrieben hatte.

Niemals legte meine Freundin ihre Platten auf, wenn wir zusammen waren. In solchen Augenblicken bevorzugte sie andere. (Ein Juliabend, der Nebel liegt so dicht über der Stadt, daß entferntere Häuser unsichtbar geworden sind, schweigend hören wir den *Winter* von Vivaldi). Nach ihrem Tode legte sich Staub auf ihre Sammlung, von der ich, auch nachdem ich darauf aufmerksam geworden war, nur weniges kannte. Den gestrigen Abend verbrachte ich damit, die abzuspielen, die übriggeblieben sind, und stellte fest, daß auch die altmodischen, von Serenaden- und Sambastars gesungenen Lieder in ihrem Buch Platz gefunden haben, die man in heruntergekommenen Tanzlokalen hört, wo unbeschäftigte Prostituierte sie auf den automatischen Plattenspielern des Dirnenviertels bis in die Morgenstunden hinein immer wieder dudeln. So wird *Die Königin der Kerker Griechenlands* für den, der das Buch kennt wie ich, während der Lektüre mehr und mehr wie zu einem Spaziergang durch ein festliches Stadtviertel, bei dem aus Geschäften und aus Querstraßen kurze Liedfetzen zu uns dringen: das Buch fängt an zu tönen.

Es ist nicht verwunderlich, daß wir auch die Lieblingsverse der Verkäufer und farblosen jungen Mädchen aus den Vorstädten zu hören bekommen. Diese Tatsache bestätigt nur gewisse, schon angedeutete Absichten im Plan des hier besprochenen Romans. In weiten Volksschichten hat sich eine ungezwungene Ausdrucksweise breitgemacht, der sentimentale Klischees als höchstes Stilmittel gelten und die deshalb mit einem ungenauen, begrenzten Vokabular um sich wirft, das aus der romantischen Literatur von vor hundert Jahren stammt und seither in aller Unschuld verwendet wird. Das ist bedauerlich und naiv, verrät andererseits Unzufriedenheit mit der Alltagssprache und das Bedürfnis, gewisse Begebenheiten durch einen ausgeschmückten Stil hervorzuheben. Wir wissen, daß sein Gebrauch bei feierlichen Anlässen unerläßlich ist (bei Geburtstagsgratulationen, Hochzeitsreden etc.) und vor allem in Liebesbriefen. Obwohl es sich um ein langlebiges Phänomen handelt (man hat den Eindruck, es wird unvermindert fortdauern, wenn die ganze Folklore längst dahin ist) und trotz seiner zahlenmäßigen Bedeutung (es reicht bis in die mittleren Bildungsschichten hinein, wenn es da auch weniger Ansehen genießt und seltener vorkommt), hat die Gelehrtenwelt es von jeher verachtet. Welcher brasilianische Romanschriftsteller außer Dalton Trevisan, dessen bissige Einstellung zu seinen eigenen Geschöpfen einen Abstand zu ihnen und zu der Sprache, die sie benutzen, schafft, erschließt in seinen Texten diese sprachliche Goldader? Das eben gibt Julia M. Enones Verfahren den besonderen Reiz, daß sie – ganz selbstverständlich oder mutigerweise? – mit einer bewußten Auswahl populärer Lieder, die der der dürftigsten Rhetorik des Volkes entsprechen, eins wird mit ihnen und damit – durch ihre Vermittlung – eins wird mit einer kollektiven Form zu fühlen und sich auszudrücken. Nähme sie nur die Liedermacher auf, die als Spiegel von Humor, Poesie und Wissen der breiten Masse einen schöpferischen Sprachstil repräsentieren, so legte sie damit noch ein intellektuelles Vorurteil an den Tag.

Gleichzeitig läßt es sich jedoch nicht leugnen, daß viele Zitate, die im ursprünglichen Zusammenhang banal wirken, durch die Verpflanzung in den Roman, ein vielschichtigeres, an Nebenbedeutungen reiches Gewebe, eine Art Verwandlung erfahren, so daß sie, unter dem Einfluß dessen, was sie umgibt, nahezu unkenntlich werden.

28. Januar

Ich schaue Vicente, meinem Barbier, der seit mehr als zwanzig Jahren sein Handwerk betreibt, zu, wie er das Schermesser am Riemen wetzt, und frage ihn, wie lange er gebraucht hat, um das zu lernen.

»Zehn Jahre.«

»Nach sieben oder acht Jahren konnten Sie es noch nicht?«

»Nein. Und manche Barbiere lernen es nie.«

»Wie merken Sie es, wenn die Klinge scharf ist?«

»Das fühle ich an der Hand. Selbst mit geschlossenen Augen.«

Das Messerschleifen erinnert an die Kunst des Schreibens: der Übung und Geduld wegen, die sie vom Lehrling verlangen; und wegen der Art und Weise, in der die Schärfe sich zeigt, jener so sehr ähnlich, auf die der Autor, wenn er an einem Satz feilt, erkennt (auch an der Hand?), daß er das Angestrebte erreicht hat.

30. Januar

Ich wies darauf hin, daß im Volk eine ziemlich eingeschränkte, aber weit verbreitete und außerordentlich vitale Rhetorik im Schwange ist. Man braucht nicht unbedingt zu erwähnen, daß diese sich auch in einer der anerkanntesten, ebenfalls in *Die Königin der Kerker* aufgeführten Liedgattungen äußert, in den patriotischen Gesängen, ein beachtliches Faktum in einem Land wie dem unseren, wo ein so weiter Abstand zwischen der herrschenden Klasse und dem Volk besteht. Die patriotischen Lieder Brasiliens halten sich allesamt ehrfürchtig an diese so merkwürdigen und gleichsam unauslöschlichen Stilrezepte, einschließlich der Nationalhymne, eines vollkommenen Beispiels der Gattung in dieser Sammlung, schon allein im Hinblick auf die reichliche Verwendung des Adjektivs. Da sind die Ufer (des Flusses) friedlich, das Geschrei widerhallend, strahlend die Sonne, abgöttisch geliebt das Vaterland; und als reiche es nicht aus, daß er schön ist, wird der Himmel als tief, rein und heiter bezeichnet (heiter ebenfalls das Land, auch da, wo es Wildnis ist), während die Nation sich als ein sagenhafter Held, unerschrocken, schön und stark erhebt, ohne darauf zu verzichten – in diesem willkürlichen und gänzlich verbalen Gemälde –, auch liebreiche Mutter zu sein. Außerdem fehlt es nicht an Wortumstellungen, eine in dieser Spezies unerläßliche Erscheinung, wie das berühmte »des Vaterlandes Söhne« zeigt, die Einleitung der Unabhängigkeitshymne, und es fehlt ebensowenig an mindestens einer, wiewohl von Logik und Geschichte her anfechtbaren Antithese, in der die Zukunft der Vergangenheit vorausgeht. Zum Schluß steigen – ein Ereignis, das nur aus der übertriebenen Welt einer Rethorik heraus zu verstehen ist, die der goldenen Regel folgt, von der Wirklichkeit keine Kenntnis zu nehmen – beim Funkeln des südlichen Kreuzes ein bedeutsamer Traum (was für einer?) und gleichzeitig ein Blitz, ein feuriger Blitz, zur Erde nieder – denn diese Sprache mißtraut den Dingen und huldigt den Beiworten –, ein Blitz der Hoffnung und der Liebe, ein Blitz.

Wenige Entscheidungen wären, glaube ich, so verhängnisvoll wie die, den Wortlaut dieser unserer Hymne durch einen anderen, gestraffteren oder nüchterneren, zu ersetzen. Mit einem solchen Ersatz, für den viele gebildete Menschen sich einsetzen, würde der einzige Punkt verschwinden, an dem in Brasilien das Volk und die Obrigkeit wirklich übereinstimmen.

Kommen wir zu einem Ende mit dem Spektrum der »Vermittlungsmaßnahme«, die Julia M. Enone voller Hintergedanken und Umschreibungen in ihr Buch eingebracht hat und die ich, behutsam und auf Genauigkeit bedacht, zu schildern versuche.

Maria de França, die fiktive Übermittlerin der Rede, ist bald gesund, bald geistesgestört und möchte, ihres wechselnden Befindens wegen, eine temporäre oder lebenslängliche Pension erwirken. Es würde nicht überraschen, wenn die Autorin, die einen sehr speziellen Einblick in die Unterlagen hat – wie ein Künstler, der aus seinen Anatomiekenntnissen heraus die Figuren abwandelt –, deutliche Hinweise im Text darüber vermiede, ob es sich um Perioden klaren Verstandes oder um solche der Umnachtung handelt. Es wäre leicht, den Geist der Irren mit Monstern und Mißbildungen zu bevölkern und ihre Sprache zu verwirren. Alptraumvorstellungen und ein zerstükkelter Satzbau würden ihr Ausgeschlossensein, das Entsetzliche ihrer Isoliertheit bewußtmachen. Julia Marquezim Enone hat eine Gemütskrankheit durchlebt und mir bisweilen in aller Gelassenheit vom Schmutz in der Irrenanstalt, dem schlechten Essen, dem Verkauf von Leichen berichtet, etwas, womit sie sich in ihrem Roman nicht beschäftigt; sie entzieht sich klug und mit einem erstaunlichen Geschick darin, ihr eigenes Ich aus dem Spiel zu lassen, der Falle einer persönlichen Konfession, die sie vom Geist und von den Grundgedanken des Werkes abbringen würde, und wählt eine bemerkenswertere Lösung. Vom Thema her ist diese Lösung ausdruckskalt und gewissermaßen enttäuschend: über die enge, lärmende und zusammengedrängte Welt der gesunden Maria de França wird eine andere, äußerst banale, verdünnte und geheimnislose gelegt. Der Form nach könnte man sich kaum eine beschränktere und gleichzeitig deutlichere Ausdrucksweise denken: Deutlichkeit, durchtränkt mit ironischem Nebensinn.

1. Februar

Jeden Morgen fütterte der alte Mann in seinem Garten, der jetzt Teil des Grundstücks ist, auf dem das unfertige Gerüst eines Hochhauses nach oben steigt, seine Vögel, goß die Blumen, verschwand zwischen den Bäumen und tauchte wieder auf. Nicht selten erhebe ich mich von diesem Tisch und schaue unverwandt zu dem Platz hinunter, von dem er hinweggefegt wurde. Mit dem vagen Gefühl, gefährdet zu sein, setze ich mich wieder und betrachte Julias handgeschriebene Blätter, als retteten sie mich. Aber wovor?

2. Februar

Wir haben gesehen, daß *Die Königin der Kerker Griechenlands* in Form eines absurden Rundfunkmonologs verfaßt ist: Minute auf Minute wandelt die Heldin das Leben um in Rede (oder gestaltet mit Hilfe der Rede ein Trugbild des Lebens). Bezeichnenderweise zerbricht dieser Kontakt in den Passagen, die aus Zeiten des Wahnsinns stammen. Während Maria de França in mehr als einem Sinn eingesperrt ist, vergißt sie den Zuhörer und hört auf zu erklären, was sie tut und was sie sich ausdenkt. Das Handeln tritt dann ohnehin so sehr zurück, daß die Person nahezu unsichtbar wird; kalt kommt ihre Stimme aus einer schattenhaften Welt. Beunruhigende Kälte, die vielleicht den Gedanken an ein anderes Abgeschnittensein nahelegen möchte: Maria de França, die schon von ihrem *Publikum* abgeschnitten ist, löst sich auch von ihrer Rede. Das Ausmaß dieses Bruchs kann man an dem ablesen, was die traditionelle Literatur als Entgleisung oder Ungeschick abtut – am Auseinanderfallen von Psychologie und Sprache.

Als ich meine Untersuchung des Interpretationsplans begann und als mögliche Verfahrensweisen eine gelehrte und eine poetische einander gegenüberstellte, wies ich Julia M. Enones Roman der letzteren zu. Die Phasen der Wahnvorstellungen gehören jedoch eher zur gelehrten, für die sie schließlich eine Art Wachsmodell werden, schadhaft und hohl. Der Stil meidet Eklipsen, Unklarheiten, Bilder, er will unter allen Umständen genau sein und läßt es deshalb an Wiederholungen nicht fehlen. Seltsamerweise führt dieses Bestreben zu nichts, und es mangelt der Welt, die er so gern objektiv herausstellen würde, an Dichte. Die Syntax, starr und unpersönlich wie das Antlitz eines Toten, schafft weder rhythmische noch andere, unwägbare Zusammenhänge, die jede geglückte Formulierung, die durchstrukturiert und inhaltsschwer ist, zum Klingen bringen. Diese Unverbundenheit, bei der jeder Begriff nur scheinbar zu den angrenzenden Begriffen gehört, einem Mechanismus gleich, dessen Teile jemand vorgeblich zusammengebaut, aber in Wahrheit nur nebeneinandergelegt hat, entspricht eine Scheidewand zwischen Rede und Dingen. Durch Kunstgriffe, die sich nur schwer verfolgen lassen, bringt die Verfasserin mit mehr als nur erfindungsreicher Hand (von tausend Hintergedanken vibriert ihr Text) das aufregende Phänomen einer Komposition zustande, die mit dem Schein der Normalität das Grauenvolle des Wahnsinns ausdrückt – und der Isoliertheit. Vollendetes Beispiel für das, was ich zu erfassen suche, ist der Abschnitt, in dem Maria de França von dem Brand spricht, der sich gegenüber der Anstalt ereignet hat:

»Ich sehe zum ersten Mal einen Brand, ein gänzlich neues Schauspiel für mich, das ich bisher nur aus

Beschreibungen kannte. Der Brand ereignet sich bei hellem Tage (etwa um zehn Uhr), mitten im Wohnviertel in der Avenida Rosa e Silva, gegenüber der Irrenanstalt, dem Ort, an dem im allgemeinen die Verrückten untergebracht werden.
Viele Familien pflegen an den Feiertagen ihre Häuser abzuschließen, um am Strand oder an anderen ähnlich angenehmen Plätzen die wohlverdiente Erholung zu genießen. Unter solchen Umständen bricht in obengenanntem Haus das Feuer aus, also während der Abwesenheit der Eigentümer und ihrer Angestellten.
Das Feuer zeigt sich durch Rauchwolken, die aus dem Dach hervorquellen. Das heißt, daß das Feuer das Dach bereits erreicht hat und demnach schon beachtliche Ausmaße hat. (...) Ich und die anderen Verrückten, die wie ich das Unglück beobachten, wir sind sehr aufgeregt.
Die tüchtige Feuerwehr kommt mit Sirenengeheul; sie macht sich gleich an die Arbeit. Nachdem die tapferen Feuerbekämpfer die Schläuche angeschlossen haben, steigen sie auf das Dach und zielen mit den Spritzen, deren Wasser anfängt, sich in das brennende Haus zu ergießen. Ich werde künftig große Angst vor Bränden haben.«

4. Februar

Kein Leser wird in dem, was ich eben abgeschrieben habe, Maria de Franças Stimme erkennen: entfernt *von dem, was sie sagt* – von diesem brennenden Haus, aus dem kein Funke auf ihre Worte überspringt – erscheint sie auch losgelöst *von der Art und Weise, in der sie es sagt.* Andererseits fehlen Hinweise auf das faktische Vorhandensein des Brandes. Dem, was die Heldin beschreibt oder erzählt, solange sie nicht bei Verstand ist, verweigern wir unser Vertrauen; und kein Zwischenfall (das führt uns noch zu der Folge von chaotischen Szenen, die in dem Werk auf gleiche Weise das Thema Wahnsinn oder die dem Wahnsinn zugehörige Isoliertheit zum Ausdruck bringen), nicht der geringste in der Irrenanstalt beobachtete Zwischenfall hat etwas mit den übrigen Erzähleinheiten zu tun.

5. Februar

Hier ist ein weiterer Punkt zu bedenken. Alle Szenen aus der Irrenanstalt werden von kurzen Wendungen unterminiert, die anzeigen sollen, wie logisch die Denkweise ist, was einem ja schon durch die blutleere *Durchsichtigkeit* des Textes nahegelegt wird: »natürlich«, »selbstverständlich«, »das versteht sich« etc. Es ist nicht nur ein sprachliches, sondern mehr ein metaphysisches Problem, das sich in dieser Tatsache andeutet. Der verworrenen, zuweilen sogar undurchdringlichen Welt in den anderen Teilen des Werkes stellt sich – ausgedrückt durch die einfache und augenfällige Sprechweise – eine geheimnislose Welt ohne Tiefe, eine flache Welt entgegen. Das läßt sich an der Beschreibung erkennen, die sie von dem Friedhof neben der Irrenanstalt gibt:

»Nachdem der Mensch einige Zeit gelebt hat, stirbt er. Darin liegt keinerlei Geheimnis. Der Friedhof ist der Ort, an dem die Toten beerdigt werden. Die Stadtverwaltung erhebt bestimmte Beträge je nach dem Zeitraum, für den die Grabstätte erhalten bleiben soll. An die Irrenanstalt grenzend, zu der er gehört, haben wir natürlich unsere Begräbnisstätte. Der Friedhof nimmt ein großes Gebiet ein und wird durch Wege und viereckige Flächen gegliedert. Der breiteste Weg ist derjenige, auf dem die Leichenzüge einmarschieren.

Außer den Wegen und Einteilungen gibt es auch ein Leichenhaus, in dem die Toten aufbewahrt werden, die noch nicht begraben sind. Auf dem Friedhof der Irrenanstalt hat man viele Bäume gepflanzt. Die Bäume tragen sehr dazu bei, die Luft in der Umgebung mit Sauerstoff zu versorgen, die deshalb sauberer und gesünder ist. Außerdem dienen die Bäume dazu, den Vögeln Schutz zu gewähren; so ist dafür gesorgt, daß diese einen Platz für ihre Nester finden, in welche sie die Eier legen. Es ist nicht zu verwundern, daß die Vögel nur aus einem Ei kommen. Ich fürchte mich vor den Vögeln, und vom Baum läßt sich alles verwerten, von der Wurzel, die sich in den Boden senkt, bis zu den Knospen und Trieben, von denen einer das Palmenmark ergibt, das den Menschen ernährt; andere von ihnen dienen als Futter für Giraffen und Elefanten.«

Gleichmütig geht der Text über das Thema des Todes hinweg, beharrt vom zweiten Satz an darauf, daß nichts Geheimnisvolles daran sei. Diese anfechtbare Überzeugung wird mit durchweg banalen topographischen und verwaltungstechnischen Angaben untermauert: der Größe des Gebiets, der Erhebung von Gebühren, um dann sofort zu einem kurzen, belanglosen Vortrag über die Bäume überzugehen, nicht mehr diejenigen, die sie vor Augen hat (die des Friedhofs und des Todes), sondern Bäume im allgemeinen, von denen man »alles verwertet«. Wie im Vorübergehen, in Wirklichkeit jedoch als ein Gegenstück zum nichtvorhandenen Geheimnis des Todes, schleicht sich mit der scheinbar zufälligen Anspielung auf den Vogel und auf das Ei die Vorstellung ein, auch das Leben sei etwas, worüber man sich nicht zu wundern habe. Kann man das in beiden Zitaten, vor allem im letzten, verborgene Gleichnis bestreiten (das übrigens in allen Szenen aus der Irrenanstalt immer wieder vorkommt)?

7. Februar

»Warum ich schreibe? So etwas fragst du? Ein intelligenter Mann! Nun hör aber mal . . . (Gelächter) Ja, ich weiß es doch nicht. Ich weiß es wirklich nicht.« (Aus dem von J.M.E. besprochenen Tonband).

8. Februar

Maria de Franças geheimnislose Sprache in Zeiten des Wahnsinns setzt eine Welt ohne Geheimnis voraus. Es entspricht dem Irresein, Welt und Wort zu reduzieren. Werden wir einem rätselvollen Universum preisgegeben, so suchen wir hartnäckig, es zu benennen, wiewohl wir uns unseres Ungenügens bewußt sind. Die Namengebung ist ein geistiger und auch – eben deshalb – ein quälender Vorgang. Daraus erwachsen die Wagnisse der Sprache; sie sind – mit ihren Verdrehungen, mit ihren Lücken und Dunkelheiten – Ausdruck dieses so hoffnungslosen Versuchs.

Ja.

Wie sollen wir benennen, was uns flieht, was sich verweigert, sich verbirgt?

– und wie erahnen, ohne es zu benennen, was sich verbirgt, verweigert, flieht?

Wir benennen es.

Das heißt, wir müssen unsere Augen unaufhörlich an stählernen Spitzen verletzen.

Aber wir sind beharrlich.

Namen klügeln wir aus, Sprachen erfinden wir.

Ein Amt? Ein Auftrag? Eine Herausforderung?

Schwer ist es, das wissen wir wohl, zu nennen und zu sehen – Ausdruck klarer Erkenntnis.

Leben und Tod, werden sie uns denn deutlich? Geht Ihr, mit ihnen konfrontiert, sicher Eures Wegs und meßt ruhig

Länge und Breite der Friedhöfe aus, fühllos für die grenzenlose Macht des Todes? Seid Ihr sklavische Gehilfen einer vorgeschriebenen, von ihrer eigenen Leistungskraft durchdrungenen Sprache, weil Ihr erwartet, das Wirkliche faßbar zu finden und ohne Schatten? In solchem Fall trennen uns Mauern, Euch und uns, die wir so wenig sehen und uns dessen bewußt sind und mit unsicherer Zunge reden, denn wir sehen wenig, weil die Bilder dieser Erde (Blätter der Finsternis?) unsere verwirrten Augenhöhlen zustopfen.

Weil wir sehen, wissen wir, daß wir nicht sehen. Seid Ihr sicher, alles zu sehen und alles bei Namen nennen zu können? Das ist Sache der Verrückten.

Welch andere und überzeugendere Art könnte Julia Marquezim Enone finden, um uns ihre Gedanken zur Sprache und zum Verwandtschaftsgrad der Sprache mit der Verworrenheit der Dinge anzuvertrauen?

19. Februar

Ich reise nach Recife und erlebe dort den Karneval. Er ist anders geworden und hat verloren. Aber einige Gruppen, die ich auf den Straßen traf, erinnerten in allem an »Blume der Morgenfrühe«, den Verein, bei dem sich Maria de França und Dudu begegnet waren. In mehr als einem Paar, das Arm in Arm den Frevo tanzend an mir vorüberzog, meinte ich die Figuren meiner Freundin wiederzuerkennen. Vom Lärm der Instrumente betäubt, folgte ich einer Gruppe und befand mich auf einmal, unter dem Regiment der Sonne, mitten in dem Roman.

Ich überquere die Boa Vista-Brücke, wo ich und Julia zum ersten Mal nebeneinander gingen (ich war ihr in einer Ausstellung begegnet) und wo ich am Eisengeländer lehnte, während die Nacht sich rasch über den Fluß senkte, und ich noch nicht wußte, daß dies keine bedeutungslose Begegnung war, daß eine noch schwer faßbare – aber unaufhaltsame Entwicklung eingesetzt hatte, die uns vereinen würde.

Unter dem Vorwand, mich noch einmal um die Freigabe des Romans zu bemühen, in Wirklichkeit aber mit dem Ziel, Julias Nachfahrin zu sehen und meine eigenen Schlüsse daraus zu ziehen, suche ich die kleine Stadt auf, deren Namen ich verschweigen möchte. Hier lebt heute der größte Teil von Familie Enone, einschließlich der Personen, die für das junge Mädchen verantwortlich sind. Worauf gründen sich Mißtrauen und sogar Feindseligkeit, die ich, drückend und dumpf, in diesem Haus antreffe? Man schien zu wünschen, ich möge umgehend wieder verschwinden, tat, als verstände man meinen Wink nicht, mich mit dem Mündel reden zu lassen, und blieb, was das Buch betraf, unerbittlich.

»Sie wissen doch selbst, die Entscheidung hängt nicht von uns allein ab, es sind noch andere da, die sich dafür interessieren. Warum bestehen Sie eigentlich so darauf?«

Ich aß in einem gewöhnlichen Restaurant – fand kein anderes – mit zur Straße geöffneten Türen; gegenüber war ein primitiver Markt mit aufgehäuften Früchten und Gemüse auf dem Boden. Barfüßige Kinder lehnten an den Türpfosten und schauten mir zu; sie hatten Papier in der Hand und warteten darauf, daß ich meine Mahlzeit beendete und die Essensreste verteilte.

20. Februar

Während ich weiter zergliedere (und auf diese Weise gliedere), was in sich unentwirrbar ist, will ich versuchen, den Raum, den *Die Königin der Kerker Griechenlands* einnimmt, zu isolieren und zu definieren, diesen erstaunlichen Raum, eine Erweiterung gewissermaßen der Vögel, die ihn verdunkeln und alle riesenhaft sind, so daß sie Maria de França Furcht einjagen.

Wer, ob Psychologe oder Romanrezensent, wird je die Gründe erkennen, aus denen heraus der Leser gemeinhin nur die Handlung wahrnimmt und die Handelnden? Wenn es hoch kommt, freut er sich außerdem noch an Sätzen, die irgendeine Weisheit zum Ausdruck bringen. Vielleicht könnten uns die alten Dichtungen die Spur von etwas aufzeigen, was uns heute als Mangel erscheint, tatsächlich aber die ursprüngliche Art zu lesen und zu hören sein dürfte.

Mit der Ehrfurcht, die einem sehr alte Texte einflößen, schlägt man die Gesammelten Werke von Marie de France auf, der normannischen Namensschwester von Julia M. Enones Heldin, über die wir natürlich aus einem zeitlichen Abstand von siebenhundert Jahren wenig wissen: in England schreibt sie ihre Lais[32] und widmet sie Heinrich II. Plantagenet, nach Sprache und Etikette König eines französischen Hofes, sowie seiner Frau, Eleonore von Aquitanien. Die Dichtungen der Marie de France leben von ihrer Handlung und sagen nicht viel aus über die Personen und noch weniger über den Raum, in dem diese sich bewegen: »Einst lebte in der Bretagne ein reicher, alter Mann.« »Vor vielen Jahren lebten in der Bretagne zwei edle Herren, deren Ländereien aneinandergrenzten.« »In der Bretagne wohnte ein Baron.« Man wollte in erster Linie die Geschichte hören; auch die Hauptpersonen zogen die Anteilnahme nur insoweit auf sich, wie sie an aufsehenerregenden oder strafwürdigen Ereignissen beteiligt waren. Gelegentlich tauchen aus dieser unbestimmbaren Bretagne, deren ganze Geographie in ihrem Namen enthalten zu sein scheint, ein Pfad, eine Stube oder ein Wald auf, wo die

Helden sich treffen, aber die – direkte und summarische – Handlung bedarf keiner beschreibenden Details.

Das Beispiel Marie de France ist kein Einzelfall und repräsentiert eine Tradition, die erst viel später abgewandelt wird. Da baut dann der Erzähler ein konkretes Szenarium rings um seine Figuren herum auf, und der bloße Name Bretagne genügt nicht mehr. Die Beschreibungen des Raumes – wahre Gesänge in einer bestimmten Epoche und genaueste Aufzählungen zum Beispiel bei Zola – behalten ihre Wichtigkeit bis hin zum modernen Roman und spielen manchmal die Hauptrolle, wie im zweiten Teil (*Die Zeit vergeht*) des so zarten und elegischen *To the Lighthouse*, wo der Raum nicht einfach den mehr oder weniger dichten Hintergrund bildet, gegen den sich die Figuren abheben: lebendig entworfen von der Hand Virginia Woolfs, scheint uns das alte Haus an der schottischen Küste, in dem wir zuvor die Ramsays, ihre Dienerschaft und ihre Gäste ein- und ausgehen sahen, in seiner Leere, Verschlossenheit und Stille, nur noch von Echos und Spiegelungen der Außenwelt heimgesucht, auf die Rückkehr seiner früheren Bewohner zu warten (von denen einige schon tot sind). Merkwürdigerweise sieht es nicht so aus, als lasse sich der heutige Leser von dem Bemühen des Romanschreibers, den Raum darzustellen, beeindrucken. Meistens zeigt er sich wenig informiert – wenn nicht gar gleichgültig – im Hinblick auf die Aufmerksamkeit, die der moderne Roman diesem Problem zuwendet; und wenn er den Raum des Buches erwähnt, das er eben liest, dann begnügt er sich wie ein Höfling Heinrichs und Eleonores im zwölften Jahrhundert mit dem Hinweis, die Geschichte spiele *in der Bretagne*.

Ja vielleicht verlangt die Erzählung als archetypischer Ausdruck nicht mehr vom Raum als einen Namen – bestenfalls einen reizvollen Namen. Würde sich aber dann der Erzähler durch die Jahrhunderte hin diesem Gesetz beugen? »Der Tanz war den Göttern geweiht; heute huldigt er dem durchtrainierten, biegsamen Körper der Tänzerin selbst«, urteilt Marquerol Quarez.[33] Julia Marquezim Enone schafft als Botin der Unruhe und des suchenden Geistes, die für eine schöpferische Haltung heute lebensnotwendiger sind denn je, einen keineswegs alltäglichen Raum, und das erhöht die Bedeutung ihres Buches.

21. Februar

Die schwangere Divina Alves de Rosa aus Ipatinga im Staat Minas Gerais war zu Besuch bei ihrer Schwester in Governador Valadares, als die ersten Wehen einsetzten. Sie hatte einige Dokumente, darunter die Mitgliedskarte der Sozialversicherung des I.N.P.S., zu Hause gelassen. Umsonst bat sie in vier Krankenhäusern, bei einer Apotheke und im Amt für städtische Wohlfahrtspflege um ärztliche Hilfe, und deshalb starb sie und das Kind mit ihr.

Expedito Esteves hingegen besaß die erforderlichen Papiere, aber ungezählte Versuche, seine dreiunddreißigjährige Frau, Rita Correia de Araújo Esteves, die im siebten Monat schwanger war, in einem Krankenhaus unterzubringen, schlugen fehl. Die Entbindungsanstalt von Juiz de Fora verweigerte ihr die Hilfe mit der Begründung, es sei für eine Aufnahme noch viel zu früh. Rita Correia de Araújo Esteves und das Kind starben, ohne Beistand zu erhalten. (*Jornal do Brasil*, 22. und 31.1.75)

24. Februar

Die Personen bewegen sich in einem wirklichen und gleichzeitig unwirklichen Raum, was der Geisteszustand der Maria de França rechtfertigt oder zu rechtfertigen vortäuscht: *Die Königin der Kerker Griechenlands* ist, dabei bleibe ich, ein Geflecht von Vorspiegelungen. Vielleicht hat sich, wie in einem Spiel von Reflexen (allerdings bewirkt von kaum sichtbaren Spiegeln in düsteren Korridoren), das Gespenst dieser Arbeiterin und Hausangestellten durch meinen Text, durch Sprechzimmer und Dienststellen bewegt, über Straßen, die nicht erfunden sind und zu einer wirklichen Stadt gehören, Recife mit seinen Flüssen und Brücken, seinem Hafen, seinen Kasernen und den Favelas, die rings um die Stadt einen schwarzen, fauligen Saum bilden. Im Verlauf dieser Enthüllung, als die ich meinen Kommentar betrachte – und in der ich, wie ich hoffe, die Umrisse des Romans skizzieren werde, wie ich schon einige seiner Figuren skizziert habe –, war es noch nicht möglich, den wahren Raum der Geschichte aufzuzeigen, unzweifelhaft ein Recife, das dem wirklichen Recife entspricht und sich doch nicht auf das Modell beschränkt: es wird räumlich verdichtet und verzaubert. Die Stadt scheint sich in ihren eigenen Stadtplan zu verwandeln, wird derart biegsam, daß man sie zusammenfalten könnte, ohne daß sie dadurch an Umfang verlöre: sie bliebe bewohnbar.

25. Februar

Wir haben in *Die Königin der Kerker Griechenlands* einen natürlichen Raum (die breiten Straßen und die Viertel einer Stadt, die jeder identifizieren kann), der dennoch willkürlich ist. Wie immer tarnt die Autorin ihre Lösungen. Wer Recife kennt, muß es absurd finden, wenn jemand am Santa Rita-Kai entlangkommt, nach rechts abbiegt, am Hauptbahnhof vorbeigeht und die Santa Isabel-Brücke überquert; oder wenn am Ende der Rua da Concórdia der Platz der Republik auftaucht; oder mehr noch, wenn

Maria de França, die durch die Rua Aurora am Fluß entlanggeht, dann den Weg durch den Beco das Cortesias einschlägt oder das Seminargebäude betrachtet – beide liegen in Olinda. Als genüge es nicht, Recife eine bewegliche Struktur zu geben, die unaufhörlich auseinanderfällt und sich wieder herstellt, verlagert Julia M. Enone die Stadt Olinda, hebt die sechs Kilometer auf, die sie von Recife trennen, und läßt sie die Hauptstadt überfallen, in sie eindringen.

Aus der Verschmelzung ersteht eine phantastische Stadt, ausschließlich für dies Buch, deren Unwirklichkeit der nicht ortskundige Leser möglicherweise nicht begreift. Recife, die flache, gleichsam überschwemmte Stadt, erhält die Hügel Olindas und hebt sich empor, und wenn an einem Ort die Glocken läuten, hört man sie in den Häusern von beiden widerhallen. Im Gegensatz zum Gelände der eroberten Stadt, deren Bezirke nicht genau festliegen und mit anderen verschmelzen – um sich später wieder zu lösen und neue, unmögliche Verbindungen einzugehen –, ist das Olinda des Romans ein festumgrenzter Raum und entspricht getreulich der Stadt, die man besichtigen kann. Die Einwohner des Romans verirren sich, wenn sie auf dem Pflaster der Hafengegend dahinwandern und dann auf die Ladeira do Amparo geraten. Es kommt vor, daß sie zu einem anderen Punkt von Recife zurückkehren oder an den selben Ort in der Umgebung der Kais, wo die Luft schwer ist vom Geruch des Rohöls und der fauligen Früchte; der Plan des romanhaften Olinda aber verändert sich nicht und stimmt genau überein mit dem der historischen Stadt.

Dieser zwittergestaltige Raum, in dem sich ein fester und ein beweglicher Raum verbinden, ist bedeutsamer und beziehungsreicher, als es eine der Alternativen wäre. Trotzdem, wie könnte man auf die drängende Frage verzichten, was denn die Autorin dazu veranlaßt, demselben Schauplatz widerstreitende Konzeptionen zuzuordnen? Ist es das Gesetz der Variation? Wollte sie nichts anderes, als nach dem Rat des Horaz »das Wahre mit dem Erdachten« mischen? Sucht sie durch ihre dunklen, geheimnisvollen Verflechtungen das Fließende und das Feste einander gegenüberzustellen? Ich weiß keine Antwort darauf.

26. Februar

Ich verschwieg etwas, war sogar ungenau, als ich vor einigen Tagen das Mittagessen in jener Stadt erwähnte, in der einige Geschwister meiner Freundin und ihre Tochter leben. Ich glaube, ich habe den Eindruck erweckt, allein gewesen zu sein. Aber von einem gewissen Zeitpunkt an hatte ich Gesellschaft. Möglicherweise wird mich die Erinnerung an das, was sich zutrug, nicht mehr quälen, wenn ich sie zu Papier bringe. Nur das. Ich glaube nicht, daß sie einen Aufschluß gibt über *Die Königin der Kerker* noch etwa über den Akt des Schreibens.

Eben waren Essen und Mineralwasser auf die schmutzige Plastiktischdecke gestellt worden, da bemerkte ich einen Mann auf der Straße. Er hatte einen hellen Anzug an und spazierte, Hände in den Hosentaschen, vor dem Lokal auf und ab, als zögere er einzutreten. Wartete er auf jemanden? Unter dem ziemlich schäbigen Hut her traf mich der Blick seines rechten Auges, blau und spöttisch. Ich hatte den Eindruck – war es ein Eindruck oder eine absurde Gewißheit? – dies Auge schon einmal in einem Nähkasten gesehen zu haben. Die Pflastersteine, die Menschen – alle armselig –, die Waren auf dem Boden, die Wände, sie sahen aus wie Opfergaben: Gaben für einen habgierigen, unbarmherzigen Gott. Mit einer raschen, heftigen Bewegung nahm er den Hut ab (die fahlen Haare), scheuchte die Kinder von den Türen fort und war jetzt nahe beim Tisch.

»Sie sind der Lehrer, der ...«

Im selben Augenblick wußte ich. Wieso? Seit langem schied uns eine dicke Mauer, verband sie uns auch? Jetzt standen wir einander gegenüber, und meine Freundin regierte unsere Auseinandersetzung. Ich legte das angebissene Fleisch auf den Teller zurück.

»Nun ... Julia. Ich weiß nicht, ob sie von mir gesprochen hat. Es wird wohl so sein. (Unnatürliche Bewegungen der Arme, als verberge er eine Waffe.) Sie war meine Frau. Ich bin Heleno.« Das sagte mir nichts. Julia hatte es vermieden, seinen Namen auszusprechen, und nie versucht, ihn zu beschreiben. Wie alt mochte er jetzt sein? Die gebogene Nase neigte sich dem etwas welken Mund zu, die Stirn hoch und knochig, mit Falten, die Nähten glichen, das Kinn mit krampfartigen Zuckungen. Fünfundvierzig? Trotz alldem ging Kraft von ihm aus, etwas Hitziges, Bedrängendes, Übelkeit Erregendes. Wie ein gemeines Parfüm. Von diesem hängt *Die Königin der Kerker* ab und vielleicht von einem armen, geistig zurückgebliebenen Mädchen, das man ungebildeten Leuten anvertraut hat, Leuten, die es sicherlich für anrüchig und sogar frevelhaft halten, Bücher zu schreiben.

»Ich bleibe ein paar Tage hier, will den Schinken sehen, an dem sie so lange geschrieben hat. Ich habe ein Recht darauf. Wir waren Mann und Frau.«

Immer schwieriger wird es für mich, aufzustehen oder zu sagen, er solle verschwinden. Julias Leben, von dem sie mir manches anvertraut hat – nie als zusammenhängenden Bericht und keineswegs auch nur annähernd als Beichte – erfährt durch die Gegenwart dieses Körpers, dem der ihre nicht fremd war und der mir jetzt so nahe ist, daß ich den rauhen Anzugsstoff scheuern höre, wenn er sich bewegt, eine Zumutung, die mir an die Nieren geht. Hier im verbrauchten Körper des Fremden ist mir meine Freundin erreichbar, wie sie in der Fülle ihrer Jugend war, blind für viele Dinge, schwach in fast jeder Hinsicht außer in der Entschlossenheit, sich nicht unterkriegen zu lassen; hier ist sie während der Zeit, in der ich noch nicht wert bin, sie zu sehen, und bahnt sich ihren gewundenen und rätselhaften Weg, rührt durch diesen Mann, in den sie sich mit elf Jahren verliebt und den sie mit noch nicht fünfzehn geheiratet hat, an die ersten Geheimnisse – um jedoch schon die Richtung zu mir und zu ihrem Buch einzuschlagen.

»Ich bin nicht so verrückt, daß ich mir den ganzen Schinken selbst vornehme. Aber ich werde ihn lesen lassen, von vorn bis hinten. Ich kann das Buch verbrennen, wenn sie nicht die Wahrheit sagt. Diese schwachköpfige Hurentochter hat gar nichts zu sagen.«

Er beugte sich über den Tisch (immer die nicht zu erklärenden Armbewegungen, die irgendwie unentschlossen wirkten) und ich wußte, er würde mich beleidigen. Ich konnte die kränkenden Worte fast Satz für Satz voraussehen.

»Im dritten Monat gab ich ihr einen Tritt. ›Mach daß du wegkommst!‹ Verstehen Sie? Ist das im Buch? Bezweifle ich. Sie hat immer gelogen und gelogen. Das hielt ich nicht mehr aus, und ich sagte zu ihr: ›Geh, schlaf mit dem Teufel!‹ Verstehen Sie? Ich war noch keine fünfundzwanzig Jahre und immer durch und durch Mann, das verfluchte Schwein, das sich darüber beklagt, mit mir zusammenzusein, ist noch nicht geboren, aber sie wollte das ganze Leben im Bett verbringen.«

Die blauen Augen suchen in meinem Gesicht zu lesen; ich halte seinem Blick stand. Was ist der Körper für ein

Ding, und was für ein Ding ist die Geschichte seiner kurzen Wanderschaft über die Erde? Erbt der Körper seine Verirrungen und sein Suchen? Was ist in Julias Körper geblieben – keinem schönen Körper vielleicht, aber einem zarten, vernehmbaren, ja, als atme alles an ihm, die flachen Brüste, die dickliche Taille und die ein wenig vorstehenden Knie –, was ist in ihr geblieben von dem weit zurückliegenden Zusammenprall mit diesem Fremden, den sie liebte und der sie verletzte? Die verfälschte Erinnerung an ihn dauerte fort: die Spiegel der Erinnerung. Gibt es die Spiegel des Körpers? »Später erschien sie und wollte zurückkommen. Ich brachte es nicht fertig, *nein* zu sagen. Sie war damals sehr hübsch. Kennen Sie ein Foto aus ihrer Mädchenzeit?«

»Ja. Auf ihrem Grab ist eines.«

Lächerliche Herausforderung. Ich hatte ihn getroffen, aber nur wenig: er war ein Mann mit willkürlichen Maßstäben, und der Tod bedeutete ihm so gut wie gar nichts. In jenen längst verflossenen Jahren hatte meine Freundin ihn mit einer Heftigkeit geliebt, die im Laufe der Zeit nachlassen mußte. Aber diese Begierde schloß – so berichtete sie mir einmal – in ihrer Unausgereiftheit nicht das ein, was der heilige Bruno von Asti als »teuflisches Beiwerk der Verzückung« bezeichnet. Wütend und seiner Macht bewußt fiel der Ehemann über sie her und suchte die schlummernde Lust zu wecken: er demütigte den jungen Körper, von dem er sich damals so fern fühlte wie jetzt. In unregelmäßigen Abständen gab es vier Trennungen; einmal, nicht jedes Mal, war sie aus eigenem Entschluß zurückgekehrt. Eines Tages endlich erahnte die zur Frau Heranreifende den Genuß, den Abglanz dessen, was der Mann versprach. Aber das, was sie hatte schimmern sehen – entschied sie –, von ihm würde sie es, *wenn die Stunde käme,* nicht in seiner ganzen Fülle empfangen.

Dringend und unverzüglich mußte sie sich darauf vorbereiten: sie verließ ihn für immer. Für immer? Nein. Es kam noch zu dieser unerklärlichen Begegnung, von der er jetzt zu mir spricht.

»Wenn sie das besagte Buch nicht nur zusammengekritzelt hat, um die Tatsachen zu verdrehen, muß sie gestanden haben, daß ich sie sechs Jahre nach der Hochzeit auf der Straße traf, und Sie wissen es schon. (Zuckungen am Kinn. Zaudert er? Tabaksflecke an den Zähnen.) Ich machte ihr ein Kind. Zu Ihrer Information: es war mehr als vier Jahre, daß wir uns nicht gesehen hatten – verstehen Sie? – und ich lebte mit einer anderen zusammen. Ich kann Ihnen das Haus zeigen, in dem wir waren. In Pina.«

Das Buch interessiert ihn nicht weiter; es gibt nur einen bequemen Vorwand ab, um von sich zu reden und mich zu kränken; aber ich weiß viel mehr, als er ahnen kann, und das, was ich weiß, enthüllt mir die gemeine Seite jedes seiner Worte. Die Kinder wieder an der Tür; die Spiegelung des Lichts auf den Steinen wie Salz und Glimmer für meine kranken Augen. Julia und er am Strand, der alte Oton Enone wäscht sich die Hände, ihn kümmert es nicht mehr, was sie tut oder nicht tut, ob sie zur Dirne wird, im Gefängnis verkommt, als Räuberliebchen lebt, vor die Hunde geht, solang er nichts davon hört und sieht. Er stopft der Tochter Geld in die Tasche: soll sich eine Fahrkarte kaufen, nach Bahia reisen zu Verwandten, die in Salvador wohnen. Ein weiteres Unglück fehlt noch, eine Last, die sie zu ertragen und mitzuschleppen hat, eine Lehre, die sie einzustecken hat, eine erniedrigende Erfahrung (Julia und der Mann, der Heleno heißt, der Weg der beiden am Strand entlang, dann die ordinäre Herberge), sie kann nicht lügen, erzählt dem Vater, was vorgefallen ist, sie und dieser Mann, Schritt für Schritt durch den Sand, die Nacht im Zimmer, das Aufwachen, die leere Tasche. Der

Vater jagt sie aus dem Haus. Zum zweiten Mal wird sie ins Krankenhaus eingeliefert, hat zwei Monate später in der Irrenanstalt eine Frühgeburt und ist seither unfruchtbar. Jeder Körper hat eine Geschichte: die seines eigenen Weges.

11. März

Ich halte mich an das Vorbild Julia Marquezim Enones, die zuweilen ganze Tage auf die Arbeit an einem Abschnitt verwandte, für mich eine noch härtere Anspannung wegen der Notwendigkeit, dem Beispiel einiger Meister folgend, künstlich jene Art von Instinkt in mir zu erzeugen, mit dessen Hilfe ein Erzähler aus der Fülle der Wirklichkeit mit besonderer Bedeutung geladene Teilstücke auswählt, so daß wir in ihrem Licht tausend Dinge bemerken oder zu bemerken glauben, die im Text nicht vorhanden sind (das, was implizit im Text enthalten ist); so beendete ich erst am Sonnabend den vom 26. Februar datierten Abschnitt, nachdem ich nahezu zehn Tage an ihn gewendet hatte. Hineingezogen in den Stoff wie ich es bin – die geschilderte Episode lag, man beachte das, erst kurz zurück, und ich kann gar nicht sagen, wie sehr sie mich aufgewühlt hatte – ist es wohl möglich, daß meine Rolle als Beteiligter die Arbeit des Beobachters stört. Als ich schließlich versuchte, die Begegnung genau und mit einiger formaler Sorgfalt zu schildern, gab es gewisse seelische Hemmungen oder Schwindeleien, die mich hinderten, über alles zu berichten.

Ich habe noch ausgelassen, daß dem mit Namen Heleno – ich sah es, als er sich aufrichtete – der linke Arm am Handgelenk amputiert war. Das war keine absichtliche Auslassung und darf nicht als edle Geste angesehen werden: ich schonte den Mann nicht. Ich leistete der ungewöhnlichen Tatsache, in ihm einen Rivalen anzuer-

kennen, Widerstand. Nein, nicht in bezug auf Julia – in bezug auf das Buch. Ich war nicht imstande aufzuklären, ob sie einen Verstümmelten geheiratet hatte oder ob die Amputation später geschehen war (ich brachte die unglaubliche Frage nicht über die Lippen), und die Ungewißheit zehrte an mir, hartnäckig wie es die nicht immer unbegründeten Ängste sind, es könnte sich insgeheim eine tödliche Krankheit in uns entwickeln. Die beiden Möglichkeiten mit einer Fülle von Folgen standen einander gegenüber. Hatte meine Freundin an ihren jungen Hüften noch beide Hände des Gemahls gespürt, und war das die Vorstellung, die in ihnen fortlebte? Die Koinzidenz des entstellten Körperteils mit dem chiromantischen Hintergrund des Buches machte diese Hypothese unglaubhaft, an deren Stelle die ebenso betrübliche wie absurde gegenteilige Vermutung trat: Julia M. Enone kennt und liebt als Kind einen Krüppel, einen Verstümmelten; Jahre später gestaltet sie ihr Buch, das den Eindruck erweckt, als habe sie es entsprechend einer Folge von Anspielungen auf die Kunst, Leben und Tod aus der Hand zu deuten, angeordnet, in Wirklichkeit als ein künstliches Glied und stellt mittels solch einer gewitzten Alchimie die Hand wieder her, die dem ihr so wenig angemessenen Partner ihrer Jugend gefehlt hat. Eine ebenso doppelsinnige Gabe wie diejenige, welche sie ihm zuvor in Gestalt des eigenen Körpers darbringt, und eine sehr viel gewichtigere.
Andere Vermutungen steigen in mir hoch und liegen miteinander in Widerstreit. Aber schließlich ist die Wahrheit nicht allzu wichtig. Wie auch immer (wüßte denn Julia die Antwort?), es übersteigt meine höchst dürftigen Kräfte völlig, wenn ich, dessen Sommer sich unausweichlich zu neigen beginnt, ein Einsamer, der sich von Lektüre nährt und glaubt, durch Betrachtung und Nachdenken einen Hauch von Weisheit erworben zu haben, mich abquäle, als

sei ich noch jung und unwissend und hinge, um meinen Frieden oder was sich sonst mit diesem Namen brüstet zurückzugewinnen, von den Beziehungen einer gewissen Hand – einer zerschmetterten? mit dem Beil abgeschlagenen? von Hunden gefressenen? – und dem Gerippe eines Textes ab.

12. März

»Mein *Werk* schützen, und zwar nicht nur vor Nachsicht, sondern auch vor Haß. Einmal, als man mich betrogen hatte, weinte ich viele Stunden lang und nicht eigentlich um meiner selbst willen: ich fürchtete, der Betrug werde mein künftiges Werk vergiften und, durch das Werk, das Herz einiger Menschen Herz.« (Aus den Aufzeichnungen von J.M.E.).

13. März

Auf den vorangehenden Seiten beschrieb ich einen Vorgang, über den ich Bescheid wußte und der die dunklen und gewundenen Pfade all derer umfaßt, die lieben und immer Gemeinheiten zu ertragen haben. Eine andere, tiefere, meiner Wahrnehmung und meinem Verständnis jedoch unzugängliche Entwicklung vollzog sich und bewegte sich auf das Buch der Dahingegangenen zu, die ich liebe, und auf meine Anschauung von diesem Buch; heute früh offenbarte sie sich.

Deshalb werde ich hier nun doch meine letzten Anmerkungen einfügen. *Die Königin der Kerker Griechenlands* hat, ohne daß auch nur ein Komma versetzt worden wäre, eine innere Wandlung erfahren. Die Hand, nicht meine oder die eines anderen, sondern die vollkommene, die begriffliche, die exemplarische Hand, die in gewisser Weise das Gerüst des Romans bildet, seine Stütze, sie ist verdorrt oder, genauer gesagt, verschwunden und hat da, wo sie war, eine Leere hinterlassen. Der Plan des Werkes, alles das, was er durch seine sinnreichen (und versteckten) Anspielungen vermittelt, der von der Tradition zugelassene – und dem Buch einverleibte – Zusammenhang zwischen eines jeden Menschen Hand und den Gestirnen, zwischen jedem von uns und der Schöpfung, alles das riecht jetzt nach Zweideutigkeit. Eine Negierung von außen, aus unserer schillernden und vergänglichen Welt, hat sich durch meine Mitwirkung in die Mauern des Werkes eingeschlichen und befindet sich nun dort, unerreichbar für mich, traurig.

17. März

Ich berichtige, was ich vor einigen Tagen behauptete. Ich würde die letzten vier oder fünf Seiten mit allem, was sie an Bekenntnishaftem bringen, auch dann beibehalten, wenn die den Zusammenhang unterbrechende Episode, von der sie handeln, keinen Widerhall in meiner Auffassung des Romans gefunden hätte.

Von Anfang an war ich entschlossen, diesen Kommentar so anzulegen, daß er dem stets unbekannten Zeitpunkt einer Überarbeitung offen wäre. Aber die heutige Kunst zeigt sich – ein Phänomen, das wir in seiner Intensität als unserer Zeit eigentümlich erkennen – häufig wie eine starre, abgeschlossene Darlegung theoretischer Grundgedanken. Dadurch nimmt sie den Charakter eines nicht begrifflichen, sondern formalen Thesenwerkes an, dem die Zeitgenossen unbegreiflich fremd bleiben. Und nur das Bemühen – das vielleicht dem Buch eigen ist, mit dem ich mich beschäftige –, den Fehler zu vermeiden, programmatisch zu werden, dies und dazu noch der Sinn für den richtigen Augenblick, der in scheuen Menschen fast immer stark ausgeprägt ist, hat mich daran gehindert, hier den unerträglichen Maschinenlärm zu erwähnen – Kreissägen, Bagger, Betonmischer – den gewohnten, nervenzermürbenden Hintergrund dieser meiner Arbeit.

Indessen sollte ich es unbedenklich tun. Das würde dem Text, der sonst vielleicht als ein in aller Stille durchgeformter erscheinen könnte, eine neue Dimension und die Bedeutung eines Widerstands hinzufügen: im innersten Kern von Getöse und Roheit versucht er sich als Melodie herauszubilden.

18. März

Die geografische Verschiebung, die einem in Unordnung geratenen – oder unbeständigen Bewegungen ausgelieferten – Recife die immer gleiche Stadt Olinda näherrückt, ist in dem Buch keine isolierte Erfindung. Sie gesellt sich zu einer anderen, noch eindrucksvolleren, welche die Eigenart des Raumes in ihm unterstreicht.

Die Königin der Kerker Griechenlands strukturiert sich von einem anormalen Wahrnehmungsvermögen aus. Selbst wenn Maria de França, der augenscheinliche Ausgangspunkt der Rede, bei klarem Verstand ist, tritt sie als Übermittlerin einer zugleich wirklichkeitstreuen und traumhaften Sehweise auf – was sich in der Doppelheit des Schauplatzes wiederholt, der fest ist und fließend, genau und ungewiß. Wie ein Damespieler, der wegen eines vorteilhaften Zuges nach vorn einen Stein opfert, macht Julia Enone ein Zugeständnis an die Wahrscheinlichkeit, um ungeniert die Erfahrungen zu äußern, die sie mit Hilfe des Romans sichtbar zu machen wünscht. Maria de Franças Geisteskrankheit, ein »natürliches«, überzeugendes Motiv, das sie in den sozialen Gehalt des Werkes einbaut, ist vor allem ein Vorhang, um die wahre, die wesentliche Partie zu verdecken, die sich auf dem Feld der Romanschöpfung abspielt. Sie entzieht sich einer genauen Diagnose und führt uns immer zu Problemen der Gestaltung hin, die von der konkreten Wirklichkeit bis zur Ausdrucksweise reichen. Als Hauptschlüssel für die irreführende Struktur des Buches, als Maske der Autorin, läßt sie wie Verzerrung aussehen, was Versuch eines vertieften Studiums, und willkürlich, was berechnet ist, den wohlausgerüsteten Truppen gleich, die in kriegerischer Zeit den Boden des amphibischen Recife/Olinda von einem Ende des Romans bis zum anderen erbeben lassen.

19. März

In den Zeitungen steht: Der Generalstaatsanwalt Oscar Xavier de Freitas hat die Einstellung des Verfahrens angeordnet, in dem über das »Unternehmen Camanducaia« ermittelt wurde, da er der Meinung ist, es handele sich nicht um ein Verbrechen.

20. März

Wer sind die Soldaten, mit denen der Roman ausstaffiert ist? Was bleibt nach Abschluß der Lektüre, der ersten, der vielleicht noch weitere folgen, übrig von ihren Umrissen, von ihren Waffen? Maria de França läuft von einem Ende zum anderen, und immer begegnet sie ihnen. Zuerst meint man, die in ihrem zeitlichen Ablauf noch wenig deutliche Handlung ereigne sich parallel zu einem historischen oder erdichteten Waffenaufstand. Vage militärische Unternehmungen stützen diese Vermutung, und da fragen wir, auf welche Weise diese Männer, über deren Aussehen und Erscheinung der Text sich ausschweigt – immer heißt es

»das Bataillon«, »eine Schwadron«, »die Truppenabteilung«, »der bewaffnete Trupp« – in die Erzählung eintreten werden, die sich abzeichnet. Plötzlich klingt ein einzelnes Wort auf; was befremdet uns an seinem Klang? es tönt seltsam und weist uns darauf hin, daß diese Krieger möglicherweise andere Kleidung und Ausrüstung tragen, als wir ihnen zugedacht haben:

> »ihr hört es, fester Schritt, keiner bewegt sich, und trotzdem hämmert der Takt durch die Luft, das eins – zwei, eins – zwei, dröhnend wie Schläge mit dem Gewehrkolben gegen die Tür, so verschieden vom Schritt des Bauern, die Sonne blitzt von Muskete zu Muskete, von Schnalle zu Schnalle« ...

Muskete? Das könnte noch eine Ungereimtheit von jemandem sein, der im Staatsgouverneur einen König sieht. Drei Zeilen weiter verfliegt der Zweifel. Es wird auf die Verteidigung des Hafens angespielt, auf Befestigungen aus Stein, auf Schützengräben am Strand, und dann bemerken wir, daß, wenn auch nur sparsam, gewisse anachronistische Elemente der Architektur und des Mobiliars – wie unverglaste Fenster oder dichte Vorhänge – eingeführt werden und daß, *so wie Olinda nach Recife eindringt*, eine andere, ferne, noch nicht offenbarte Zeit in die Zeit der Fabel einbricht und konkret und am Rande, unzugänglich, darin gegenwärtig bleibt: ein alter Krieg zwischen Meer und Land (wiederholt sich da die Gegenüberstellung Fließendes/Festes, Recife/Olinda?) entwickelt sich, ohne hineinzupassen, im Rahmen einer Erzählung, die nichts davon weiß und nicht den mindesten Einfluß auf seinen Ablauf nimmt.

Die Auslegung, die ich vorschlage und die diesen unzeitgemäßen Gestalten strikt den Status von Personen verweigert und sie lieber mit der räumlichen Vorstellung in Verbindung bringt, ist anfechtbar, auch wenn wir in Betracht ziehen, daß sie sich, obwohl sie fast immer in Aktion gesehen werden, nie bewegen, so daß sie zusammen wie in einer Art Album angeordnet sind, einer Galerie von Schlachtenbildern, die einen Schauplatz überlagert, auf dem diese Feindseligkeit und diese Kugeln nichts mehr zu suchen haben. Ich möchte keine These aufstellen oder auch nur empfehlen, verhalte mich vorsichtig, keineswegs überheblich und soweit wie möglich flexibel. Ganz gewiß komme ich nicht aufs Geratewohl oder aus einer Laune zu einer solchen Ansicht. Diese Soldaten verändern die Fabel in keiner Hinsicht, aber sie verändern die Beschaffenheit des Raumes in bezeichnender Weise. Ohne sie würde die phantastische Maßnahme, mit deren Hilfe Julia M. Enone die Szenerie ihres Buches surrealistisch gestaltet, zeitlos und wäre nur auf eine einzige Kategorie festgelegt; durch sie, die Überläufer einer vergangenen Epoche, besteht eine zeitliche Allgegenwärtigkeit, die den ganzen Raum durchtränkt. Über das, was sich als beweglich/fest, fließend/massiv verbindet, legt sich gleichzeitig das *Heute* und das *Gestern*. Die glatten Fassaden neuer Bauten bestehen neben dem geometrischen Geflecht maurischer Architektur, verputzte Wände neben rohen Ziegelmauern; die asphaltierten Straßen unserer Zeit neben den gepflasterten Gäßchen von ehedem, die krumm sind, keinen Gehweg haben und von großen Balkonen überschattet werden.

22. März

Gestern. Der Begriff hat so, wie ich ihn verwendet habe, keine Grenzen. Derart abgründige Ausdrücke wurden, wie ein großer Teil der Sprache, von unvorsichtigen Menschen geschaffen, die nichts auf Leistung gaben. Sie treiben durch die Luft, diese wolkenartigen Wörter.

23. März

Nein. Ich bin ungerecht und wie vernagelt: ich weiß nicht mehr, was mich zu dem veranlaßt hat, was ich letzter Tage niederschrieb. Bei genauerem Nachdenken war die Unbestimmtheit des *Gestern* da, wo es angewendet wurde, nicht unerwünscht. Es half sicherlich dem Leser bei der fortschreitenden Enträtselung der Frage, wer jene Soldaten sind, die er anfangs als Zeichen für die geistige Verwirrung der Heldin ansieht. Da er sie nicht einzuordnen weiß, versetzt der Leser sie, wenn sich die Sonne zum ersten Mal in den Musketen spiegelt, zurück in eine vage Periode vor drei Jahrhunderten oder mehr, eine Zeit, deren entfernteste Anfänge mit der Anwesenheit der Entdecker zusammenfallen. Daß zufällig indianische Kämpfer dabei sind, macht die Datierung noch schwieriger. Gehören diese Krieger zu unterschiedlichen Epochen? Zum Schluß bekommen sie ganz deutliche Konturen, und wieder einmal beobachten wir Julia Marquezim Enones Bestreben, ihr Spiel geheimzuhalten: die Epoche der befremdlichen Soldaten läßt sich genau eingrenzen, und nichts Willkürliches liegt in ihren aufeinander folgenden Auftritten, die mit geringfügigen Verzerrungen, gewissen Veränderungen im Zeitablauf und mehr oder weniger verschleiert eines der Hauptereignisse aus der brasilianischen Geschichte wiedergeben. Welches? Das werden wir noch sehen. Es wäre plump, unvermittelt aufzudecken, was der Roman nach und nach enthüllt.

25. März

Mein Lebensstil und mein geringer Ehrgeiz machen mich zu einem Menschen, mit dem niemand seine Zeit vergeuden will, fast so als wäre ich ein Alkoholiker oder Rauschgiftsüchtiger, jedenfalls einer, den man aufgegeben hat, was mir nur einen spärlichen Umgang mit (mehr oder weniger) gebildeten Leuten einbringt. Ich kann nicht sagen, daß ich traurig darüber bin. Ich halte es damit wie die heilige Teresa de Jesús, die, weil sie keine Beichtväter hatte, »die so gelehrt waren, wie ich sie mir wünschte«, den »Halbgebildeten« die völlig Unwissenden vorzog, denn diese »verlassen sich weder auf sich selbst, noch fragen sie die, welche mehr gelernt haben und denen auch ich nicht vertraute«.[34] Sie können sich auch nicht vorstellen, daß ich allein lebe oder daß meine Berufskollegen mich nicht besuchen. Einige Lehrer der Fächer Kommunikation und Ausdruckskunst kommen zu mir, vor allem, wenn sie wenig zu tun haben, und holen aus mir heraus, was sie nur können, neugierig, als kämen sie zu De Quincey, dem Opiumraucher. So auch gestern, und als ich weniger auf der Hut war, redete ich von diesem Tagebuch. Ich bereute es nicht, denn einer wies, als er das hörte, darauf hin, daß die Texte aus den Zeiten des Wahnsinns vielleicht von der *Aufsatzmethode* eines gewissen Carlos Góes beeinflußt sein könnten.

Ich erwarb zwei Exemplare der kleinen Schrift: eines von 1961 (11. Auflage) und das andere (14. Auflage) von 1968. Das ältere enthält eine Einführung des Autors – eines Mitglieds der Dichterakademie, also eines Unsterblichen, aber ich weiß nicht, ob noch am Leben –, datiert vom März 1930; das von 1968 hat die Einführung beibehalten, aber – wie es manche Damen reiferen Alters auf den Anmeldescheinen der Hotels machen – ohne Daten. Die Titelseite von 1961 verkündet, ein wenig in der Art der alten

Stärkungsmittel gegen Haarausfall: »NEUES UND NOCH UNVERÖFFENTLICHTES VERFAHREN, DAS DEM LEHRER DIE MÜHE ERSPART, JEDE KLASSENARBEIT EINZELN ZU KORRIGIEREN.« »Im Jahre 1968 hat dieser umfangreiche Werbespruch ein Manko: das Verfahren ist nicht mehr »neu«, aber weiterhin »unveröffentlicht«, seinen 38 Jahren zum Trotz.

Diese Hinweise lassen den Geist des vom Glück begünstigten Handbuchs und der Ausgabe erkennen, aber was uns interessiert, sah ich beim ersten Blick auf die Broschüre, nämlich daß es tatsächlich das Modell für die Formeln ist, die Julia Marquezim Enone vorbringt, um da, wo das Thema des Wahnsinns beginnt, Brüche aufzuzeigen, die alle zu einer gewissen Vorstellung (so sehe ich es) von unserer Ausdrucksweise und unserem Verständnis der Welt hinleiten. Hier stehen, ohne oder nur mit geringfügigen Änderungen, ganze Abschnitte aus *Die Königin der Kerker*; diese Seiten erwecken mir jetzt den Eindruck, als habe der Autor unverfroren von der Verfasserin des Romans abgeschrieben. Man versteht es. Die betrügerischen Schilderungen und Abhandlungen von Carlos Góes (die fast ein halbes Jahrhundert lang bei schlechten Schülern wie Falschgeld in Umlauf waren) ziehen, wenn sie in einen dichten Zusammenhang gestellt werden, Bedeutungen auf sich und erfahren eine Art Entlarvung, weil etwas von dem an die Oberfläche kommt, was sie unabsichtlich dartun. Während ich mich, halb belustigt, halb wütend, mit diesen Modellen beschäftige, die meine Freundin tatsächlich – wenn auch in anderem Sinne – als solche benutzt hat, stelle ich fest: um die Effekte zu verstärken, die sie suchte, hat sie aus dem breiten Angebot der *Aufsatzmethode*, die schon jetzt auf meinem Büchergestell zwischen den mangels eines besseren Namens von mir als himmlisch bezeichneten Werken steht, neben dem *Modernen Kursus der Redekunst* von Admir Ramos[35] und dem

Briefsteller für Liebende, mit unübertrefflicher Folgerichtigkeit die Texte ausgewählt, in denen die offensichtliche Übereinstimmung mit dem Wirklichen ohne Fehl ist, die Blüten der borniertesten Verständigkeit; dagegen verwirft sie alles, worin das Unvermeidliche geschieht, das heißt, worin sich Wahnsinn und Anormalität hinter einer höchst verdächtigen Objektivität, zwischen Gewissenhaftigkeit und Realität verborgen, wie in dem folgenden »Modell« offenbaren, dessen Ähnlichkeit mit den zuvor besprochenen Abschnitten des Romans unverkennbar ist:

»›Haustiere‹ nennt man die Tiere, die der Mensch zu bändigen und zu erziehen verstand, so daß aus grausamen und wilden Bestien Faktoren seines Reichtums und seines Wohlstands wurden.

Es sind: der Hund, das Rind, das Pferd, der Esel, das Kamel, das Dromedar, die Katze, der Elefant, das Schaf, die Ziege, das Geflügel, das Schwein usw.

Der Hund war das erste Tier, das gezähmt wurde. Er bewachte die Höhle des primitiven Menschen vor dem Überfall des Wolfs, des Tigers und des Löwen.«

Es gibt eine Stufe der Wahrnehmung, auf der man den Unterschied zwischen einem Hund und einem Drachen nicht mehr erfaßt. Kehren wir in die weniger überspannte Welt der geisteskranken Maria de França zurück.

27. März

DA LAURA STARB, WIRD, WAS VERGING, WAS HEUTE IST UND KÜNFTIG NUR QUAL UND STRAFE SEIN

»Das Leben flieht, es kann die Zeit nicht weilen.
Voll Ungeduld belauert uns der Tod.
Was war, was kommt, was ist – weh mir! – es droht,
Es martert mich mit tausend schnöden Pfeilen.
Mich schmerzet, was vergangen, schmerzt zuweilen,

Was mir bestimmt des Daseins Abendrot;
Es schmerzt« . . .

Nein, Petrarca, dein Sonett ist nicht hart genug, um die Wiederkehr, die zweite, des Tages zu begehen, an dem Julia, fünf Monate, nachdem sie ihr Werk als abgeschlossen betrachtet hatte, so unsinnig zu Tode kam, zermalmt von einem grünen GM-Lastwagen, Pritschenhöhe 882 mm, Vorderachse in Doppel-T-Form (Achslast 3750 kg), Hinterachse und hebbare Nachlaufachse (Achslast je 9300 kg), Tank für 104 l Dieselkraftstoff, Luftdruckbremsen, Reifen von 12 und 14 Lagen, beladen, Bruttogewicht insgesamt 22 500 kg.

4. April

Um sehr lange Zitate zu vermeiden, wird es nötig sein, typische Abschnitte auszuwählen und vier Stellen des Romans zu kopieren, in denen sich die rätselhafte Anwesenheit der Soldaten wiederholt. In diesem meinem Verfahren liegt ein Trick, eine Entstellung sogar. Er verleiht dem Deutlichkeit, was sich im Buch als ein Instrumentalsolo darstellt, das von Paukenlärm unterbrochen wird. Aber verfährt nicht die Autorin ebenso, wenn sie einen Charakter abgrenzt? Wählt sie nicht künstlich aus der Unendlichkeit der möglichen (oder aus dem, was sie beobachtet hat) Elemente die dienlichen, die, selbst wo sie widerspruchsvoll sind, den Personen Kohärenz geben und Sinn?

»Was ist denn das? Die Schwerter fest in der Hand und dann Volksbelustigung? Die Wachposten oben und unten an der Küste, eiserne Mäuler mit Zielrichtung auf die Fische und eine mitternächtliche Finsternis am Mittagshimmel, die Helligkeit der Raketen nahe beim Mastkorb, dies Schiff auf dem Platz, auf trockenem Boden, voller Matrosen, und die großen Trommeln, und die Fiedeln und die Flöten und die Gitarren, vierzig Rekruten in Waffen (des Vaterlandes Söhne?) und ein Schlachthorn, und der Ochse mit grünen Bändern an den Hörnern, lustig, ihr Leute, es ist besser, nichts zu sehen und nicht an die sechzig Marinetürme zu denken, an die sechzig beweglichen Türme, beladen mit Blei, mit »Brot«, mit Lanzen, mit Kommandorufen, o du verhextes und betrogenes Volk von Recife« . . . (aus dem Manuskript, Seite 36/37)

»›Seien Sie doch nicht so griesgrämig, Herr Antônio Áureo.‹ ›Maria, ich war im . . . immer schlechter Laune, und schlecht . . . schlechter Laune war ich auch, als ich die Waffen streckte. Ich kenn' alle Parolen der Welt. Sogar die Ewigkeit ist eine Bom . . . Bom . . . Bombe.‹ ›Bombe? Wirklich? Was meint Ihr? Herr Antônio Áureo hat einen Olivenzweig ans Revers gesteckt, auf meiner Schulter die . . . die Hand . . . die Hand . . . das bißchen Hand, und er tritt ganz leise auf die Steine der Gasse mit seinen seidenpapierdünn besohlten Stiefeln, Seelenstiefeln, er geht . . . geht mit mir, marschiert pausenlos und wird nicht müde, mißtrauisch sieht er den Mann mit dem Helm an, der auf der Kathedralhöhe steht und nachschaut, ob das Meer grün ist, er verschwindet wie aus der Pistole geschossen und knurrt dabei. Er knirscht mit den Zähnen und macht sich daran, nach unten zu spucken, eine Spucke nach der anderen, eine Salve, Schuß auf Schuß in Richtung des Hafens, er steckt die Hand zwischen die Beine, zeigt sein Schießeisen, eine Lächerlichkeit, Leute, und schreit auf . . . auf . . . auf . . . aufgepaßt hier, und macht in die Runde, eine vollständige Runde auf die Glocken zu, die Mittag läuten, die Fahnen an den Masten, die Wolken, die Lagerhallen, den Kai, mir wird fast schwindlig und ich wende den Blick ab, er zeigt auf die Felsenriffe:

›Sieh doch! Sag ich's nicht? Eine ruchlose Bande.[36] Sieh die Vergeudung. Den Schaden.‹

Er brauchte es mir nicht zu zeigen. Acht oder zehn Schiffe, mitten im Rauch, meine Hörer, alle mit Schlagseite, teils unter Wasser, teils noch zu sehen, der Mast des einen zerreißt das Segel eines anderen, der unheilvolle, der furchtbare, der unerträgliche Glanz der Sonne auf den Schiffsrümpfen. Tödliches Licht, eine Flotte in der Falle.« (Seite 79/80)

»Ich komme raus aus der Sozialversicherung, und die Sonne brennt, und in der Hitze drinnen ein Hauch von Abend. Seht Euch die Barkassen im Nordarm des Flusses an und wie das Volk ertrinkt, Erwachsene, Kinder. Was mögen das für Wasser sein? Vier graue Tauben und eine weiße suchen am Kai Santa Rita nach Futter. Die vorgesetzte Ärztekommission wird meine Eingabe prüfen. Die Tore des Franziskanerklosters sind zertrümmert, Rauch steigt auf, und es droht, über dem Justizgebäude zusammenzustürzen. Ganz recht. Statt des Attests ein amtliches Schreiben. Ach ja. Männer mit Schutzhelmen, einige haben Vögelchen oder Ketten mit Schmuck am Hut, sind drauf und dran, jenes Gebäude auf der Höhe, das so groß wie zehn Häuser ist, zu erstürmen. Der König tritt blinzelnd aus seinem Palast und schützt mit dem einen Arm die zusammengekniffenen Augen, welch brennende Sonne! Er legt die Hände auf den Kopf und läuft nach drinnen. Ach helft mir doch, daß nicht einer von den Soldaten mich anpißt. Wir kennen unsere Pflicht. Komm nächste Woche wieder vorbei. Fünfhundert Musketen, fünfhundert Halsschilder, fünfhundert Trommeln, fünfhundert Trompeten, fünfhundert Wehrgehänge gehen irgendwo an Land.« (Seite 188)

»Zum zweiten Mal sehe ich einen Brand, lauft schnell,

und wenn Ihr könnt, seht ihn Euch an, die Schiffe, wie sie laden und entladen, zehn Uhr morgens, die Kräne, das ölige Wasser, die Matrosen, den hübschen Dreimaster, die Stauer, die Glanzlichter auf den Schiffsrümpfen und mitten drin in der Hitze die dicken Rauchschwaden, die durch die Dächer der Lagerhäuser dringen, und die Flammen, die die Masten in die Höhe tragen, wie viele Segler?, zwanzig?, dreißig?, unzählige, voll von Schätzen, und die Aasgeier sind berauscht vom Tabaksgeruch, und der geschmolzene Zucker verbrennt den Welsen die Haut. Kommt!« (Seite 264)

8. April

Bilder aus Alpträumen? Bilder vom Krieg, ganz ähnlich wie jene, die wir in diesen letzten Tagen in allen Zeitungen und auf dem Fernsehschirm zu sehen bekommen. Unmittelbar vor der Unterwerfung Saigons ergießen sich Horden von Fahnenflüchtigen und Zivilisten, als sie auf die vorrückende Befreiungsarmee treffen, der gegenüber jeder Widerstand vergeblich scheint, planlos in die noch nicht eroberten Gebiete; fliehende Soldaten schwören ihrer Fahne ab; sie vergewaltigen Frauen ihres eigenen Landes, zielen, wenn sie ihnen in die Quere kommt, sogar auf ihre Mutter, um sie zu töten; einige versuchen sich dadurch zu retten, daß sie sich ans Fahrgestell eines Düsenflugzeugs hängen, in der Luft lassen sie sich fallen und stürzen in die Tiefe, trinken das Wasser des Chinesischen Meeres. Und wenn auch, sowohl im Phantasiekrieg des Romans wie in dem, der Südostasien erschüttert, viele schwimmend die Flucht wagen, so sehen doch gewisse Tatsachen – die im Grunde identisch sind – verschieden aus. In Südvietnam wird ein Atomreaktor gesprengt, damit er den Kommunisten nicht in die Hände fällt; in *Die Königin der Kerker*

Griechenlands sorgt die Verbrennung von Lagerbeständen und Schiffen dafür, daß die Waren, die zerstört werden – Tabak, Baumwolle, Brasilholz und Zucker – dem Angreifer keinen Nutzen bringen.

9. April

Holland Nutzen bringen. Denn wir erkennen immer deutlicher, daß es dies ist, was sich abspielt. Die ganze Beschreibung der kriegerischen Bilder, von denen der Schauplatz des Romans überzogen ist, läßt mit wenigen Änderungen der Reihenfolge und der Fakten, die von den Historikern verbürgt sind, Punkt für Punkt die Eroberung Olindas und des Hafens von Recife durch die Männer von Lonck und Waerdenburch auferstehen. Anscheinend will Julia Marquezim Enone nach dem Beispiel Homers, der es vermeidet, den ganzen Trojanischen Krieg zu erzählen, weil er, wie die bekannte Formulierung des Aristoteles lautet, »allzu weitläufig und schwer in einem Zug zu erfassen ist«, nachzulesen in der *Poetik*, ihr Buch nicht mit den vierundzwanzig Jahren Besatzungszeit einschließlich der Ära Nassau und der Schlachten, die dem Eroberer die Niederlage brachten, überlasten. Sie beschränkt sich auf die Phase, die dem Eintreffen der Flotte vorausgeht, und auf die beiden Wochen der Belagerung – vom 15. Februar an –, die darin gipfelten, daß wir uns unterwarfen.

10. April

Ich kehre zu bestimmten Punkten der vier Abschriften zurück, die ich letzthin gemacht habe. Wir wollen die Parallelität der Kriegsszenen, die den Roman überschatten, mit der Ankunft der holländischen Streitkräfte in Pernambuco genauer betrachten; und Ihr sollt der Autorin in ihrem Bemühen folgen, das Wesen dieser Anspielungen in einer Art von Konflikt zwischen Geschichte und Dichtung zu verstecken.

Der ganze erste Teil beispielsweise entwickelt den Widerspruch, der im einleitenden Satz des Abschnitts enthalten ist: »Die Schwerter fest in der Hand und dann Volksbelustigung?« wobei eine Passage, der *Krieg* (»die Schwerter fest in der Hand«) symbolisch und die andere, die *Volksbelustigung*, ohne Hintergedanken ausgedrückt ist. Ich weise beiläufig auf die hier unwiderlegliche Kohärenz der formalen Lösung hin: der Kontrast zwischen dem Sinnbild und der einfachen Bezeichnung spiegelt eine psychologische Wahrheit wider. Matias de Albuquerque, vom Hof zu Madrid beauftragt, die Verteidigung des Verwaltungsgebiets aufzubauen, veranstaltet, während er Festungen errichtet und Streitkräfte ausbildet, zugleich Volksbelustigungen unter freiem Himmel mit dem Zweck, »Unkenrufe und Ängste«[37] zu ersticken. Es war also der *Krieg* (im Satz unter einer sinnbildlichen Formel verborgen), der einer Tarnung bedurfte, und nicht die *Volksbelustigung*. Daher auch die Ermunterung: »lustig, Ihr Leute! Es ist besser, nichts zu sehen und nicht zu denken«.

Dieses Spiel stellt sich nur teilweise in dem Absatz dar, der überall von deutlichen Bezeichnungen und rätselhaften Bildern durchsetzt ist, ohne daß sich die ersten immer mit den *Volksbelustigungen*, die Rätsel immer mit dem *Krieg* verbinden. Da gibt es, wie man sieht, die »Wachposten«, die »eisernen Mäuler« die »Rekruten in Waffen« und das »Schlachthorn«, die »Lanzen«, die »Kommandorufe«, eindeutige Bilder des Krieges. Schon die »Marinetürme« und die »beweglichen Türme« – Erfindungen, die, wenn ich nicht irre, Vieira[38] erwähnt – verlangen nach einer anderen Ebene des Verstehens. In diesem Fall wird das Geheimnisvolle des Bildes ausgeglichen durch die Zahl, die keineswegs willkürlich ist. Tatsächlich setzte sich die entsandte Flotte aus 63 Einheiten zusammen, »35 davon große Segelschiffe, 15 Zweimaster, 13 Schaluppen und zwei den Feinden abgenommene Fahrzeuge, hatte eine Besatzung von 3780 Matrosen, 3500 Soldaten und war bestückt mit 1170 Kanonen aller Kaliber«, wie uns Johannes de Laet[39] überliefert, wobei er sich auf die Logbücher und die Aussagen militärischer Befehlshaber stützte. Die kleine Zahlendifferenz soll uns nicht stören; sie rechtfertigt sich durch das Vorhandensein von Werten, welche die triviale Wahrheit übersteigen und sie erhöhen; dies Phänomen hat der Schriftsteller Thomas Mann in mindestens zwei Kapiteln (»Sieben oder fünf« und »Ihrer siebzig«) aus *Joseph der Ernährer* scharfsinnig entwickelt. Erzähler und Geschichtsschreiber gehorchen unterschiedlichen Gesetzen. Das Schiff voller Matrosen, eines der Bilder, die augenscheinlich auf den Krieg verweisen, ankert »auf dem Platz, auf trockenem Boden« – abwegig diese Stelle – und wird durch dies Manöver zu etwas Irrealem. Das ist, falls es dem Leser entgeht, daß die Autorin hier nicht vom *Krieg* spricht sondern von der *Volksbelustigung*, ein Hinweis auf die Nau Catarineta, ein volkstümliches Spiel im brasilianischen Nordosten, das der Engländer Henry Koster wohl als erster beschreibt (*Travels in Brazil*, 1816), das man aber schon im Hintergrund einer Zeichnung von Franz Post sehen kann. Auf der Seenot des Schiffes beruhend, das 1565 von Recife nach Lissabon[40] segelte, stellt es in Gestalt von Tänzern und Sängern die Besatzung dar in ihrem Kampf gegen den Teufel, den Hunger und das Abweichen vom Kurs, und endet mit der Ankunft auf festem Land. Es ist mir nicht bekannt, daß irgendeine Quelle die Nau Catarineta ausdrücklich unter den Belustigungen aufführt, mit deren Hilfe Matias de Albuquerque Olinda und Recife »begeistert und täuscht«. Könnte es jedoch ein besseres

Gleichnis für die holländische Bedrohung geben als das des gefährdeten Schiffs, das unter dem Befehl seines edlen und rechtschaffenen Kommandanten standhält?

Ein gleichfalls rätselhaftes Bild von der *Volksbelustigung* ist das des Ochsen »mit grünen Bändern an den Hörnern«, bei dem es sich sicherlich um eine besondere Form des Bumba-meu-Boi aus den Hirtenspielen des brasilianischen Nordostens handelt, die der unduldsame Pater Lopes Gama im vergangenen Jahrhundert als eine »Anhäufung von Abgeschmacktheiten« bezeichnet hat. Die vielen Figuren des Stücks – Menschen, Tiere, Phantasiewesen – singen, trinken, tanzen und rennen herum, und das acht Stunden hintereinander. Zum Schluß stirbt der Ochse, »ohne Sinn und Verstand« sagt Lopes Gama, und wird mittels eines Klistiers wieder zum Leben erweckt. Ich spare es mir, den Doppelsinn herauszustellen, der in Musikinstrumenten und Kommandorufen, in Feuerwerk und Lanzen[41] liegt, Elementen, deren Austauschbarkeit nicht übersehen werden kann und die augenscheinlich dem Gegensatz Volksbelustigung/Krieg zuzuordnen sind.

Ich habe bei meinem Versuch einer Deutung noch nicht über die Technik gesprochen, mit der Julia M. Enone in ihrem Text das Herkunftsland der angreifenden Flotte offenbart. Als Hinterlassenschaft Hollands hat in Brasilien kaum etwas überdauert. Selbst unsere Ortsbezeichnungen wissen nichts davon. Kein Städtename erinnert an die Herkunft jener Abenteurer. Was die Sprache betrifft, so scheint sich ein einziges Wort erhalten zu haben: Brot, eine der Ladungen, die sich auf den Schiffen fanden – zusammen mit Blei und Waffen –, und das war »der Schiffszwieback, der bei Seereisen ausgegeben und bei Eiltransporten an die Soldaten verteilt wird«[42]. Er wurde auch schon Broth geschrieben, und ein Gelehrter nimmt an, daß der Name vom holländischen »Brood« kommt (englisch bread), im XVII. Jahrhundert »Broot«. Ebenso wie seine Schreibweise hat, glaube ich, auch das »Brot« selbst Umwandlungen erfahren, ehe es – hart und rund – den traditionellen Nahrungsmitteln des Nordostens eingegliedert wurde. In den Teilen, die ich abschrieb, vertritt es – der versteckten und, sagen wir mal, maliziösen Art der Autorin entsprechend – die Flagge Hollands.

13. April

Ich lese die Seiten wieder, auf denen ich die Begegnung mit jenem erbärmlichen Heleno beschreibe, der mit Julia M. Enones Leben verknüpft ist – sie benutzte den Namen ihres Ehemanns nie –, der für den leidvollen Verlauf ihres Schicksals ausschlaggebenden Figur; nun sehe ich, daß etwas klargestellt werden muß. Es wird da von einer zweiten Einweisung in die Irrenanstalt gesprochen, während es keinen Aufschluß über die erste gibt. Drei Jahre etwa nach ihrer verfrühten Heirat trennt sich Julia endgültig von ihrem Mann und zieht zu ihren Eltern. Eine der Schwestern verlobt sich; der Bräutigam hat einen Bruder, der gleichfalls kurz vor der Eheschließung steht. Sollte das junge Mädchen weniger eindeutig und nicht ganz so ungestüm versucht haben, die Quertreibereien der Mutter, als diese ihrer Schwester den Witwer Oton Enone ausspannt, zu wiederholen? Sie war erneut ins Lehrerseminar eingetreten, und sicher lag eine verwirrende Zwiespältigkeit in dieser siebzehnjährigen Studentin, die seit drei Jahren verheiratet war, in Wahrheit jedoch keinen Mann hatte, eine Mischung aus Reife und jugendlicher Kraft. Der Bruder des Verlobten ihrer Schwester läßt sich mit ihr ein und schwängert sie. Vater und Geschwister verlangen, daß sie abtreibt; sie widersetzt sich. Das Kind wird geboren; der alte Oton Enone übergibt es eigenmächtig dem inzwischen verheirateten Vater, dessen Frau seit einem Monat schwanger ist. Julia reagiert überaus heftig: mit den Fäusten zertrümmert sie die Fensterscheibe, greift die Krankenpflegerinnen an und will mit einer Glasscherbe in der Hand zum Zimmer der Säuglinge, wo man sie an der Tür zu fassen bekommt. Mit Gewalt wird sie in einen Krankenwagen gesetzt und zur Irrenanstalt gebracht, in der sie, als mittellos eingestuft, nahezu 30 Tage bleibt. Der Mann erkennt das Mädchen nicht als ehelich an und verschwindet von der Bildfläche, ohne jedoch die Ehe aufzulösen.

Nach ihrer Entlassung hilft Julia unentgeltlich im Sekretariat der Anstalt bis ihr Vater kommt und sie abholt. Unterwegs hindert auf einmal eine große Gruppe von Landarbeitern den Omnibus an der Weiterfahrt, etwas ganz Ungewöhnliches. Da erst erfuhr sie, daß zum ersten Mai 600 barfüßige Elendsgestalten, dunkelhäutig, hager, zerlumpt und schmutzig (wie die Abfälle, die mit der Flut in den Capibaribefluß gespült werden und ihn trüb machen), Leute, die der Vereinigung der Arbeiter in den Zuckerrohrpflanzungen angehörten, aus der später die Landarbeiterbünde wurden, nach Recife gekommen waren, um am Tag der Arbeit mitzumarschieren. Das Jahr: 1956.

Sie fängt an, alles zu lesen, was sie findet, verbringt manchmal den ganzen Tag mit einem Buch im Garten. Ihre Ausbildungszeit schließt sie ab, scheint danach aber keinerlei Pläne zu haben. Plötzlich beginnt sie damit, häufiger auszugehen, bleibt immer länger weg, kommt gelegentlich nachts nicht zurück und gibt keine genaue Auskunft darüber, wo sie gewesen ist; der Vater beschimpft sie, ein Mann?, er stellt Nachforschungen an und findet heraus: viele der Briefe, die in dieser Zeit bei Verwaltern und

Eigentümern von Zuckersiedereien eintreffen und in denen sie aufgefordert werden, vor den ländlichen Gewerkschaften zu erscheinen, anderenfalls sie mit »Gewalt und Knüppeln« dazu gezwungen würden, sind von ihr verfaßt worden. Schweigend und mit bloßen Füßen, in der Hand eine Sense, nimmt sie, um dabei zu sein, an den Demonstrationen der Landarbeiter teil, in Aliança und Vitória und auch auf der Zuckerrohrpflanzung Galiléia, und zwar bevor die Regierung des Staates Pernambuco diese enteignet, um sie unter die aufsässigen Pächter zu verteilen. Im Kampf um seine Autorität, an die er vielleicht selbst nicht mehr glaubt, fällt daraufhin der Vater die Entscheidung, sie weit wegzuschicken in einen anderen Staat; und da kommt es zu ihrer letzten Begegnung mit Heleno. Hätte sie wirklich die Fahrkarte gekauft, oder hätte sie mit dem Geld den Aufruhr im Gebiet des Zuckerrohranbaus unterstützt, der damals den Nordosten Brasiliens erschütterte? Ich habe sie niemals gefragt. Wenn irgend möglich, vermied ich es, mich in das einzumengen, wofür sie sich einsetzte. Es ist schwer, jemanden auszuhorchen, den wir lieben und der mit zwanzig Jahren schon eine Lebensgeschichte mit sich herumschleppt, die für ein halbes Jahrhundert ausreichen würde oder mehr, ein Ding der Unmöglichkeit im Mittelstand, zu dem sie eigentlich auch nicht gehörte (gehörte sie denn überhaupt zu einer bestimmten Klasse?), bei Frauen aus dem Volke jedoch nichts Ungewöhnliches.

15. April

Unser erster Epiker erwähnt in der *Prosopopöie* »einen Gürtel aus rohem und nacktem Fels«. Er meint damit die Sandsteinformationen, denen die Stadt Recife Namen[43] und Ursprung verdankt: der natürliche Gürtel, der je nach dem Stand der Flut sichtbar oder unter Wasser ist, machte die Halbinsel zu einem Hafen. An einer Stelle war die Mauer unterbrochen - das war die Durchfahrt für die Schiffe. So entstand die künftige Stadt, bestimmt für den Handel mit Übersee und vor unliebsamen Besuchern geschützt. Im Notfall konnte man Feinden den Zugang sperren, indem man die freie Stelle zwischen den Felsen schloß wie ein geheimes Tor.

Matias de Albuquerque tut, was in seiner Macht steht, um den zu erwartenden Angriff abzuwehren; er erneuert die Festungen, die man heute Buraco und Brum nennt, stellt Reservetruppen auf, legt Schützengräben an und schließt die halb unter Wasser liegende »rohe und nackte« Mauer an der Durchfahrt mit einer eisernen Kette. Um die Angreifer noch mehr zu behindern, versenkt er an dieser Stelle ein Schiff.

Die Chroniken berichten, das durch Tanzfeste auf der Straße und volkstümliche Aufführungen genährte Vertrauen habe sich beim Anblick der ersten feindlichen Masten verflüchtigt, ganze Familien seien mit allem, was sie tragen konnten, Hals über Kopf geflohen, noch ehe der erste Schuß die Baumkronen schüttelte. Diese überstürzte Reaktion, die durch den Mut vieler Soldaten wettgemacht wurde, zeigte im Vorwege auf, wie schwach die Rüstung war, die unser Kommandant Holland entgegenzustellen suchte. So wird, obwohl das bewegte Meer dem Land zu Hilfe kommt, indem es die Zielsicherheit der flandrischen Artillerie einschränkt, die Schwere des Angriffs derart spürbar, daß es den Betroffenen als möglich erscheint, die eiserne Kette könne reißen und das in der Einfahrt versenkte Schiff zertrümmern. Matias de Albuquerque opfert weitere acht Schiffe, um den Durchlaß zu verrammeln. Dies ist der einzigartige Schiffsuntergang, dem Maria de França und Antônio Áureo beiwohnen und in dem der erboste »Geist des Lichts« eine Verschwendung sieht.

Unmöglich zu sagen, ob sein Urteil die Meinung der Schriftstellerin zu den historischen Ereignissen widerspiegelt oder ob es die allgemeine Reaktion der Armen ausdrückt.

17. April

Als ich den Auftritt vollständig abschrieb, bei dem der ehemalige Barbier und seine Freundin zur Kathedrale hinaufsteigen – er verunglimpft von da aus mit seiner obszönen Geste die wieder einmal verschmolzenen Städte Olinda und Recife – bin ich anscheinend zu weit gegangen. Für das, worauf es mir ankam, hätte es genügt, Stellen auszuwählen, an denen auf die Schildwachen und die strategisch wichtige Versenkung der Schiffe, die den Hafen abriegeln sollen, angespielt wird. Aber es lag mir daran, hier ein unauffälliges und glückliches Beispiel für das Eindringen des beherrschenden Themas ins Gebiet der Wortbedeutung hervorzuheben. Sobald der Text Kampfhandlungen einleitet, ist er gespickt mit Ausdrücken, die Verbindung zum Krieg haben und von denen etliche in den bürgerlichen Sprachschatz eingegangen sind: »Parolen«, »pausenlos marschieren«, »wie mit der Pistole geschossen«, »Salve« (das bedeutet viele Schüsse hintereinander und ohne wahrnehmbare Pause), »Schießeisen« (Geschütz mit langem Lauf und großer Reichweite) und noch andere Bezeichnungen, wie der Leser sehen wird.

Den vielen Hinweisen auf Militärisches trotzt der Olivenzweig an Áureos Revers, ein Motiv des Friedens, so unauffällig eingefügt, wie es für die Kunst meiner Freundin typisch ist. Insgeheim strebt der ehemalige Barbier in unaufhörlichem und erklärtem Widerspruch zur Welt, deren *Parolen er kennt*, den unmöglichen Waffenstillstand an.

19. April

»Die vor vier Jahren beantragte Pensionierung der Indianerforscher Orlando und Claudio Villas Boas soll, nachdem diese beiden ihr ganzes Leben unseren Eingeborenen gewidmet und eine Arbeit der Befriedung geleistet haben, die allgemein als bewundernswert anerkannt wird, einer Lösung nahe sein. Alles hängt nun von der Höhe der Pension ab, die man ihnen gewährt und die nach den bisherigen Berechnungen, in denen man von den Gehältern der beiden ausgegangen ist, nicht nur unzureichend für ihre gegenwärtigen Bedürfnisse wäre, sondern auch der Bedeutung und den Gefahren der Mission, die sie im Urwald erfüllt haben, nicht entspräche.« (*Jornal da Tarde*, São Paulo, 18.4.75)

23. April

Der holländische Angriff ereignet sich in Olinda zu Lande mit 3000 Mann, die am Strand vorrücken, in kurzem Abstand gefolgt von einer Flottille, die aus allen Rohren schießt. Sollte es das sein, wovon so viele taub werden? Als die Kommandanten den Widerstand befehlen, tun sie, als hörten sie nichts, verstecken sich in den Wäldern oder versuchen, ihre Familien zu retten. Es dauert nicht lange, und weitere 500 Schützen aus Holland brechen in den südlichen Teil von Olinda ein. Das Jesuitenkloster ergibt sich, als seine Tore von Kanonenkugeln zertrümmert werden, auch das Franziskanerkloster gibt auf; wie ein Lauffeuer verbreitet sich von einer Zitadelle zur anderen die Nachricht, daß der Regierungssitz in der Hand der Ketzer sei, und viele stillen ihren Durst für immer, als sie schwimmend zu entkommen suchen. Seiner Niederlage bewußt, aber immer noch zuversichtlich, begibt sich Matias de Albuquerque mit nur zwanzig Getreuen in die

Ortschaft Recife, legt Feuer an vierundzwanzig Schiffe, die mit Zucker, Baumwolle, Tabak und Brasilholz geladen sind, und steckt Lagerschuppen an, »alle Häuser, in denen Zucker war«, wie wir in dem Brief lesen können, in dem er über seinen Entschluß berichtet.

Ich betrachte es als offenkundig, daß alle diese Erfolge in den Abschnitten drei und vier enthalten sind. Nur wäre es vielleicht gut, daran zu erinnern, daß im Roman das hügelige Olinda und das weniger hügelige, beinahe wie eine Erweiterung des Meeres wirkende Recife einander durchdringen, eine Koinzidenz, die im dritten Beispiel gewisse Bilder von surrealistischem Anstrich erhellt. Eines davon das Kloster der Franziskaner (Olinda), »das droht, über dem Justizpalast zusammenzustürzen« (Recife), ein anderes »jenes Gebäude oben, das so groß ist wie zehn Häuser« (sicherlich das Jesuitenkloster), das der Statthalter (im Text der König) voller Schrecken über dem Palast schwanken sieht. Die Gleichzeitigkeit von Episoden – Truppenlandung, Eroberung der Klöster, Tod von Flüchtlingen – gibt es auch an anderen Stellen des Romans und wurde schon behandelt.

In der Beschreibung der Kriegsschiffe und der brennenden Lager ist offensichtlich das Klischee der *Aufsatzmethode* der Bezugspunkt; dem trügerischen Gleichgewicht des Modells wird eine verwirrende und höchst ausdrucksvolle Unordnung entgegengestellt, eine - sicher nicht einmalige – Besonderheit ihrer Dichtung, in der die Unruhe der Syntax ein Eintauchen ins Wirkliche und seine Turbulenzen widerspiegelt, ein Miteinander, eine Harmonie, einen Zusammenklang, die von den akuten Phasen des Irrsinns zerbrochen werden, einem Auseinanderbrechen, das in der erstarrten Syntax zum Ausdruck kommt.

Nachdem die völlige Parallelität der über das Werk ausgestreuten Kriegsbilder mit dem Überfall auf Pernambuco klargestellt ist, ein Zusammenhang, bei dem die Auswahl einzigartiger Beispiele vielleicht trügt, da sie ihn durchschaubar erscheinen läßt, während er sich in der verwickelten Handlung des Texts auflöst und den Beobachter narrt, ersteht eine Hypothese für das Motiv der zeitweiligen Verschmelzung Recife/Olinda. Es wäre Julia Marquezim Enone, die so gewandt in der Erfindung des Schauplatzes und alles andere als konventionell beim Auswerten ihrer Hilfsmittel ist, ein leichtes, mit Maria de Françás Hilfe Szenen von der Eroberung Olindas darzustellen, ohne daß der Berg zum Propheten kommen müßte. Aber wer weiß, ob sie es unter diesen Umständen nicht übertrieben fand, sich mit der Vorstellung von Raum und Zeit abzugeben, und ob sie nicht deshalb der Erzählerin eine Stadt, fern von dem Ort, an dem diese ihre Rede formuliert, ins Blickfeld bringt und dazu gleichzeitig die Gespenster eines Krieges, der dreihundert Jahre zurückliegt? Damit hätten wir hier einen seltenen und exemplarischen Fall, in dem die Wirkung der Ergebnisse von der Überladung mit Hilfsmitteln ausgeht. Die bruchstückhaften Bilder von 1630, die über zwei getrennte Städte verteilt sind, drängen sich dem Leser genau deshalb auf, weil zur Unmöglichkeit ihres Wiedererstehens, ihrer Erneuerung, ihres Verstoßes gegen die Gesetze der *Zeit* die Unmöglichkeit eines Verstoßes gegen die Gesetze des *Raumes* hinzutritt. Mit Beschwingten Mechanismen verlegt Julia Marquezim Enone die Hänge und Bauten Olindas (von denen einige durch diese Zauberei aus Staub zu neuem Leben erwachen mit ihren Schreinen, Schränken, ihren Himmelbetten), vermischt die Stadt von heute mit der von gestern und vereint – zwangsläufig und unwiderleglich – voneinander entfernte Visionen, die von einem natürlichen Standpunkt aus dem sehenden und redenden »Ich« in zweifacher Weise unzugänglich sind.

Ich bleibe dabei: meine Einstellung zu literarischen Werken ist respektvoll und eindeutigen Festlegungen abhold. Ich gehöre nicht zu denen, die Fragen aufwerfen und sie gleich zu Überzeugungen machen. Die oben angeführte Mutmaßung findet sich in mir neben einer anderen, entgegengesetzten: die Bedenken wegen des Raumes und die daraufhin erfolgte Verlagerung Olindas könnten zum Motiv des holländischen Krieges hingeführt haben. Wie dem auch sei, hier gebietet zweifellos, unabhängig von Absicht und Ausgangspunkt, die Einmaligkeit eines sich aus dem Roman ergebenden Problems, das in keine Schablone paßt und dessen Lösung die Autorin wissend und intuitiv an der schmalen Grenze ansiedelt, an der sich der Verstand fasziniert dem Absurden anheimgibt.

26. April

Der eine oder andere wird bedauern, daß Julia M. Enone, obwohl sie viele Episoden aus der langen Geschichte der holländischen Herrschaft in Brasilien, vor allem während der Zeit, die in der Vertreibung der Eroberer gipfelt, hätte auswählen können, in denen wir vorteilhafter abschneiden, ausgerechnet die Invasion und die Eroberung des Verwaltungsgebiets herausgreift.

Bedenken wir jedoch, daß *Die Königin der Kerker Griechenlands* ihrer Thematik nach einen Triumph ausschließt. Sie bewegt sich, als ein Buch der Mißerfolge, auf der Linie von *Jude, the Obscure*, von *Hunger* und von *Manhattan Transfer*. Die Heldin, die zur Klasse der Unterdrückten gehört, schlägt sich jahrelang mit der Bürokratie herum, die sie verstört, deren Sprache sie, immer vergebens, zu lernen sucht. Was hätte in einem dergestalt aufgebauten Buch eine Serie »positiver Bilder« zu suchen, die den Sieg des Landes und die Vertreibung der Eindringlinge in Erinnerung riefen? Solche Bilder wären ein Ausdruck jener zusammenhanglosen und wie ins Leere gesprochenen Phrasen, die sie in ihrem Buch so bewußt anwendet. Bruder Manuel Calado singt in seinem in Prosa und Vers geschriebenen *Der tapfere Lucideno:*

»Olinda befreit
von der Holländer Tyrannei«,

wie er feierlich in seinem Widmungsschreiben an den Durchlauchten Herrn Don Teodósio, Fürsten der Herrschaft und des Königreichs Portugal, versichert. Aber sagt mir, ob die Niederlage Hollands Maria de França und ihrer ganzen Klasse einen Vorteil gebracht hat.

Andererseits, wer weiß nicht um die Gefräßigkeit, mit der sich ein Teil unseres Planeten auf den anderen stürzt?

Es ist viel wahrer und bezeichnender, daß Julia M. Enone ihrem Buch Szenen aus der Besetzung und nicht der Vertreibung der Eroberer untergelegt hat: sie spiegeln unsere Wirklichkeit weit besser wider, ebenso die Wirklichkeit aller Länder, die heute mit Hilfe von Waffen, Gold oder weniger faßbaren Instrumenten besetzt gehalten werden. Daß allein Maria de França und einmal António Áureo die Kriegsszenen wahrnehmen, während alle anderen gleichgültig ihrer Wege gehen, scheint mir diese Bedeutung nur zu unterstreichen. Matias de Albuquerque stellte Wachposten auf die Höhen von Olinda, die die feindlichen Masten ankündigen sollten. Wer aber sieht die Mächte, die heute bei uns eindringen?

28. April

Vermutung: Julia Marquezim Enone stellt die *Invasion* dar, um den *Widerstand*[44] untersuchen zu können.

Als Matias de Albuquerque besiegt ist, streckt er nicht die Waffen, sondern errichtet weit entfernt vom Küstensaum auf einem Hügel zwischen Capibaribe und Beberibe, den beiden großen Flüssen Recifes, in gleicher Distanz von Olinda und vom Hafen, in dem er die Schiffe verbrannt hat, ein Widerstandsnest – später Siedlung vom guten Jesus genannt –, das fünf Jahre lang besteht. Weiße, Indianer, Mestizen, afrikanische Sklaven, nachher auch die freien, von Henrique Dias befehligten Neger in diesem berühmten Bollwerk könnten symbolisch die brasilianische Bevölkerung vertreten. Ohne daß es im Roman eine Beschreibung der Siedlung gäbe (und das wäre auch unmöglich, denn ihre Ausdehnung und ihr Anblick wechselten je nach den Umständen, heute eine Weide mit Dutzenden von Rindern, morgen eine rätselhafte, von Schlangen umgebene Zitadelle), macht Maria de França gelegentlich Anspielungen auf dieses Widerstandsnest.

6. Mai

Das unbestreitbare Gewicht des – immer strahlenden – Sieges und seines düsteren Gegenteils in der Romanliteratur ist eine Überlegung wert. Da gibt es Listen, Täuschungen, Mißverständnisse. Ich möchte nicht, daß die Helden sterben, die in Liebe oder Kampf triumphieren. Feinde, die für immer ausgelöscht sind, existieren nicht – jedenfalls bedeutet ihr Tod niemals den Tod des Bösen –, und welche noch so glühende Liebe wäre gefeit gegen Alter und Ende? Trotzdem ist es wichtig, daß im Leben und in den erzählten Geschichten jene wunderbaren Augenblicke aufleuchten, in denen ein geliebtes Wesen sich dem Ungestüm des Liebenden ergibt oder in denen der Gegner zusammenbricht. Welcher anteilnehmende und erfahrene Leser hat sich noch nicht dabei ertappt zu wünschen, Amelia Sedley in *Vanity Fair* möge endlich die geduldige Liebe des William Dobbin erwidern? Kann ich leugnen, von ganzem Herzen gewünscht zu haben, David Copperfield möge den Gauner Uriah Heep entlarven? Kann ich meine Genugtuung darüber abstreiten, ihn am Boden zu sehen? Ja, solche Augenblicke im Roman reißen uns hin, wie uns ähnliche im Leben hinreißen, so unzulänglich unsere Wahrnehmung der Dinge auch sein mag. Vergänglich wie sie sind, entsprechen sie einem glücklichen Zusammentreffen der Umstände, und es durchzittert sie ein Wohlklang: es besteht eine Stimmigkeit zwischen dem Begehren des Menschen und der Mannigfaltigkeit der Welt; wir durchstoßen den Nebel, der uns umhüllt, und erkennen etwas, dem wir viele Namen geben, wiewohl es keinen hat. Begeisterung? Seligkeit? Ekstase? Wir sind entrückt und ohne Erinnerung, und wenn wir uns noch auf irgendetwas besinnen, so ist es der Wunsch, der nun Erfüllung gefunden hat. Nichts wissen wir mehr von Alter, Vergänglichkeit und Tod. Der Schriftsteller versucht häufig, diese glücklichen, unfaßbaren Fügungen darzustellen. Warum? Weil er solche Vorkommnisse mit Mitteln der Phantasie vermehren, dem, was uns so rasch verfliegt, so etwas wie Ewigkeit verleihen möchte.

Aber dem Leben und deshalb auch den Lesern gegenüber ist der Erzähler nicht ehrlich, der auf der Darstellung harmonischer Augenblicke beharrt und dadurch das, was wir als selten und kurzlebig erfahren, als alltäglichen Ablauf hinstellt und ihm einen Anschein von Unverletzlichkeit gibt. Es geht nicht an, daß er in seinem Werk die leidvolle Seite des Daseins zurückweist, gerade weil sie den Gehalt des Lebens ausmacht; denn es kommt aus ihr viel von der Kraft und der Transzendenz, die von Ödipus bis K. so manche Erzählung dadurch auszeichnet, daß sie mit unseren ungewissen Lebensbedingungen übereinstimmt;

jede Form von aufgepfropftem Glück würde sie zerstören. Welche Bedeutung hätte ein Iwan Iljitsch ohne den Tod? Nichts wäre anzufangen mit einem triumphierend überlebenden Lord Jim. Derartige Werke wollen gewisse schmerzliche Aspekte des menschlichen Daseins in grellem Licht zeigen – und eben diese Tode sind es, aus denen die Texte hervorgehen, die von ihnen berichten.

9. Mai

Ich sehe sie in der Nachrichtensendung des Fernsehsenders Globo. Sie hat mit dreizehn Jahren geheiratet und fast ihr ganzes Leben auf dem Land gearbeitet, weiß bis heute nicht, was es bedeutet, Schuhe zu tragen. Vier Kinder hauchten in ihren Armen ihr Leben aus: sie steckte dem mit dem Tod ringenden eine Kerze in die Hand und ließ es sterben. Soweit sie sich erinnern kann, hat sie nie geweint. Sie hat den Tod ihres Mannes miterlebt und den ihrer Mutter, die dem giftigen Biß einer Klapperschlange erlag.

»Mir tun die Schlangen nichts: sie wickeln sich um meine Arme, und dann halte ich sie so am Kopf fest.«

Jetzt stellt sie Stoffpuppen her und hat Sehnsucht nach ihrer Hacke.

Sie heißt Gertrudes Maria da Conceição, kam in Guaratinguetá im Staat Minas Gerais am 19. Januar 1842 zur Welt und sucht erst heute, mit 133 Jahren, beim I.N.P.S. um eine Rente nach.

11. Mai

Die Vögel, die Maria de França sieht, sind jedem Kind im brasilianischen Nordosten bekannt: Feldhühner, Jacus, Sittiche, Nambus, Tico-Ticos und Sanhaçus, eine bunte, abwechslungsreiche Schar. Sollen sie vielleicht ein versöhnliches Element darstellen, das den uns als gefährdet, als von den Bildern eines erloschenen Krieges aufgewühlt bekannten Schauplatz in ein freundlicheres Licht taucht – ohne daß wir schließlich mit Sicherheit wissen, wo das Irreale liegt, in dem, was Maria de França sieht, oder in der Zeit, die wir als objektive Leser zwischen das, was sie aussagt, und die in Geschichtsbüchern überlieferten Kriegsdaten einschieben?

Nein. Sie lösen sich von ihrer natürlichen Lebensweise und scheinen eine große Macht zu besitzen: die Heldin sieht sie riesenhaft. Diese Anomalie ist unter Umständen befriedigend, wie in der Szene, in der an einem gewissen Sommerabend mehrere Kolibris von drei Spannen Flügelweite in die Goldene Kapelle einfliegen; in ihrem schillernden Gefieder spiegelt sich die Vergoldung der Schnitzereien, und rasch tauchen sie ein in die zauberhafte Stille. Aber im allgemeinen erfüllen sie – mit ihren spitzen Schnäbelchen, die den Zähnen der Drahtschere ähneln, mit ihren scharfkralligen Füßchen, die sich fest wie Kneifzangen anklammern, mit ihren Äuglein, hart wie Zinnmünzen, ihrem kalten, starren Blick, dem gesträubten Federkleid und einem schauerlichen Gesang – den schon gefährdeten Raum, in dem sich die Hauptperson bewegt, mit Drohung. Wieder einmal dichtet Julia Marquezim Enone ihre eigenen Erfindungen Maria de Françαs Geisteskrankheit an und nutzt diesen Vorwand, um uns – ohne allzu deutlich zu werden, so als zitiere sie nur, schreibe etwas ab – ihre fast immer beängstigende Vision der Wirklichkeit mitzuteilen.

12. Mai

Als Kind betrat ich einmal ein schwach beleuchtetes Zimmer, das leer sein sollte, und hatte das Gefühl, da sei jemand, spürte ein unhörbares und dennoch tatsächliches Atmen. Etwas Ähnliches erlebe ich angesichts der gigantischen Vögel aus *Die Königin der Kerker*, so als erahne ich mit einem geheimen Auge oder Ohr, jenseits der Gewißheit, aber innerhalb der Grenzen des Glaubhaften, ein unsichtbares Wesen. Vielleicht kein übersinnliches oder unheilvolles Wesen: jedenfalls etwas Verschleiertes, Unzugängliches, mit all dem Zauber, all der Bedrohung, die von dem ausgeht, was uns verborgen ist.

Wenn ich das überkommene Werkzeug derer beiseite lasse, die den Geist zu enträtseln suchen – oder für seine offenkundigsten Regungen einfach einen Fachnamen einsetzen –, fällt es mir nicht schwer, in diesen zerbrechlichen Riesentieren ein knappes Fazit der Welt zu sehen. Maria de França ängstigt sich vor ihnen und spricht ihre Angst häufig aus, sowohl während der Phasen ihrer Geistesgestörtheit als auch wenn sie gesund zu sein scheint. In ihre Ängste mischt sich Nicht-Verstehen. Wie können Vögel in Käfigen gefangen sein, die kleiner sind als sie selbst? Warum schrumpfen sie nach ihrem Tode? Sie: das flüchtige, trügerische und schreckliche Universum.

Ja, alles scheint klar und auf das zentrale Thema des Werks abgestimmt: der wehrlose Mensch gegenüber einer feindlichen Umwelt. Aber innerhalb der Logik des Bildes geht das geheimnisvolle Atmen weiter. Da belauert mich etwas, das ich nicht fasse.

15. Mai

Was ich oben niederschrieb, wird bei einem qualifizierten Kritiker, einem, der angesichts eines literarischen Werks eine feierliche Miene aufsetzt, wie es die angeseheneren Fachkreise als selbstverständlich verordnen, Übelkeit auslösen. Ich bin jedoch kein qualifizierter Kritiker, will nicht einmal einer sein und, was die Qualität betrifft, die so oft einen industriellen Wert darstellt, zum Beispiel die Zuverlässigkeit von Motoren oder die Farbechtheit von Stoffen, wer behauptet, daß ich sie besäße? Ich bin ein sensibler Mensch, und von daher gesehen passe ich nicht in diese Zeit, ein sensibler und gramgebeugter Mensch, der gleichzeitig fasziniert ist von einem Text und hingerissen von der Leidenschaft für die, die ihn schuf. Ich besitze also die Freiheit, mein Buch anzulegen als ein intellektuelles Abenteuer und auf seine Weise auch als eine Tat der Liebe, und nichts kann mich dazu zwingen, in diesem Essay zu übergehen, was ich nicht zu erklären weiß.

Sprach ich über meine Beunruhigung durch die Riesenvögel und über die Beunruhigung, die Maria de Franças Angst in mir auslöst? Einen noch tieferen Eindruck und das gleiche vage Unbehagen (das verborgene und unerklärliche Atmen!) verursacht mir die Szene, in der sie einen Schutz gegen diese errichtet. Die Episode ereignet sich erst im letzten Drittel des Buches, nachdem der Mittelstürmer das Verlöbnis gelöst hat, wird aber schon vom zweiten Kapitel an vorbereitet. Wir verstehen also zunächst nicht, was es bedeuten soll, wenn die Heldin sagt, man müsse sich einprägen – in Ohren und Brust, in Augen und Hand –, was die eine oder andere Person kennzeichnet. Oder wenn sie ihre Aufmerksamkeit über Gebühr auf eines dieser Merkmale richtet:

»Was für ein Ohr, was für ein Ohr voller kleiner Kurven, und es hört aufmerksam zu, es hört gut, ein höfliches Ohr, dem die rauhen Stimmen wehtun und die Lügen aus Honig (voller Fliegen), was machst du hier, Ohr, an diesem Mann, der dich nicht verdient?, hör, Öhrchen: du Kleines, Pferdchen, Glöcklein, Piepmatz, Firlefanz, Lulu.«

Dudu ist gekränkt über ihren »treulosen Verrat« und zieht sich zurück. Die Aussichten, die diese Bindung bot, waren gering, oder es gab überhaupt keine; er erleidet Rückschläge auf dem Spielfeld und außerhalb, aber die Zuversicht, mit der er über sein Scheitern hinwegsieht und den Kampf fortsetzt (daß der »Turm« nichts wert ist, hält ihn nicht davon ab, Niederlagen durch seine angeschnittenen Bälle zu mildern oder auszugleichen), sein Einsatz und möglicherweise sogar, daß er so flink aussieht wie einer, der eben noch am Rand des Platzes einen Ball geschossen hat und schon wieder mitten auf dem Spielfeld ist, dies verändert für eine Weile Maria de Franças Dasein. Als er mit ihr bricht, tut sie die ganze Nacht kein Auge zu, und dieses Wachsein drückt sich in einem langen, wütenden und unzusammenhängenden Abschnitt aus:

> »das auch, schwarz und noch schwärzer, ich reiße, er biß, der Faustschlag, wir zerfetzen, Kohle, anderer Müll, jedenfalls Echsen, aus?, Holzklotz, schneidet wer 'nen wuchtigen Zapfen will, los. Hallo! Schlaft Ihr?«

Der Morgen, Tröster aller Schlaflosen, verstört sie noch mehr als die widrige Nacht durch

> »das Glucksen der Vögel, ihr Gurgeln, gurgeln Steine?, Glasscherben?, rachgierige Pfiffe«.

Um nicht weiterhin und ohne Beschützer diesen zahllosen wendigen Wesen ausgeliefert zu sein (sie scheinen ihr dafür geschaffen, mit dem Schnabel zu feuern, mit dem Schnabel zu schießen), wird sie dann krank und formt innerhalb von acht Tagen und neun Nächten in einer Art von Betäubung oder Verzückung die VOGELSCHEUCHE.

Erst jetzt offenbart sich der Zweck, den sie mit ihrem Sammeln oder Rauben oder Verstümmeln verfolgt, mit den Füßen, den schwächlichen Armen, dem Ohr »voller kleiner Kurven«, diesen Augen, mit denen man »Überschwemmungen und Tumulte« wahrnimmt, Bruchstükken von siebenundzwanzig Personen aus dem ganzen Buch, die in Maria de Françàs Vogelscheuche vereint sind, dem phantastischen Nothelfer, den seine Schöpferin nacheinander als BRISE, als mächtiger Wind, Fluchtröhre, Turm, Regenzeit, als Kreatur, plötzlicher, leuchtender Schild, Schreck-für-Sie, der-da, Mann und Báçira bezeichnet.

17. Mai

Die Analyse dieser Beinamen, deren Zusammenhang nicht leicht herauszufinden ist, legt eine Übereinstimmung bloß. Alle laufen sie hinaus auf Begriffe, die Milde, Kraft, Schutz, Fruchtbarkeit und Weite ausdrücken, Kennzeichen eines ungewöhnlichen Wesens, das mit dem Guten im Bunde steht und alleine imstande ist, sie vor den Vögeln zu bewahren. Was den Zusammenhang der Reihe ein wenig trübt – wie ich glaube, nicht zufällig –, sind einige rätselhafte oder selten verwendete Wörter, zum Beispiel die *Fluchtröhre*, in der sich das Kaninchen vor verfolgenden Hunden verbirgt, die aber auch Ausgang eines unterirdischen Stollens sein kann, und dann *der Plötzliche.*[45]

Was *Báçira* betrifft, den letzten und daher besonders hervorgehobenen, augenfälligen Namen, den sie der Vogelscheuche gibt, so steht er in keinem Wörterbuch. Die alten Kartenzeichner hatten eine mythische Vorstellung vom Raum: bekannte Grenzen zerflossen ins Traumhafte. Ihre Karten zeigten nicht nur die Lage von Ozeanen und erkundeten Gebieten; sie fügten die übrige Welt hinzu, beschränkten sich nicht auf das, was der Reisende erwarten durfte, wiesen nicht nur Wege, sondern auch Irrwege; zusammen mit den Hinweisen, die sie gaben, lieferten sie auch ein Verzeichnis von Ängsten. Vor mir liegt eine Karte des Türken Piri Reis, der keineswegs zum Vergnügen oder nur gelegentlich reiste, sondern ein Kenner der Meere und der Seefahrt war, ein richtiger Admiral. Die Karte von 1513, welche der islamischen Kartographie jener Zeit Ehre macht und karolingische Vorbilder verwertet, benutzt den Bericht eines spanischen Matrosen, der, nachdem er unter Christoph Columbus gedient hatte, in der Türkei gefangen saß. Es wimmelt auf dieser farbigen Gazellenhaut mit den sich kreuzenden Linien von phantastischen Bildern. Ein Affe tanzt mit einem seltsamen, schamlosen Ungeheuer; auch der Mann mit dem Kopf unter der Schulter, auf den sich Othello vor den Senatoren beruft, ist abgebildet; ein Paar reist auf einem Fisch übers offene Meer und ernährt sich gleichzeitig von ihm. All das sind Hinweise auf Unbekanntes, das aus der End- und Grenzenlosigkeit dieser Erdkarte deutlich wird. Da drüben, was, da drüben? Auf der brasilianischen Karte von Marcgrave ist eine solche Frage natürlich weniger hintergründig und hat einen Namen: der Báçira, heute Paciragebirge, früher Donnerberg oder Berg des Bebens. Er liegt nicht weit, achtzig oder neunzig Kilometer, vom Hafen Recife entfernt, flößte jedoch den Abenteurern mehr Angst und Schrecken ein als die ganze Weite des Ozeans: »wie er da völlig allein mitten in der Einöde lag, bildete er die Grenze, das äußerste Ende dessen, was man kannte«.[46] Wenn Maria de França die Herstellung und Benennung der Vogelscheuche mit einem von derartigen Nebenbedeutungen erfüllten Wort abschließt, scheint sie dann nicht darauf hinzuweisen, daß sich in diesem ihrem Geschöpf die Vorstellung von geistiger Weite und Mysterium über die Idee eines einfachen Schutzes hinaushebt?

22. Mai

Ausdrücklich und eingestandenermaßen wird Maria de Françás Vogelscheuche ersonnen, um einen Teil des Raumes, in dem *Die Königin der Kerker* spielt – oder das, was dieser Teil an wirklicher oder falscher Bedrohung darstellt – abzuschwächen; außerdem verbindet sie sich mit dem Schauplatz durch ihre Ansprache, ein merkwürdiges Stück Rede, in dem sie sich unter Benutzung eines Durcheinanders von sinnlosen Sätzen, unbekannten Liedern, Sprüchen, Gleichnissen, Vierzeilern, Kinderreimen, Rätseln, Prophezeiungen und geheimnisvollen Fragestellungen über ihre eigene Identität verbreitet, die sie, als ratloser Fremdling, mit der Lage des Orts verknüpft.

Ihre Aufgabe liegt also nicht allein darin, die überdimensionierten Vögel zu vertreiben. Wer weiß, ob nicht gerade in einem so hinterhältigen, von irreführenden Stellen durchsetzten Buch diese Bestimmung viel zu sehr auf der Hand läge, als daß sie wahr sein könnte. Wer gewährleistet mir denn, daß die Vogelscheuche – das Dach, der Báçira – nicht vor allem dafür geschaffen wurde, ihre Rede herauszuschleudern, den Höhepunkt des Werks gewissermaßen, die Sammelstelle vieler in ihm verstreuter Themen, in der sich die Sprache, während sie es gelegentlich wagt, mit den Bedeutungen zu brechen, zu einer Tonfülle von seltenem Umfang emporschwingt? Rede, öffentliche Ansprache und kein Dialog: zwischen dem Plötzlichen und Maria de França findet eine geheimnisvolle Verschmelzung statt, als hätten die beiden denselben Mund, hätten das Bett geteilt, denselben Traum durchlebt.

25. Mai

Ungünstiges Licht, übermäßig dunkles oder helles Papier, kleiner Druck, enger Zeilenabstand – und selbst die allzu ausgiebige Beschäftigung mit dem Text, glaube ich – all das kann mir Perioden der Blindheit eintragen oder erzwungene Ruhepausen in schwach erleuchteten Räumen. Im tiefsten Inneren bin ich meinem Leiden dankbar: es ist, als wäre die Lektüre für mich eine heimliche Liebe, eine bedrohte, gelegentlicher Erholungszeiten bedürftige. Eben heute in aller Frühe – ich hatte nachts lange gelesen – erwachte ich mit einem starken Schmerz in den Augenhöhlen. Ich ging durch die dumpfen Zimmer und öffnete schließlich das Fenster. Es war nach zwei Uhr, die Straße lag verlassen da; ich schaute vage nach oben, und was ich da sah, machte mich schaudern: der Mond war schwarz, nein, blutrot, und er schien sich aufzulösen in einem zweiten, verhängnisvollen Untergang. Welch irrationaler Mensch steckt doch noch in mir, trotz allem! In meiner Erregung hatte ich Mühe, den Zerfall des Mondes mit der Vorstellung einer Eklipse in Verbindung zu bringen. Sogar hinterher, als mir einfiel, eine Ankündigung dieses Phänomens in der Zeitung gelesen zu haben (Das ist der Schatten der Erde, Mensch!), sogar da spürte ich noch eine innere Bedrängnis. Überdies: ich könnte schwören, daß sich das Verhältnis der Abstände zwischen den Bauwerken veränderte, daß Himmel und Erde aus den Angeln sprangen. Vielleicht sahen meine noch schmerzenden Augen die Dinge verdreht.

27. Mai

Verletzlichkeit des Geistes! Im Hinblick auf eine Rede wie die der Vogelscheuche, die so gespickt ist mit Bedeutungen und Rätseln, gehe ich bedachtsam, und als gäbe es nichts Wichtigeres, auf jede kurze Anspielung ein, die irgendwo im Text steht, nur weil ich mir vorstelle, von wem sie stammt. Wir saßen im Wohnzimmer, und sie nähte mit gesenktem Kopf. Welch unstatthafte Feinheit der Wahrnehmung mag es ihr ermöglicht haben, meinen Blick zu fühlen und dann auch noch bis zu meinen Gedanken vorzudringen? Ich betrachte ihr Gesicht, die überempfindliche Haut ihres reinen, zartgeformten Gesichts, die sich immer wieder durch fahle Flecken oder plötzliches Erröten verändert. Ich sehe sie in ihrer Versunkenheit, während der sie ihr Äußeres nicht überwacht: feine, senkrechte Falten beginnen sich an der Oberlippe auszubreiten, dreiunddreißig Jahre, und schon zeichnet sich vorzeitig eine Altersspur ab. Stumm hülle ich sie ein in mein Erbarmen, sie, die ich liebe, altert, ihre Jugend entflieht mir zwischen den Fingern. Julia hebt den Kopf, große gelassene Augen, die Brillengläser glänzend in der runden, versilberten Fassung, sie lacht, als wisse sie von nichts, und sagt:

»Du bist so still!«

Als wüßte sie nichts. Aber sie weiß, sie sah, ohne mich zu sehen, sie las in mir. Worte des Plötzlichen:

»Frau! So jung noch, und schon welken die Lippen? Aus ist die Jugend, fort ist sie, war einmal, sein heißt vergehen, li-o-li, li-o-la, die Kopfhängerei und das Alter, ein Wespenschwarm, der mit seinem Nestbau beginnt, wo sich der Mund einkerbt, pff. Die Vögel verjage ich, aber nicht die Zeit, die Vögel verjage ich, nicht den Verfall, ich verjage die Vögel und nur das.«

30. Mai

Nachdem sie ihre Rede gehalten hat, verstummt die Vogelscheuche und wird fortan nicht mehr erwähnt. Eigentlich eine trügerische Weglassung: von diesem Augenblick an fällt in dem Buch kein Wort mehr über die Vögel und über die Angst, die sie auslösen, dies in einem langen Prozeß – einem metonymischen? –, währenddessen die Ursache mitgeteilt wird durch ihre Wirkung; oder besser, durch das Fehlen von Anspielungen auf diese. Gleichzeitig beschwört das Schweigen, das eine so bis in alle Einzelheiten ausgearbeitete Figur wie die Vogelscheuche umgibt, die vorbestimmt schien, das letzte Viertel des Buches zu beherrschen, wieder einmal und in noch weiterem Umfang ein für Julia Marquezim Enone bedrängendes Thema herauf, das des Vergessens.

Die Vogelscheuche spricht, und ihre Rede, in der die Befürchtungen der Autorin ihr Echo finden, ist durch Fehlleistungen entstellt. Mehr als einmal vergißt sie, was sie gesagt hat, wiederholt sich oder fragt sich; sie wird mitten im Satz unsicher, weil ihr entfallen ist, was sie sagen wollte.

> »Ich weiß nicht, ob ich das schon gesagt habe, und wenn ich es gesagt habe, sage ich es eben noch einmal. Was?«
>
> »Ksch, also da kommen sie dann und steigen am Strand nach oben, wenn die Füße auf dem Boden . . . auf dem Boden . . . Auf dem Boden? Füße?«

Der Gedächtnisschwund jedoch, der bis zu einem gewissen Zeitpunkt an die Rede gebunden zu sein scheint, offenbart sich schließlich als tiefer begründet. Die Vogelscheuche glaubt eine Vergangenheit zu haben, von der sie nichts weiß: was sie von sich erkennt, ist das Jetzt; sogleich kehrt sie die Situation um und fragt, ob das, was eben aufgetaucht ist, nicht genau der Raum ist, ob das Nichtvorhandensein eines günstigen Raumes – eines jetzt erschaffenen – sie nicht gehindert hat, Beziehungen zu knüpfen und die eigene Identität zu erfassen. Eine solche Spekulation ist jedoch Spiel, ist Verstellung, sie wird weiterhin eine schwer verständliche Figur bleiben, geheimnisvoll wie ihr Monolog:

Vögel und Kinder allein
können mich sehen;
doch keinem werd' ich gestehen,
wer ich mag sein.

8. Juni

In geringerem Maße genau kenne ich jene Niedergeschlagenheit, die meine Freundin bisweilen überfiel und bewirkte, daß sie ihr Buch zu hassen begann. So geht es mir seit acht Tagen, wo ich stumpf vor meinen Heften und Notizen sitze und die Stunden verrinnen lasse. Während ich mich über die Rede der Vogelscheuche beuge, fühle ich mich immer verlorener in diesem wahren Spiegelsaal, in dem sich Gegenstände und Reflexe wirr vermischen.

Nein, das ist es nicht, nein. Ich kann die wirklichen Gegenstände genau erkennen und diejenigen bezeichnen, die mich aus der Tiefe der Spiegel ungreifbar anstarren: aber ich verdächtige sie alle; die stürmische Rede der Vogelscheuche klingt mir vertraut und voller Hinterhältigkeit. Wer meint, ich solle darüber schweigen, versteht nichts von den Dingen. Ich kann nicht, und ich darf nicht. Stell Dir vor: Du erkennst irgendwo im Haus Deine eigene Stimme, und wenn das, was sie sagt, idiotisch scheint, so liegt darin eine Anklage und verletzt Dich. Nicht daß die Rede des Turms sich gegen mich richtete. Ich beziehe mich auf die Doppeldeutigkeit, auf die eine und die andere Seite, den falschen Boden, die Maske. Wo ist das wahre Gesicht so zwiespältiger Worte?

»Woher komme ich, was war damals? Von diesem L, diesem schiefen L, diesem umgedrehten L geht die Erinnerung an die Dinge aus, weht der Wind, in dem die Vögel sind, und bläst den Staub des Durchlebten weit fort. Eine andere Erinnerung ersteht, Maria, mit scharfen Pfiffen, Verzerrungen. Wenn ein Messer gut schneidet, tut sein Schnitt nicht weh. Ich reiße den Pferden die Zähne aus. Grashalme im Maul der Kühe. Alles wird vergehn, Glück und Wind verwehn geschwind, verwehn geschwind, dauern wenig, vielleicht gar nicht, Mauern und Dächer, hört gut zu, was ich sage, es schwinden die Vulkane, es schwinden die Fasane, alles wird vergehn, und nur sie allein bleiben, dank ihrer bist Du, bin ich, sind wir und die da: es treibt ein Schwarm geflügelter Quadrate dahin über das Schachspiel des Todes, abgründig, uferlos, das ist die letzte Null, die kein Schrei mehr erreicht.«

»Es ist Nacht und es ist Tag, es ist hier und es ist dort, ich bin und ich bin nicht ich, die Verwandlung, das Vorübergehende, der Hier-und-da, ich gehe und bin schon angekommen, durchquere das Fenster und rühre mich nicht vom Ort, ich, mitten im Baum, die Arme geöffnet (zwei oder vier?), die Hände geöffnet (vier oder zwei?), das Herz geöffnet, was sagte ich doch? Auf, Leute, ich beschütze Maria de França, ich mag Maria de França, ich ermuntere Maria de França, ich rette Maria de França, ich mache die Vögel kleiner, Maria de Françãs erschrokkenes Herz wird ruhig in meinem lichten Schatten.«

Wer das gelesen hat, bedenke meine Bestürzung angesichts der temperamentvollen Sprache der Vogelscheuche. Ich betone hier einen Vorteil den Erzählern gegenüber: sie haben es mit Personen zu tun, ich mit einem Text. Wollen sie den Charakter eines Helden anschaulich machen? Da fahren sie ein ganzes Ausdrucksarsenal auf, damit sie sich unser Vertrauen verdienen (ein Vertrauen, das ein Gutteil der zeitgenössischen Literatur angreift, weil sie eine neue, komplexere Art des Einvernehmens herbeiführen will). Wenn aber ich Aspekte des Buches aufzeigen möchte, das mich seit vielen Monaten beschäftigt und gewissermaßen zu meinem Helden geworden ist und dessen einziger Mangel darin besteht, ein erdichtetes, ein nicht wirkliches Buch zu sein, vertraue ich dem Leser den Text selbst an, einen über alles andere hinaus glaubwürdigen Beweis. Es ist so, als führte uns ein Autor auf wunderbare Art seinen Helden leibhaftig und in Aktion vor Augen – den Helden, nicht das sichtbare Wesen, nach dem er geformt wurde.

Dergestalt verhält es sich mit den beiden oben abgeschriebenen Abschnitten der Rede, in denen der geheimnisvolle Ton, der mich beunruhigt, deutlich wahrnehmbar ist. Einige unverständliche Ausdrücke, die hier enthalten sind, kommen aus der Kartographie und – ein weiterer Hinweis auf die Präsenz der Holländer im Nordosten – übertragen wörtlich gewisse Zeichen auf der Marcgraveschen Karte. Zum Beispiel ist da der Buchstabe L verkehrt herum und diagonal eingetragen, »dieses schiefe L, dieses umgedrehte L«, kennzeichnet unbewohntes Gebiet, *domicilia deserta.* Die Quadrate bedeuten Quellen, die kleinen Quadrate Salinen. Wenn man das erkennt, gewinnt die dunkle Anspielung auf den »Schwarm von Quadraten«, der über das »Schachspiel des Todes« treibt, an Deutlichkeit: es handelt sich schlicht um den Gegensatz zwischen Leben und Sterilität, wobei das Leben den Vorrang hat. Außerdem weist bei Marcgrave das Zeichen Baum auf ein offenes Feld hin, und wenn die Vogelscheuche sagt, sie sei »mitten im Baum«, so soll das heißen »mitten auf dem Feld«.[47]

Wir müssen aber zugeben, daß uns diese Enträtselungen wenig offenbaren und vielleicht nicht das Wesentliche aufdecken. Als Ganzes bleibt die Rede hermetisch. Sogar die eindringliche und selbstbewußte Liebeserklärung – »ich schütze Maria de França, ich mag Maria de França« – hat etwas Zweideutiges an sich. Weshalb ist der Schatten

»licht«, der ihr zartes Herz einhüllt? Wen meint der LEUCHTENDE SCHILD, als er sich auf »sie« bezieht, die uns stützen, wenn wir »über das Schachspiel (oder die Salinen) des Todes, abgründig und uferlos« treiben? Sie fordert mich heraus, diese mit Unerklärlichem gespickte Rede der Vogelscheuche, ein Rätsel ohne Ende, das mitten in den Roman hineingepflanzt ist, ein Hindernis auf dem Weg, ein geheimnisvolles Kartenspiel.

10. Juni

Inmitten der Nacht werde ich ein wenig wach, und ich starre mich an, ich, ein Mann in tiefem Schlaf. Die teuflische Rede läßt mich nicht los, sie breitet sich aus in ungezählten Verästelungen.

8. Juli

Wieder einmal trifft mich das Problem mit meinen Augen wie ein Blitz und stört nahezu einen Monat lang den normalen Ablauf meines Lebens. In diesem Zeitraum schrieb ich nichts und las auch nichts. Es ist deshalb belanglos, wenn ich die Unterbrechung noch ein bißchen ausdehne und morgen oder übermorgen von den letzten Wochen berichte, ehe ich zur *Königin der Kerker* zurückkehre. Wenn ich es recht bedenke, so stehen die Erfahrung, die ich durchleben mußte, und, sofern sie einen solchen Namen verdienen: die Überlegungen, die mich anfielen, dem Buch, das ich zu analysieren suche, und meiner eigenen Analyse nicht völlig fern. Sie fügen sich beiden Texten ein, und es wäre verkehrt, meinen Essay einfach wieder aufzunehmen, als sei nichts geschehen.

Ich werde nicht beschreiben, wie sich der Anfall äußerte. Nur daß es der heftigste von allen gewesen ist, will ich sagen, und daß ich einen großen Teil der Zeit unter Beruhigungsmitteln stand. Wenn ich aus der Betäubung auftauchte, las meine Nichte Alcmena, die aus Espírito Santo gekommen war, um mir einige Tage lang beizustehen (sie mußte abreisen, ehe ich die Sehfähigkeit zurückgewonnen hatte, und so fand ich mich damit ab, sie nur zu hören), mit ihrer leicht heiseren und so samtigen Stimme einige Schriften vor, die mich mit herrlichen und gleichzeitig schrecklichen Bildern erfüllten: *Das Tagebuch des Pestjahrs* von Defoe und, in französischer Übersetzung, einzelne Aufzeichnungen von Dürer, darunter sein Tagebuch der Reise in die Niederlande von 1520, in dem er fortwährend über Bilder, weltliche und kirchliche Bauten, das Essen, die Weine und verschieden ausländischen Münzen spricht.

Unter der Wirkung der Texte, die ich vernahm, glaubte ich, der ich mich losgelöst in einem aus Worten bestehenden Raum befand, in einer fremden Stadt, die irgendwer beschrieb und die deshalb existierte, ich sei von der Pest befallen und hätte meinen Namen vergessen. Tagaus, tagein bot ich Brokatstoffe und Gewürze (ein Nachhall noch des frohen Weihnachtsfestes in Serra Negra?) an, damit man mir meine Ausweispapiere brächte, niemand verstand mich, und ich glaubte doch überleben und die Pest überstehen zu können, auch daß die Stadttore sich öffnen und mich ins Freie lassen würden, sobald mir mein Name einfiele. Es gelang mir nicht, obwohl – Widersprüche im Fieberwahn – ich wußte, wer ich war, obwohl die Rede der Vogelscheuche ohrenbetäubend und eigengesetzlich durchs Dunkel hallte; und es gab, paßt gut auf, es gab eine Stunde, in der ich mich, ohne die geringste Erinnerung an mein bisheriges Leben, mitten in der verlorenen Stadt wiedererkannte, mit geöffneten Armen, während Vogelschnäbel (oder etwas von der Rede Ausgehendes?) mir die Augen aushackten; ich hatte etliche Geschwulste auf der Haut, und diese Geschwulste waren immer noch die Rede, die schmerzliche, unangreifbare, die, wiewohl sie sich in meinen Körper hineingefressen hatte, jenseits alles Begreifens blieb. In einem bestimmten Augenblick wußte ich: die Lösung des Rätsels war da, ganz dicht, zum Greifen nahe, hier. Traurig und niedergeschlagen rief ich aus: »Ich werde verstehen?!« Aber die Offenbarung stahl sich davon, und das erfüllte mich mit Freude.

11. Juli

Es wäre irrig, anzunehmen, das, was ich gestern notierte, sei die Zusammenfassung eines ganzen langen Monats des Stilliegens. Zum Beispiel habe ich versäumt, ein bedeutsames Detail anzuführen. Dürer schreibt: »die Kunst kommt einem sehr leicht abhanden, und es bedarf zahlloser Gebete und einer gewaltig langen Zeit, um sie wiederzuerwerben«. In meiner Verzweiflung über die Pest spürte ich meiner Identität nach, und bei dieser Jagd mühte ich mich, angetrieben durch Dürers Satz, irgendeine Kunst zurückzuerlangen, die ich eingebüßt hatte. Identität und Kunst verquickten sich.

Mehr als einmal vernahm ich Stimmen, die ich als solche von Personen aus dem Roman erkannte. Noch jetzt höre ich die von Maria de França: eine singende, rauhe, ein wenig erschrockene, die den Schreck jedoch umwandelte in Hohn und Herausforderung.

12. Juli

Ich bezweifle sehr, daß die innere Blindheit so vieler Helden, von König Ödipus bis Riobaldo[48], ein Zufall ist. Der Umstand, daß für die im Dunkeln tappende Person die Wahrheit, die zu sehen ihr niemals – oder sehr spät – gelingt, ganz nahe liegt, macht dies Phänomen noch erschütternder. Der Held lebt mit der Offenbarung zusammen, ohne sie zu erkennen. Welchem Umstand ist dies erschreckende Motiv zu verdanken? Dem, daß uns angesichts der Hieroglyphen ringsum die eigene Blindheit bewußt wird.

Dem Stolz entgegentreten, der mich bisweilen verleitet, das Mysterium des Textes zu leugnen; wie man sich auf anderem Gebiet so oft gegen das Mysterium der Dinge wehrt.

14. Juli

Da ich mir als Genesender nur wenig zumuten kann, schärfen sich meine Sinne. Als ich in der vergangenen Nacht laut in den *Metamorphosen* las, stellte ich ein leidenschaftliches Beben der Stimme fest, das ich sonst nie an mir bemerkt habe und das nicht zu dem Text von Ovid paßte. Auch wenn ich vom Fenster aus die Masse der Bauwerke betrachte, mache ich Entdeckungen, wie diese beiden Türme zur Rechten – ich weiß nicht von welcher Kirche – und einige alte Dächer. Gestern bewegte sich hinter diesen Dächern ein Kran, der heute verschwunden ist. Normalerweise hätte ich den Unterschied nicht bemerkt: hätte den Kran vergessen gehabt und den großen gelben Vogel, der auf einem der Türme saß. Es tut mir leid, daß ich diese vorübergehende Wahrnehmungsfähigkeit nicht auswerten kann. Alle Oberflächen glänzen, als seien sie mit Lack überzogen, und die hellen Töne blenden mich.

Anmerkung: Ähnlich wie alte Menschen oder wie Schwerkranke habe ich letzthin angefangen, mich über Gebühr zu beobachten. Als hätte ich mich selbst im Verdacht, als fürchtete ich, daß in mir ich weiß nicht was vorgeht. Das drängt sich, mehr als mir lieb ist, in mein Buch und in das meiner Freundin hinein. Davon abrücken, wenn möglich.

15. Juli

Die Beweglichkeit, die Unsicherheit, das Verschmelzen – die Städte Recife und Olinda, die sich durchdringen –, die bildhafte Beschreibung des holländischen Überfalls, durch den die Stadtlandschaft gewissermaßen in eine andere Zeit versetzt wird, und dazu die bedrohliche Note, die in den gigantischen Vögeln zum Ausdruck kommt, all das verwandelt in *Die Königin der Kerker Griechenlands* den Raum und macht ihn zu etwas Einmaligem, Einzigartigem, ganz zu diesem Werk Gehörigen, das von der Einbildungskraft völlig neu gestaltet wurde.

Aber vielleicht ergäbe sich daraus das Wagnis einer allzu großen Kluft zwischen dem Raum des Romans und dem tatsächlichen Raum, trotz der zahlreichen Anspielungen auf die beiden wirklichen Städte, auf bekannte Bauten – das Benediktinerkloster in Olinda oder den Justizpalast in Recife – und bestehende Straßennamen: do Amparo, da Concórdia, do Príncipe, do Sol. Dazu käme noch die Gefahr, daß die Verbindung zwischen dem verzauberten Raum und der Thematik des Elends, deren Bedeutung in diesem Buch außer Frage steht, abbricht oder gelockert wird. Geschickt schaltet Julia M. Enone die beiden Möglichkeiten durch einen neuen besonderen Einfall aus: die Hauptperson begutachtet die Abfälle der Stadt.

16. Juli

Die Art, auf die diese Begutachtung vor sich geht, schmeckt nach Ironie. Maria de França lebt am Rande des Hungers und kann die eigenen Bedürfnisse nie ausreichend befriedigen, womit sie den größten Teil des brasilianischen Volkes verkörpert oder, weitergefaßt, zwei Drittel der Erdbevölkerung. Die Lebensumstände setzen ihr Grenzen, und so hat sie kein Interesse an den Silbersachen und Porzellanservicen, die in den Geschäften ausgestellt sind, an Autos, luxuriösen Wohnungen, teuren Stoffen, Restaurants und allem, was Wohlstand zur Schau stellt: sie versteht sich nur auf das Anspruchlose. Dieser Zug mag ein verbreitetes Phänomen außer acht lassen, das heutzutage die Klasse der Armen verblendet: die magnetische Anziehungskraft des Überflüssigen. Viel wichtiger jedoch, als einfach diese nachgewiesene Verzerrung aufzuführen, die, soweit ich es beurteilen kann, typisch für Entwicklungsstufen wie die unsrige ist, erscheint es mir, auf die Resonanzwirkungen des literarischen Einfalls hinzuweisen. Für Maria de França, die durch ein karges Dasein rundherum eingeschränkt ist, sind Reichtum und Üppigkeit in jedem Sinne unerreichbar, ja, entgehen sogar ihrer Wahrnehmung.

17. Juli

Ist es aber wirklich so, daß dieser Unempfindlichkeit des Notleidenden gegenüber dem Reichtum eine psychologische Note fehlt? Ein Stamm afrikanischer Ureinwohner, mit dem B. L. Magyar acht Jahre lang zusammenlebte, blieb von Phänomenen wie der Sonnenfinsternis, deren Bedeutung er nicht erfaßte, unberührt.[49] Für Jean-Paul Sartre existiert ein Werk nur entsprechend dem Bildungsstand seines Lesers;[50] darüber hinaus bedürfe es einer

Erziehung, um ihn aufzuklären. Was den Reichtum betrifft, den Blick für den Reichtum, könnte man fragen, ob eine solche Erziehung nicht von der Reklame ausgeübt wird. Wäre es so, dann riefe dies Instrument des Kapitalismus zunächst eine irrige Vorstellung von Gütern und Bedürfnissen wach – wie es anfangs in jeder Lehrzeit leicht geschieht – und hätte auf lange Sicht umstürzlerische Wirkung.

18. Juli

Gut. Kehren wir zu Maria de França zurück, in deren Augen der Wohlstand in Recife so groß ist, daß er die Stadt überschwemmt. Solltet Ihr daran zweifeln, so stöbert in den Abfalleimern nach, ehe die Lastwagen der städtischen Müllabfuhr durch die Straßen des Zentrums gefahren sind oder – Klassenunterschiede bekommt man auf den ausgefallensten Gebieten zu spüren – die Pferdekarren durch die Außenbezirke. Unglücklicherweise wird, wie sie feststellt, dieser ganze Reichtum vergeudet, weil man unachtsam und planlos vorgeht. Wären die Dinge, die in den Behältern liegen und auf die Leerung warten, auseinandergeklaubt, wie viele weggeworfene Knöpfe könnten sich die Kurzwarenhandlungen heraussortieren, und wieviel Brühen ergäben die Hühnerbeinchen! Den Leuten, die diese Abfälle wegwerfen, kommt, wie sie bemerkt, eine solche Trennung nicht in den Sinn, und so beschmutzt im Müll ein Wertobjekt, auch wenn es an sich sauber ist, das andere; sogar ein Stück Seife oder ein Putzschwämmchen, Dinge, die man zum Reinemachen gebraucht, die also hygienisch sind, machen einen Rest Suppe ungenießbar.

Sie weiß, daß viele Menschen die Unterscheidung zwischen rein und gemischt – zwischen keimfrei und schmutzig – nicht kennen, und zweimal beschreibt sie die Freude der Armen, wenn sie auf den Müllhalden, welche die Stadtreinigungsbehörde wegen fehlender Verbrennungsanlagen an gewissen Stellen der Stadt eingerichtet hat, den Scharen von Aasgeiern und streunenden Hunden die Dinge abjagen, die hier zu finden sind.

Sieht sie ein Schwein, das im Schmutz der schlammigen Vorstadtwege wühlt, oder Hühner, die im Abfall scharren, oder ein verdrecktes Pferd, das frei im Gestrüpp herumläuft, kommt ihr verstohlen und gleich wieder verdrängt dieser Gedanke an Vergeudung. Aber bezeichnend ist, daß sie weder die Vögel in der Luft (eine mögliche Jagdbeute) noch die Bäume an den Straßenrändern (kostenloses Brennholz) in Betracht zieht, was die bissige Absicht bestätigt, die Erzeuger von Müll als Verschwender von Vermögenswerten darzustellen.

Ohne der Vögel zu gedenken, der Bäume, der spärlichen Blumen in den Parks und des Regenwassers, macht sie dankbar eine Bestandsaufnahme all der auf Asphalt und Gehsteigen verstreuten Wertgegenstände, der Zigarettenkippen und Bleistiftstümpfchen, der losgegangenen Schrauben, Bindfäden und Stücke von Bändern, der Gummiabsätze, zerbrochenen Kämme, leeren Puffmaistüten, des Schokoladenpapiers, der Kronkorken von Erfrischungsgetränken und Deckel von Medizinflaschen, Stofflappen, offenen Heftklammern, verbogenen Stecknadeln und Kunststoffblumen ohne Stiel, der leeren Streichholzschachteln, ausgebrannten Glühbirnen, stumpfen Rasierklingen, leeren Batterien, des ganzen Kleinkrams, der uns im allgemeinen nicht auffällt und den ihr durch Entbehrungen ungewöhnlich stark ausgebildeter Blick bewertet, als seien es Goldstücke.

19. Juli

Russische und nordamerikanische Astronauten nehmen 200 000 Meter von der Erde entfernt Ankopplungsmanöver vor. Wieder einmal fallen dem Hochwasser Städte des Nordostens zum Opfer, manche sind praktisch von der Landkarte verschwunden, der Capibaribe überschwemmt 80% von Recife, 700 000 Menschen sind davon betroffen, 35 000 werden obdachlos, ganz zu schweigen von den Häusern, die eingestürzt sind, den 1000 Kilometern Schienenstrecke, die von den Fluten mitgerissen wurden, den 100 bestätigten Toten und der Gefahr aufkommender Epidemien.

Dies ist nicht die einzige Schreckensnachricht, die aus den Zeitungen in mein Buch übergeht und sich in es hineindrängt. Das überalterte Material der Zentralbahn von Brasilien verursacht ein Unglück großen Ausmaßes in Gestalt einer Entgleisung, 11 Tote und 372 Verletzte; die Kälte, die den mittleren Süden Brasiliens heimsucht, läßt Obdachlose in den Städten erfrieren und bringt den verheerendsten Frost mit sich, unter welchem die brasilianische Landwirtschaft je zu leiden hatte, was Arbeitslosigkeit und ein verhängnisvolles Absinken der Weizen- und Kaffeeproduktion zur Folge hat (sofortige Spekulation an den Börsen von London und New York mit starkem Preisanstieg).

20. Juli

Als Ausgleich zu der gestrigen Aufzeichnung: das Präsidium der Republik hat ein Gesetz bestätigt, das die *Imbel* ins Leben ruft, ein Unternehmen zur Herstellung von Kriegsmaterial; darüber frohlockt die Privatwirtschaft. Der Verkaufsleiter von *Rossi*, einem alten Heereslieferanten, illustriert die gehobene Stimmung dieses Industriezweigs, wenn er erklärt: »Ich habe diese Woche in Brasília zu drei Generälen gesagt, sie könnten sogar eine Bombe bei uns bestellen. Wir fabrizieren sie sofort.«

In gut zwei Wochen, am 6. August, wird sie 30 Jahre alt. Sie maß vom einen bis zum anderen Ende genau vier Meter und vierundzwanzig Zentimeter; ihr Durchmesser betrug anderthalb Meter. Zwei Jahre lang standen 500 000 Mann dieser komplexen Vorrichtung zu Diensten, die sich mit ihren 4535 Kilos anspruchsvoll und sogar empfindlich zeigte. Obwohl sie nichts Überflüssiges an sich hatte (sie war eine Schöpfung unserer Zeit, die klare Linien liebt und nichts für Ornamente übrig hat), betrug das Gewicht ihres Herzens oder ihrer Seele, des lebenswichtigen Teils – der die Fähigkeit besaß zu töten – vielleicht kaum zwanzig Kilos. Als sie zerbarst und eine weißglühende Säule emporschleuderte, ein Feuerwesen, ein wütendes, blendendes, weit über das hinaus, was man sich vorgestellt, was man gefürchtet hatte, höher als die höchsten Berge, da verkrochen sich Himmel und Erde, und Wasser gab es nicht mehr, Flammen fielen in die Flußläufe ein, 70 000 Häuser stürzten zusammen, und unter den 240 000 Toten, sofern hier wirklich noch der alte Name Tod zutrifft, gab es einige, von denen auf dem verödeten Boden nichts blieb als ein Schatten. Am 6. August werden es 30 Jahre, daß das geschah. Es fehlen nur 470, bis die Nachwirkungen der Explosion aufhören. Das Flugzeug, das den Gegenstand heranschaffte (wer erinnert sich noch?), hieß *Enola Gay*. Der Name der Stadt beginnt sich dem Weltgewissen einzuprägen, und man muß ihn niederschreiben: Hiroshima.

Schaut man sich die Karte von Recife an, so merkt man, daß überall Wasser ist. Aber erst wenn man die Stadt überfliegt, sieht man, in welchem Maße sie flach ist und feucht. Außer dem Meer, das sie zu erobern scheint, und den ausgedehnten Sümpfen mit auf Pfählen balancierenden, verseuchten Behausungen, wo selbst der Widerschein der hellsten Sonne stumpf wird, ein fahles, schmutziges Wasserloch – gibt es eine Reihe von Flüssen. Ehe sie war, was sie heute ist, wurde die überschwemmte oder doch nahezu überschwemmte Ebene von Flüssen durchschnitten, deren Lauf hier endete und die durch Kanäle miteinander in Verbindung standen. Die kleinen Flüsse entsprangen in der Niederung, aber die größeren wie der Beberibe und der Capibaribe kamen weither aus der Zone der Wälder und der Anbaugebiete. Besucher können sich in Recife aufhalten, ohne die anderen Flüsse zu entdecken; unübersehbar der Capibaribe, der auf der Hochebene von Borborema entspringt und, nachdem er sich seinen Weg zwischen Hügeln aus Ton und Sand gebahnt hat, das Herz der Stadt durchquert.

Nun, das Motiv des verschleuderten Reichtums – ob wirklich oder falsch, ob glaubhaft oder nicht –, immer verbunden mit dem Kleinkram, der auf die Straßen geworfen wird, erlaubt der Autorin durch Maria de Franças Vermittlung erstaunliche Variationen über diesen Fluß, wobei es nicht allein um Tiere und Gebrauchsgegenstände geht,

> (»ist das eine Matratze?, eine Matratze, die da schwimmt, ein Schatz, wer weiß denn, ob sie nicht zusammen mit den Wanzen Geld im Stroh stecken hat?«)

sondern auch um die Rückstände, mit denen die Industrien ihre Abwässer vergiften, und das gipfelt in der scheinbar überschwenglichen – in Wirklichkeit zynischen – Zusammenstellung von Wertgegenständen in den Fluten des Capibaribe, die in der anormalen Einschätzung eines Menschen, der nichts von Wert besitzt, zu verfügbaren Kostbarkeiten werden. Menschen, die am Ufer wohnen, gewöhnen sich daran, Tierkadaver und Unrat in der Strömung treiben zu sehen: schwere Regenfälle im Quellgebiet oder irgendwo an seinem Lauf. Außerdem wissen alle – und die letzten Nachrichten bestätigen es ja –, welche Gefahr dieser idyllische, friedliche Fluß für Recife bedeutet. Während der zeitweiligen Hochwasser, deren Ausmaß sich in den letzten zehn Jahren erheblich gesteigert hat, so daß die sicheren Gebiete kleiner, die Schäden größer werden und man sogar eine Überschwemmung prophezeit, die das Stadtgebiet in einen Morast verwandelt (und das sollte man dann nicht als einen reinen Zufall oder ein natürliches Verhängnis betrachten), führt der Capibaribe die verschiedensten Dinge aus den Gegenden mit sich, durch die er fließt. Pflanzen aus den Anbaugebieten, Rinder und Federvieh, eine Hütte – Dachstuhl und Hausrat -, Leute, was kommt nicht alles mit diesen Wassermassen?, und kann sogar noch die Hochflut des Meeres unerkannt anschwellen lassen durch seine mitgespülten Wasserlilien und Fische, ein ausgebrochener Stausee.

24. Juli

Ja, Seite an Seite mit dem Kleinkram aus den Straßen, den Trümmern, die sich im Capibaribe dahinwälzen, und dem Ansturm des Wassers auf Recife, das tote und lebende Fische durch die Fenster nach drinnen, gewundene Schlangenleiber auf die Gesimse, umgekippte Wagen in die Baumkronen spült und die losgerissenen Dinge in seinem lehmigen Schwall wiegt, der nach toten Ratten riecht, dies alles den Bildern ähnlich, die in den Zeitungen abgedruckt waren und letzter Tage auch vom Fernsehen ausgestrahlt wurden, gleitet in Julia Marquezim Enones Buch plötzlich ein plumpes, riesiges Wesen vorüber, ein Stausee. Maria de França bemüht sich, die undeutlichen Umrisse dieses abhanden gekommenen Wasserspeichers mitten im Chaos der Hochflut anzugeben. Das Motiv wird wie zufällig hingeworfen, mehr als einmal wieder aufgenommen und niemals systematisch entwickelt, als verbiete die Großartigkeit des Bildes Erweiterungen; es übertrifft das Thema des verschleuderten Reichtums und macht einen weiteren Kommentar erforderlich.

Trotz der Verbindungen, die zwischen ihnen fortdauern, und trotz ihrer gemeinsamen Quelle bestehen, der Autorin nicht verborgen, Gegensätze zwischen den vom Fluß mitgeführten Trümmern und den kleinen, auf die Straße geworfenen Dingen, die weggegeben sind im gleichen Sinn, wie nach Maria de Franças Auffassung der Müll als Geschenk für die Menschen zu betrachten ist. Die Besitzer verzichten auf das, was sie grundsätzlich nicht mehr brauchen können (daher die Dankbarkeit der Arbeiterin und Hausangestellten); die Landtiere, die Möbel, die Bruchstücke eines Zauns oder Dachs treiben gegen den Willen ihrer Besitzer bis zur Mündung. Die Ironie ergibt sich hier nicht aus dem eigenwilligen Irrtum, das, was gebraucht und achtlos weggeworfen wird, als Schenkung anzusehen; sie ersteht aus der immer bewußt herbeigeführten Aufhebung des Unterscheidungsvermögens: alles, was unversehens im schmutzigen Hochwasser ankommt, wird als Zeichen des Reichtums und nicht des Ruins gepriesen.

Vorstellungen einer anderen Größenordnung, man könnte sagen: unerschöpfliche, erweckt das Bild vom im Fluß versunkenen Stausee, dessen Grenzen sich in dem Fluß auflösen und von ihm überspült werden. Wieder klingt hier im Rahmen des Romans das schon erwähnte Spiel der gegenseitigen Durchdringungen auf, die besonders deutlich waren in der Verschmelzung Recife/Olinda.[51] In der umfangreichen, fließenden Masse, die weder Form noch Begrenzung hat, der aber die erzählende Person Gestalt zu geben sucht, drängen sich in meinen Augen zwei Bilder auf: eines ist das des Romans selbst, einer in der Welt versunkene Welt, in die er eindringt und die in ihn eindringt, während ein rastlos tätiges Bewußtsein die Grenzen des Werks ideell aufrechterhält; das andere ist das des Bewußtseins, das sich in der Unermeßlichkeit verliert, die es umgibt, und sich müht, eine Einheit zu bleiben. In diesem Fall handelt es sich um unser aller Bewußtsein, und gleichzeitig hat es einen Namen: der Stausee, der mit der Hochflut von irgendwoher kommt, aus den Wäldern oder aus den Anbaugebieten, heißt Maria de França.

29. Juli

Während die kurzen Anspielungen auf belanglose Gegenstände im Straßendreck und auf wertlosen Kram im Capibaribe immer dann fallen, wenn die Heldin durch die Stadt gebummelt ist, verhält es sich anders bei ihren Bemerkungen über das Hochwasser und den Stausee. Es ist, als werde in der von dem Roman bevorzugten Zeit mittels der Katastrophe und ihrer ausschweifenden Darstellung die äußere Zeit, die wirkliche, die unsrige, beschworen, oder als streife über das imaginäre, das keinem Verderb ausgesetzte Recife das Gedenken an eine sterbliche Stadt hin, deren Reflex es – das Recife des Buches – ist. Seinerseits aber gliedert sich dieser unmögliche, abgewanderte Stausee der wirklichen Stadt ein.

1. August

Als ich vor der Stadtbibliothek auf den Omnibus wartete, sah ich eine hohe Gestalt im weißen Anzug die Straße überqueren und in der Menschenmenge langsam den Weg zum Kaufhaus *Mappin* einschlagen. Es war, abgesehen von seiner Größe, die in dieser feuchten, schmutzigen Stadt nicht übliche Kleidung, die mir als erstes an diesem Mann auffiel. Von einer unbezwinglichen Neugier verleitet, folgte ich ihm in einigem Abstand. Er durchquerte das Erdgeschoß von *Mappin*, ohne die ausgestellten Waren zu beachten, und bog in die Rua Barão de Itapetininga ein und ging auf die andere Straßenseite hinüber. Das Gedränge war so groß, daß ich ihn trotz seiner Länge mehrmals aus den Augen verlor. Am Rand des Gehwegs drehte er sich um, etwas gebeugt, so daß die langen Arme fast bis zu den Knien reichten: es war ohne jeden Zweifel der Neger Rônfilo Rivaldo. Die gleiche pockennarbige Haut, das von Pomade starrende Haar, der halb gutmütige, halb verschlagene Ausdruck, die schlechten Zähne. Er starrte mich an, drehte mir den Rücken und ging davon, wobei er seine langen Beine noch schneller bewegte, als müsse er eilends den Platz der Republik erreichen. Erst da sah ich, wenn auch nur ganz flüchtig, denn einige Fahrzeuge schoben sich zwischen uns, daß an seiner Seite eine zarte Frau ging, deren Gesicht genau zu erkennen mir nicht gelang; sie tat ihr möglichstes, um seinen großen Schritten zu folgen.

5. August

Die sozusagen natürliche Reihenfolge dieser Anmerkungen müßte uns, wenn der erstaunliche Raum untersucht ist, den Julia M. Enone ersonnen hat, zum Problem der Zeit hinführen, die sich mit ihm verquickt, und zwar so sehr, daß ich es manchmal nur mit Hilfe von Tricks und durch

Abweichungen vom aufgestellten Plan vermeiden konnte, über ihre Beschaffenheit in *Die Königin der Kerker* zu sprechen, wie anläßlich der anachronistischen Kriegsszenen. Aber die literarische Komposition hat, das wissen wir, ihre Launen, und es kann geschehen, daß ein Sinngehalt, der nicht der Logik entspricht - unauffälliger und unter gewissen Umständen wichtiger als diese – die erstrebte Struktur zerstört.

Hier besteht dieser Sinngehalt in einer Art Spiel zwischen dem Konkreten und dem sich hineinmischenden Abstrakten, einer Wellenbewegung, Freunde, wie die, von der so oft die Reisebeschreibungen bestimmt werden, in denen sich Eindrücke vom Lande abwechseln mit Betrachtungen über das Volk, wenn nicht gar über den Reisenden selbst. Den Raum des Romans anzudeuten und, ohne einen Abstand einzuschieben, gleich auch seine Zeit, hieße das nicht, den Ausschlag in Richtung des Abstrakten mehr als wünschenswert zu steigern und dadurch das Ebenmaß zu stören, was meinem Vorhaben widerspräche?

Der ziemlich vage Anfang zielt in meinem Fall nicht darauf ab, eine fragwürdige Geschicklichkeit bei der schriftlichen Ausarbeitung zu demonstrieren. Wie der »Bewohner einer anderen Welt«, der »Wels« von Bioy Casares, der die trockene Luft nicht ertrug und nur solange am Leben blieb, wie man in seinem Versteck einen Springbrunnen einrichtete, habe ich Atembeschwerden im Abstrakten und suche ohne allzu große Pausen in eine feuchte Atmosphäre zurückzukehren.[52]

Vertagen wir also das Nachdenken über die Zeit in *Die Königin der Kerker*. Ich rechne mit der Nachsicht, möglicherweise mit der Erleichterung des Lesers und wende mich wieder der Fülle von Personen des Romans zu.

6. August

Herr Reinhold Stephanes gibt zu, daß die Versorgung durch den zur Zeit unter seiner Leitung stehenden I.N.P.S. »in São Paulo im ganzen gesehen schlechter ist als in allen anderen Staaten der Region Mittlerer Süden«, aber er hat »ernsthafte und unverzügliche Maßnahmen« angekündigt.

Bei verschiedenen Dienststellen, die um sieben Uhr früh aufmachen, beginnt hier das Getümmel schon am Vorabend, sobald es dunkel wird; da kommen die ersten Patienten und bilden den Anfang der Schlange, in der sie über Nacht bleiben. In Tatuapé sind, wenn der Schalter geöffnet wird, im allgemeinen fünf- bis sechstausend Menschen aus zahlreichen Randvierteln im Ostteil der Stadt zusammengeströmt. Nur 1800 von ihnen werden abgefertigt, die restlichen kehren nach Hause zurück, wenden sich an andere Stellen oder fangen wütend an zu schreien und werfen manchmal Steine nach den Beamten.

Auch wenn »schon viel auf diesem Sektor getan ist«, wie Minister Nascimento e Silva von der Sozialversicherung im Mai sagte: »es bleibt noch viel zu tun«.

7. August

Wir haben zu Beginn die Umrisse von Antônio Áureo, Belo Papagaio, von Dudu und von Rônfilo skizziert, um ihre Beziehung zum chiromantischen Plan des Werks aufzuzeigen. Später kreuzen andere Figuren von mehr oder weniger Bedeutung unsere Seiten, je nachdem, wie stark sie mich ansprechen, aber immer beiläufig. Ein aufmerksamer Leser wird gefolgert haben, daß in Julia Marquezim Enones Buch, dessen Hauptfigur ruhelos durch Straßen, Gerichtssäle, Wartezimmer, Behörden, Wohnungen von Dienstherrschaften und dazu noch die Irrenanstalt zieht,

nicht eben wenige Personen auftreten (siebenundzwanzig Personen tragen zur Entstehung des Plötzlichen bei), so daß geschieht, was in reichlich bevölkerten Romanen unvermeidlich ist: die Schilderung der Personen wird flüchtig und knapp, und nur drei oder vier von ihnen – aber auch das nicht immer – werden eindringlich geschildert. Diese Folgerung trifft zu, aber der Fall, den wir untersuchen, bietet ein weniger schematisches Bild.
Was wir über die Beziehungen zwischen dem Aufbau des Romans und der Chiromantie sagten, weist auf eine Tendenz zu Anspielungen hin, mehr zu Anspielungen auf Zusammenhänge als auf Personen und einzelne Gegenstände. Woher mag die Autorin ihre Personen, ihre Modelle nehmen? Meine Freundin trug das Bild vieler Menschen in sich, die sie haßte oder liebte (sollte sie jemanden gehaßt haben?), die sie kannte oder einfach irgendwann gesehen hatte. Mehr als einmal sprach sie mir davon, wie gut sie sich an die Gesichtszüge von Unbekannten erinnerte, die sie vor vielen Jahren auf der Straße getroffen hatte. Aber die Disziplin, mit der sie *Die Königin der Kerker* gliedert, wehrt sich gegen die Umwandlung des Buchs in eine simple Galerie der Erinnerungen. Wir fanden zum Beispiel die literarische Herkunft Belo Papagaios heraus, den sie weitgehend nach einem wenig bekannten Abenteurer zur See aus ferner Vergangenheit formte; und die des Analphabeten Rônfilo, dessen sich der Inquisitor und Märtyrer Albertus Magnus annahm und der von sehr beziehungsreichen Hintergedanken ausgehend gestaltet wurde.

8. August

Rônfilo Rivaldo, der mich wieder einmal zu allerhand Überlegungen anregt, illustriert, wie viele Einzelelemente in einem literarischen Werk aufeinanderzulaufen und wie eine solche Vielfalt immer dem angestrebten Ziel des Plans entspricht. Vom Schulmeister und Seher verwandelt er sich, übergangslos und ohne daß diese Veränderung den Fortgang der Ereignisse beeinflußt, in einen Quacksalber der Zahnheilkunde. Welcher Sinn liegt darin?

Aberglaube und Wissenschaft schließen sich, das steht fest, nicht immer aus. Ich denke an den Gründer der Accademia de' Secreti in Neapel, Giambattista della Porta, der 1615 starb; zwar war er Alchimist, doch hinterließ er auch Arbeiten über Optik, über die Elastizität der Luft, über Pneumatik und atmosphärischen Druck. Die »wissenschaftliche« Metamorphose des Rônfilo Rivaldo führt uns, falls sie auf diesen Einklang geistiger Bestrebungen abzielt, zu Ursprüngen und Schlüssen, die sich dem logischen Aufbau, den ich bloßzulegen suche, nicht eingliedern lassen. Für das Studium dichterischer Verfahren ist die Mutmaßung fruchtbar. »Es irrt sich, wer glaubt, alle Teilstücke einer Erzählung entstünden in derselben Absicht und würden in vollkommener Übereinstimmung auf irgendeinen Punkt hin konvergieren. Das Kunstwerk allein, nimmt auf und rechtfertigt, was sich in ihm zusammenfindet. Es ist ein in sich geschlossenes Gebilde und doch ein launisches, das Fremdartiges sich anzueignen vermag, und wird durch die Interessen des Autors für alles, was – wichtig oder ohne erkennbaren Wert – bleibende Spuren in seinem Geist hinterlassen hat, gestaltet.«[53]

Noch fruchtbarer ist, in diesem Licht betrachtet, die Vermutung, der neue, illegale Beruf Rônfilo Rivaldos hätte keinen Sinn. Die Einführung eines Motivs kann ein Beweis von Liebe sein, ein in Geheimschrift abgefaßter, den nur der zu entziffern weiß, für den er bestimmt ist; er kann sich im Kunstwerk befinden wie das Schneckengehäuse, das man bei einem morgendlichen Spaziergang aufhebt und mitnimmt, um – Ihr wißt es, vergeblich – das Geräusch der See und die Schatten der Frühe aufzubewahren; man kann es sich ausgesucht haben, weil es selten ist, oder, im Gegenteil, wegen seiner beispielhaften Alltäglichkeit; es mag dafür bestimmt sein, eine Sequenz zu unterbrechen, indem es ihre Harmonie zerstört und uns dadurch irreführt.

10. August

Ganz andere Beweggründe als die, welche zur Entstehung des Rônfilo Rivaldo führten – und in ihrer Formelhaftigkeit außerdem oberflächlichere – bestimmen Auswahl, Beschaffenheit und Verhalten der Typen, die im Buch die Welt der Bürokratie repräsentieren. Joyce verpflanzt im *Ulysses* die Helden der *Odyssee* ins Dublin von 1904 und drückt sie auf ein albernes, erbärmliches Niveau. Die keusche Penelope? Sie heißt Mary Tweedy: eine echte Hure. Der furchterregende Ulysses? Wer anders als der Hahnrei Bloom. Nausikaa: die hinkende Gertie Mac Dowell. Circe: Bella Cohen, die Kupplerin. Julia Marquezim Enone versetzt Helden der brasilianischen Geschichte (wer weiß, bis zu welchem Punkt tatsächliche?) nach Recife und verdammt sie zu einem ruhmlosen und gänzlich anonymen Dasein.

Der Eiserne Marschall ohne Macht, Uniform und Offizierspatent ersteht im Bürodiener Flor mit der

> »Atemnot eines Asthmatikers, stumpfem Blick und rachsüchtigem Herzen, aber an wem sich rächen, wenn man sich nicht erinnert, wer es war?«

Rio Branco trägt sich in die Anwesenheitsliste ein, und der Drehstuhl knirscht unter dem Gewicht seines Körpers. Er ist anmaßend und parfümiert, macht sich mit der Aufstellung der Tische zu schaffen und schaut fortwährend nach draußen – eine nicht sonderlich scharfsinnige Anspielung auf seine Begierde, in Europa bewundert zu werden –, während er die Prozesse vergißt, die in den Schubladen ruhen, und die Pflichten, die er als Abteilungsleiter zu erfüllen hat. Rui Barbosa – Barbosa Neto – ist rachitisch, aufbrausend, eitel, duftet nach Kampfer, glaubt, daß er die Aktenzeichen »in- und auswendig im Kürbisschädel« trägt, irrt sich aber fortwährend und hat nicht die geringste Möglichkeit, von seinen stinkenden Archiven aufzusteigen zur Präsidentschaft der Republik; seine antimilitaristische Kampagne hat er vergessen und sich in einen Rüstungsfanatiker verwandelt:

»Ich schäme mich, ehrlich zu sein. Das Vaterland ist die erweiterte Familie, und folglich geht es nur mit Säbel und Gewehr.«

Von den traditionsgeheiligten Vorbildern ist die schwatzhafte Rhetorik übriggeblieben, die mit ihrem Imponiergehabe selbst die Schalterhallen erfüllt.

»Legen Sie dieses Papier vor, überreichen Sie dies amtliche Schreiben, händigen Sie dieses Dokument aus, und bestehen Sie heute wie gestern, jetzt wie immer, immer wie noch nie darauf, Ihr Recht zu verlangen, zu fordern, was Ihnen zusteht, sich Ihre Vergünstigungen zu erkämpfen, das zu beanspruchen, um was Sie ersuchen.«

Selbst Dom Pedro II., dieser Inbegriff von Güte und Wißbegier, tritt zuweilen auf, er kommt dann mit seinem weißen Bart, das Barett – die reduzierte Krone? – auf dem Kopf, in Begleitung der republikanischen Anführer von der Materialverwaltung, staunt immer über das Telefon, belegt noch in vorgerücktem Alter Fortbildungskurse und sucht denen, die um ihn sind, eine winzige Sammlung von Sonetten aufzudrängen. Noch treffender, jedoch nicht ohne einen Zug ins Bissige, die durchsichtige Gestalt des

Gerichtsschreibers Santos: der Tisch und sein Stuhl stehen auf einem Podium und sind auch so schon höher als die übrigen. Sein Blick hängt in der Luft, von den Bittstellern abgewendet, die an den Schaltern vorbeiziehen; unentwegt ist er mit Plänen für einen Ballon beschäftigt und merkt nicht, daß die Zeit weitergegangen ist und er erst kommt, als niemand mehr sich für Ballons interessiert, so daß er der Welt ein Unbekannter bleiben wird. Aber vielleicht sieht er zum Schluß doch klar: wie sein Modell begeht er Selbstmord.

13. August

Es steht fest, daß es an der Unfähigkeit unserer Welt liegt, eine neue *Odyssee* hervorzubringen, wenn Homers Dichtung bei Joyce in einer korrumpierten Form aufersteht. Sollte Julia Marquezim Enone uns gleichfalls mit bitterem Spott und Enttäuschung einreden wollen, wir seien heute nicht mehr fähig, Helden zu erzeugen wie die von ehedem? Eine zulässige Hypothese, die uns bestätigt scheint, wenn wir die derzeitigen Umstände überdenken. Die letzten Helden gab es in unserem Vaterland vor einem halben Jahrhundert, und sie sind seither vergessen, zu etwas Normalem oder zu etwas Zweifelhaftem geworden. Als sie starben, ging die Nachricht leicht über uns hin – wie eine Brise uns streift –, und es könnte sein, daß einer sein Leben ausgehaucht hat, ohne daß das Land davon erfuhr. Ihrer einer, Überbleibsel einer kleinen Gruppe von achtzehn, die 1924 mit der Waffe in der Hand todesmutig, vielleicht sogar eine feindliche Kugel erflehend, möglichst ins Herz, damit das verströmende Leben den Glanz dieses einmaligen Augenblicks nicht auslösche, sollte zwanzig Jahre später das Land durchziehen, eingesponnen in seine noch jedermann geläufige Geschichte, die er selbst, allen voran, zu vergessen begann. Nicht einmal aus dem Rauch des Zweiten Weltkriegs sollten Helden erstehen. Viele fanden den Tod und ruhen in Pistoia, begraben mit ihren Namen zusammen; keiner weiß, wo die Verstümmelten geblieben sind; und die Namen derer, die sie befehligt haben, bedeuten uns nichts. Die Politik hat vielen die Verbannung gebracht, den Tod und die großen Geschäfte – unbestreitbar ist, daß nur die letzteren sich einen gewissen mythischen Glanz bewahrt haben. Das darf nicht überraschen. Vaterländische Helden gibt es heute nur im Fernsehen und unter den Berufssportlern, und sie verdienen an einem Tag mehr, als sie in einem Jahr aufessen. Der Wahnwitz wird dadurch noch ärger, daß diese unsere fabelhaften Helden ausnahmslos eine absolute Gleichgültigkeit für das an den Tag legen, was ihre Mitmenschen quält. Keiner würde für irgend etwas auf dieser Welt – eine Rechtssache, einen Grundsatz, eine Idee oder einen Eigensinn – seine Karriere und seinen Titel aufs Spiel setzen wie der Schwergewichtler Cassius Clay. Sie erheben den zweideutigen Luxus der Neutralität für sich zur Regel, und ihr allgemeines Ansehen leidet dadurch keinen Schaden.

14. August

Ja, dieses recht betrübliche Phänomen mag wohl zur herabgewürdigten Auferstehung einiger vaterländischer Heldensagen unserer Geschichte in *Die Königin der Kerker Griechenlands* beigetragen haben, wodurch sich also die Lösung meiner Freundin in bescheidenerem Umfang der von Joyce annähert. Ich scheue mich immer, Hypothesen und Interpretationen zu wagen. Wir erläutern ein literarisches Werk und zwar, ein Umstand, der beachtet werden muß, ein Werk, das noch nicht verlegt wurde. Dadurch wächst die Gefahr, den Umfang seiner Bedeutungen zu beschneiden, so gering auch meine Autorität sein mag (eigentlich besitze ich keine).

15. August

Die Kommentatoren haben eine allegorische Deutung der Heiligen Schrift eingeführt, die sogleich anerkannt wurde und durch die Jahrhunderte hin bestehen blieb. Aus der anfechtbaren Bemühung heraus, seine Dichtungen als Früchte der Gelehrsamkeit auszuweisen, wurde schon Homer allegorisch interpretiert. Für Luthers Freund Melanchthon hatte er mit seiner Beschreibung vom Schild des Achill die Grundlagen für Astronomie und Philosophie gelegt. Dasselbe sollte dem Autor der Äneis widerfahren, »einem Mann, reich an Wissen«, wie Servius sagt, den ich vor Jahren gelesen habe. Eine verschlungene Bahn, die sich erst nach langwierigen Studien abzeichnet, läßt im Mittelalter, einer Zeit, in der ihre Bedeutung unumstritten ist, heidnische und biblische Sinnbildlichkeit zusammenfinden. Wer sich für das Thema interessiert, weiß, daß diese Hoffnung, sie zu versöhnen, die sich keineswegs auf die beiden großen Epen des Altertums beschränkt, schon im dritten Jahrhundert sichtbar wird. Clemens von Alexandria sieht bei Solon und Empedokles Vorwegnahmen, die Gott betreffen. Herkules, Simson und David hätten sich gewissermaßen vermischt. Das Anliegen, sie in Einklang zu bringen, sei angefochten und schließlich abgelehnt worden. Unberührt davon aber bestehe die Vorstellung eines literarischen Werks als Allegorie fort – und bald werde eine ganze Lehre konstruiert, um die Notwendigkeit der Allegorie zu rechtfertigen:

a) der Verstand, der nicht ausreiche, Göttliches zu erfassen, könne nur durch allegorische Vermittlung zu ihm vordringen;

b) da die Allegorie von einem Meister oder einem Deuter abhänge, bleibe sie denen verschlossen, die der Wahrheit unwürdig seien.

16. August

Dadurch, daß er die zweite Behauptung (b) zurückweist und die erste (a) bewußt veranschaulicht, bezeugt ein anonymer Text seiner Zeit, die *Suche des Heiligen Grals* die Anerkennung des Phänomens. Immer erhalten Menschen, die unfähig sind, das Geschehen zu begreifen, von anderen, denen Weisheit gegeben ist, die entsprechende Erklärung. »Unter dieser Dame verstehen wir die Heilige Kirche, die der Christenheit den wahren Glauben erhält, das Vermächtnis Jesu Christi. Die andere Dame, die enterbt wurde und der man den Krieg erklärt hat, ist der alte Glaube, der Feind, der immer gegen die Heilige Kirche und die Ihren kämpft.«

Eine Erzählung des konvertierten Juden Pedro Alfonso aus der *Disciplina Clericalis* berichtet, daß ein Mann auf Reisen ging und daß während seiner Abwesenheit seine Frau einen Geliebten ins Haus nahm. Aber unerwartet kehrt der Mann zurück, und die Schwiegermutter zeigt ihm eine gestickte Decke, hinter der sich der Eindringling davonmacht. Die Prediger deuteten diese Erzählung folgendermaßen: der Ehemann, der ins Ausland reiste, stellt den Christen dar auf seiner ewigen Pilgerschaft über die Erde; die Ehebrecherin die Lüste und die Laster; die Rückkehr des Ehemanns die Reue, das Gebet, die Enthaltsamkeit; die schlechte Schwiegermutter die sündige Welt, die den Menschen blendet mit ihrer Decke der Eitelkeiten und der Begierden.

Das *Suche des Heiligen Grals* schließt diese Art der Interpretation mit ein und »enthält seine eigene Deutung«, wie es ein Essayist ausdrückt. Trotz dieser Darstellung aber – wer weiß, bis zu welchem Punkt sie wahr ist? – hat diese Erzählung ihre Verfänglichkeiten, und wenn ich noch einmal denselben Gelehrten zitieren darf, der interessante Betrachtungen über diese Materie angestellt hat,[54] »schon innerhalb eines einzigen Interpretationsverfahrens bieten sich verschiedene Sinngebungen an«. Das heißt, daß der anonyme Erzähler manchmal selbst da, wo er sich der Überzeugungskraft der mystischen Deutung zu beugen scheint, drauf und dran, sie sich einzugliedern, im Bereich der übernommenen reinen Symbolhaftigkeit Ansatzpunkte für widerstreitende Auslegungen offenläßt.

17. August

Solche Ansatzpunkte sind an ein grundsätzliches künstlerisches Problem gebunden, an das der Bedeutung des Werks. Was drückt in diesem Roman die Herabsetzung so vieler brasilianischer Mythen auf die Ebene der grauen, bürokratischen Welt aus? Was bedeutet die Verwandlung des Ulysses in einen nichtssagenden Bewohner Dublins? Antworten drängen sich dem Beobachter auf. Richtige? Nein. Es gibt in diesem Fall keine absoluten, wohl aber mögliche Antworten. Nicht einmal der Autor kann eine unwiderlegbare Aussage machen: er beherrscht seine Schöpfung nicht völlig, rätselhafte Bestandteile bleiben in ihr erhalten. Das hindert uns nicht daran, Hypothesen zu wagen, deren Bestätigung unmöglich ist. Wichtig bleibt, daß sie als ein Zeugnis für die Wirkung des Werks auf den Geist des Beobachters gewertet werden und nicht als eine Deutung, die dieses zu einer chiffrierten Botschaft degradieren würde – zu etwas Eingegrenztem also – einem Widerspruch zur Natur des Kunstwerks, das niemals Bedeutung einschließt, wohl aber Bedeutungen auslöst.

Dies auch dann, wenn es im Geist seines Schöpfers mit einer genauen Bedeutung versehen ist.

19. August

Als ein freier Leser und ohne mich anderen Interpretationen, die es sicherlich auch gibt, zu verschließen, beobachte ich also bei dem angeführten Motiv eine zerstörerische Absicht oder sogar einen Angriff. Zu dieser Vermutung führt mich eine persönliche Besonderheit, die für die Kritik keine Bedeutung hat: Julia M. Enone war bei aller Belesenheit ganz selbstverständlich und ohne es herauszukehren eine Frau aus dem Volk mit einer Begabung, in seinem Namen zu reden, von seiner Warte aus zu sehen, wie es die Schriftsteller niemals fertigbringen. Dagegen hielten die vaterländischen Idole, die in Brasilien durch Denkmäler und die Benennung öffentlicher Verkehrswege geehrt werden (in welcher brasilianischen Stadt fehlt eine Straße, die nach dem Baron do Rio Branco, und ein Platz, der nach dem Marschall Deodoro heißt?), auch falls sie denkwürdige Taten vollbracht hatten, immer Abstand zum Volk, und ihre Gleichgültigkeit gegenüber den Armen ähnelt der unserer heutigen Helden – der Sportler und Fernsehgrößen. Sie lebten in ihre aristokratischen Träume versponnen und ließen sich von abstrakten Idealen leiten, oder von solchen der Macht, oder von gar keinen. Amtliche Stellen, die ihnen als ihren Dienern aus verschiedenen Anlässen Anerkennung bezeugen wollten, machten dann das mit ihnen, was Talleyrand als »weltliche Heiligsprechung« bezeichnet.

Julia M. Enone stürzt sie von ihrem Sockel, beraubt sie ihrer Titel, ihrer Güter, ihrer Gewänder – falls sie zum Militär gehören ihrer Schulterklappen und Waffen –, ändert oder entstellt ihre Namen und wirft sie ins Fegefeuer des Behördenapparats, ungefähr so, wie Dante seine Feinde in die Hölle verbannt. An ihrem Benehmen und an ihrem Aussehen sind sie für den aufmerksamen Leser zu erkennen.[55] Schließt man aber die Umstände aus, die ihnen zu Hilfe gekommen sind (wo hätte der Duque de Caxias seinen Ruhm geschmiedet, wenn es keinen Krieg mit Paraguay gegeben hätte, also keine Schlachten von Humaitá oder Lomas Valentinas?), dann sieht man sie an den Schaltern und Kartotheken, anonym, abseits des großen Geschehens und kleinmütig, als wären sie sich bewußt, ausgeplündert worden zu sein, diese legendären, jetzt ihrer Legende beraubten Männer, die nur noch ein klein wenig höher stehen als Maria de França.

20. August

Muß ich noch hinzufügen, daß diese verzerrten Figuren nichts weiter darstellen als unwichtige Mitspieler, die aber letzten Endes zusammen eine große Gemeinschaft bilden, den bürokratischen Teig, Verkörperung – sie, die sich alles vom Leibe halten, anachronistisch sind und wirr – der sich alles vom Leibe haltenden, anachronistischen und wirren Sozialversicherung? Einzeln betrachtet hat keine von ihnen das Leben und die Kraft, die Belo Papagaio oder auch nur das Gespenst Antônio Áureo ausstrahlen. Selbst so noch, in der untergeordneten Rolle, die ihnen der Plan des Werks einräumt, machen sie sich bemerkbar: greifbar und zugleich ungreifbar, wie sie sind, verlangen sie unsere Gutgläubigkeit und bezwingen uns. Warum? Welcher Kniff nimmt uns die innere Gewißheit, daß sie nicht vorhanden sind, und entwaffnet uns?

Einige Schriftsteller erregten Julia Enones Grimm, weil sie von Personen reden, die zur Tür hereinkamen und einen Platz in dem entstehenden Werk begehrten. »Was wollen sie damit sagen? Daß sie hellsehen können?« Ihre Reaktion war berechtigt: Die einzige Tür, durch die eine Haupt- oder Nebenperson eintritt, ist das künstlerische Handwerk, »das Repertoire üblicher oder überraschender Lösungen, mit deren Hilfe der Romanschreiber gewisse Ziele erreicht«, wie es in der nüchternen Definition von Norman heißt.[56] Ich empfinde es seit langem als ein zusätzliches Vergnügen, das sich seit unserem Zusammenleben noch vertieft hat, der Arbeit des Schriftstellers beim Erschaffen einer Figur zu folgen. Wer den *Tristram Shandy* gelesen hat, erinnert sich, wie Sterne eine Seite in dem Band frei läßt, damit der Leser die anbetungswürdige Witwe Wadman darauf zeichnet und so zum Mitarbeiter des Werks wird. Eine trügerische Mitarbeit, die Sterne geschickt steuert: nie, sagt er, haben wir etwas gesehen, das unsere Sinne so erregt; das Porträt soll unserer Geliebten möglichst ähnlich sein und in nichts an unsere Ehefrau erinnern. Nach dem Beispiel seines Zeitgenossen Lessing, für den die eingehende Schilderung weiblicher Schönheit wertlos und der idealen Schönheit immer unterlegen ist, will er uns nicht mitteilen, wie Lippen und Knie der Witwe aussahen. Alles was er anstrebt – und das erreicht er durch seinen Trick – ist, unsere Phantasie anzuregen und dieses begehrenswerte Frauenzimmer in eine Aura von Sinnlichkeit zu hüllen. Er unterläßt es nicht hinzuzufügen:

»Da soll die Natur einmal etwas anderes darbieten, was so lieblich ist, so erlesen!

Wie, lieber Herr, könnte mein Onkel Toby ihr widerstehen?«

Listiger Sterne! Wie sehr weicht dein geschicktes Manöver von dem mühsamen Verfahren ab, das Dostojewski anwendet, um Raskolnikow zu charakterisieren! Ich habe versucht (ich mußte dies erdichtete Wesen auflösen, denn sein Lebensstil verwirrte mich; sollte es Züge von mir enthalten?), den Verästelungen nachzuspüren, die ihn lebendig machen. Ich sah, wie der Autor den Roman beginnt, indem er Raskolnikow in Aktion treten läßt – »langsam und . . . unentschlossen« – einen Mann der Tat, und dann den widerlichen Ort skizziert, an dem er wohnt, und seine Verlegenheit, wenn er die Besitzerin trifft, was dem künftigen Mörder unerklärlich ist: »Was für ein Werk habe ich vor mir, und vor was für Kleinigkeiten fürchte ich mich doch noch!« Daß er darum weiß, was die Gestalt denkt, was sie fühlt, wie sie sich insgeheim entscheidet, verpflichtet den Erzähler nicht, die »Gedankenspielereien« zu verstehen, die ihr nochmals durch den Kopf gehen. Ich sehe wohl, Fjodor Michailowitsch: dein Bemühen ist weniger darauf ausgerichtet, die Person vorzustellen, als ein Gefühl der Unverträglichkeit zu wecken; und die von dir gewählte Methode, alter Gauner, besteht darin, daß du beim Fehlen äußerer Annehmlichkeiten verweilst, bei Hitze, Hunger, erstickender Luft, bei dem Volk, das sich zwischen Baugerüsten zusammendrängt, Bergen von Kalk, unerträglichem Geruch, finsteren Winkeln, und uns nicht einmal diesen Tiefschlag ersparst zu bemerken, das Milieu sei »abstoßend und traurig« gewesen. Ich sah dies und sah mehr, ging den Spuren dieser an Einzelheiten so reichen Komposition nach, aber hinterher, als der umsichtige und zuverlässige Arbeitsgang des Meisters so weit wie möglich nachvollzogen ist, finde ich den Mörder der Lisaweta und der Aliona Iwanowna ebenso beängstigend und erfüllt von derselben bedenklichen Energie wieder vor.

26. August

Aber die doppeldeutige freie Seite, auf der irgendein gutgläubiger Leser Sternes schöne Witwe zeichnen soll, und der unsichtbare Begleiter, der ohne Scheu die Schritte des Petersburger Studenten betrachtet, dem nichts verborgen ist, was er wissen muß, und der für beide spricht, sie sind nur zwei Fälle – der erste unnachahmlich – einer mannigfaltig zusammengesetzten Kunst, von Meistern ihres Fachs gestaltet. Alles, was zu einem Roman gehört, diesem komplizierten, hintergründigen Apparat (kein Roman erschließt sich in einem Tag, offenbart sich ohne Bemühung, entspringt dem Mutterschoß), alles in ihm wird angefertigt und bedarf der Lenkung. Eine Person zu erschaffen bedeutet nicht nur, sie zu sehen, sondern auch eine Haltung und eine Handlungsweise für sie zu bestimmen und den möglichen Leser zu einer vorausberechneten Ansicht, einer sowohl gefühlsmäßigen wie auch räumlichen Stellungnahme zu bewegen: Dichte und Klangfarbe der Auskünfte weisen den Figuren im Zusammenspiel ihren Platz an, hier stehen die Hauptpersonen und im Hintergrund der Bühne die bisweilen anonymen Mitwirkenden.

Als sei sie sicher, daß sie früh sterben werde, und setze alles daran, zur Reife zu gelangen, läßt J.M. Enone ein Wissen um diese Probleme, eine Begabung, eine Vielfalt der Verfahrensweisen weit über alle bekannten Vorbilder hinaus erkennen. Sollte sie andere Romane geschrieben und vernichtet haben, von denen sie niemals sprach? Um die vielen Menschen in ihrem Buch deutlich zu machen, bedient sie sich bezeichnender Namen, knapper, gleichnishafter Züge, ausführlicher Beschreibungen oder, umgekehrt, kurzer Übersichten, häuft oder breitet aus, täuscht Sachlichkeit vor oder erlaubt sich Anteilnahme, alles mit feinstem Fingerspitzengefühl für Nuancen und mit geschulter Hand. Jede Figur wird so behandelt, daß sie sich klar umrissen oder nur angedeutet dem Ganzen einfügt.

Ich will die Anwendungsbereiche dieser Methoden nicht

im einzelnen prüfen. Wozu? So meisterhaft und vielfältig sie sein mögen, ich habe sie schon in anderen Werken gesehen und werde sie dort auch weiterhin noch entdecken.

27. August

»Alles, was ich mir wünsche, ist: ein Buch zu schreiben. Nur das. Verdiene ich's?« (Aus den Aufzeichnungen von J.M.E.)

28. August

Maria de Franças anormales Bewußtsein, das in fremde Seelen einzudringen vermag, sprengt die üblichen Begrenzungen von Raum und Zeit, ein in diesem Roman der Auswechselbarkeiten vorhersehbares Phänomen, wobei es unvermeidbar ist, daß die inneren Gesetze des Werks zu Invasionen auf kultureller Ebene führen. Darüber hinaus: auch wenn Maria de Franças Ausdrucksweise bis zu einem gewissen Grade persönlich ist, sich auf traditionelle Formeln festlegt, so verändert sie sich doch laufend (erinnern wir uns an die Syntax aus der Aufsatzmethode, die während der Anstaltsperioden angewendet wird). Zwischendurch stößt man auf eine so kühne Umstellung, daß ich es wage zu fragen, ob wohl die Autorin ihre Tragweite ermessen würde. Gewiß charakterisiert sich Maria de França als Erzählerin und Person selbst durch das, was sie sagt. An anderen Stellen jedoch und mittels der Redeweise, die sie aus verdrehten Formulierungen des Wörterbuchs und aus Ton und Stil von Menschen einer anderen Schicht zusammenbaut, *charakterisiert sie eben diese*. Immer nimmt sie dabei, wie wir es anschaulich gemacht haben, die Medizin und das Recht aufs Korn.

Die Figuren, die aus einer so inadäquaten – aber durch ihre Verwegenheit und Hinterlist faszinierenden – Methode hervorgehen, geraten sicher etwas einförmig und nie unverwechselbar. Hier steigert Julia M. Enone ihre Kunst noch dadurch, daß sie ihnen mit Hilfe des Kniffs, sie anspielungsreich, typisierend und verfänglich zu benennen, die Maske ihrer Klasse überstülpt, durch die sie annulliert werden. Wer aber läßt es sich gefallen, annulliert zu werden? Sich hinter Fachsprachen zurückzuziehen wird zum Mittel, diese Annullierung zu leugnen und irgendeine Identität vorzuspiegeln. Während sie Maria de França diese so fragwürdigen Fachjargons entstellt in den Mund legt und damit gleichzeitig ihrem erzählerischen Verfahren Auftrieb gibt, geißelt Julia M. Enone:

die Annullierung des Individuums;
den Dünkel der Gruppe;
die Hohlheit des Fachjargons, der dies alles zudeckt.

2. September

Er ist heute gestorben. Orlando da Costa Ferreira hieß er; ich hatte diesen aufmerksamen und anspruchsvollen Leser lange nicht mehr gesehen, mit dem mich die Bücher verbanden. Sein Interessengebiet war allerdings noch umfassender als meines, es war wissenschaftlich ausgerichtet und ging über die Texte hinaus: ihn faszinierte das Buch in seinen Verwandlungen. Das Buch? Die Schrifttypen, das unterschiedliche Papier, die Illustrationen, veraltete und moderne Druckverfahren, der Satzspiegel und der Einband. Diese Kenntnisse, die er sein Leben lang vertiefte, wurden ihm niemals zu etwas, das man anhäuft und auf das man stolz ist; Wissen war seine Form der Liebe. Er gehörte nicht zu denen, die seltene Werke sammeln, und ich bezweifle, daß er sie in seinen Besitz bringen wollte, denn selbst in edlerer Gestalt hatte die Habgier wenig Macht über ihn. Um sein Wissen nicht für sich zu behalten, widmete er seit ungefähr zwanzig Jahren – zwanzig oder mehr? – die Nächte und Sonntage einer Studie, in der zusammengefaßt ist, was er über das Buch wußte. Jetzt will er sich eben um seine Veröffentlichung kümmern, da stirbt er (Verflucht noch mal, Orlando!) mit dem Manuskript in der Hand. Trotz allem erschüttert mich sein Tod nicht so, wie er mich erschüttern sollte. Ich sehe ihn aus Abstand, versteht Ihr?, und ich gestehe, am liebsten würde ich die Rolläden zumachen und vierundzwanzig Stunden lang schlafen, ohne wie jetzt von diesen brutalen Geräuschen hochzuschrecken, deren Ursprung ich nicht herausfinde, Schreien, einzelnen Schüssen, aneinanderschlagenden Metallen, Hufeisen auf feuchtem Boden. Ich fühle, daß ich vor mir selbst davonlaufe, und sobald ich erwache, zeichnet sich mit schneidender Schärfe die Frage ab, die mich neuerdings aus dem Gleichgewicht bringt: »Wer bin ich?« Nehmen sie mir die Kraft, diese unruhigen Nächte? Was ist denn noch der Geist, wenn er so abhängig wird vom Körper? Dein Tod, Orlando, schmerzt mich also nicht. Adieu. Einzig das? Knöpf die Hose auf, piß ein letztes Mal auf dies Land, das dir nichts von dem gedankt hat, was du ihm gabst, und dann kehr ihm den Rücken, geh davon, verschwinde. Dein Buch ist geschrieben und gut geschrieben. Ende.

5. September

In gleicher Weise, wie J.M.Enone die bürokratische Welt durch unsere historischen Mythen ersetzt, bevölkert sie, noch einmal im Widerspruch zu einer bekenntnishaften Haltung und um ihr beziehungsreiches Buch immer möglichst frei von Erinnerungen zu gestalten, das Irrenhaus nicht mit den Verrückten, die sie während ihrer beiden Aufenthalte in der Anstalt beobachten konnte, sondern mit Figuren aus der literarischen Welt. Gleichfalls versetzt sie nicht, weder offen noch verdeckt, Figuren aus unserer schöngeistigen Literatur in ihren Roman, um sie damit noch einmal zu erschaffen. Vielmehr werden die Zellen, Höfe und Krankensäle der Anstalt vollgestopft mit Autoren. Toten und lebenden. Vom Pater Anchieta bis zu Clarice Lispector.

Einige konnte ich nicht identifizieren. Oder dienen sie, wie immer bei ihr und wie so oft auch in anderen Büchern, dazu, die Reihe zu stören? Ich weiß nicht, wer dieser wohlerzogene und gutgekleidete Irre ist, der unentwegt über die große Sterblichkeit redet, oder jener mittelgroße, dicke, mit Amuletten behängte Typ mit dem weißen Turban, der immer Rautenzweige und Zähne von Krokodilen durch die Luft schwenkt, eine aus Blättern gewickelte Zigarre pafft, um die alte Hexe zu verscheuchen, oder sich mit schwarzen Hühnern abgibt, jetzt verhexe ich wen, hurra! Aber der Dunkelhäutige da, der sich Bleiweiß ins Gesicht geschmiert hat, mit einem hohen Hut, Handschuhen und boshaftem Augenzwinkern ist zweifellos Machado de Assis; jener dort, der glaubt, ein schwarzer Pfleger gehöre ihm, der sich mit Papagaienfedern schmückt und alles in hochtrabende Phrasen kleidet, ist der Autor von *Iracema*. Wer erkennt nicht den mürrischen, menschenscheuen Verrückten, der seinen Vater und seine Frau umgebracht hat, den Unheimlichen, der zwischen Kranken und Gesunden herumläuft und beständig eine Art Knurren hören läßt, als wären sie alle ein unförmiger Hund, der ihn beißen wolle? oder den schwächlichen, eingebildeten Großgrundbesitzer, der seine Weiden und Pflanzungen, seine Herden und unbestellten Ländereien betrachtet, sie aufs Geratewohl zählt und bewertet? oder den Kurzsichtigen mit dem Lederhut, einer Krawattenschleife und einem Rosenkranz um den Hals, in Seidenstrümpfen und Lackschuhen, der Tag und Nacht ein unsichtbares Gewehr mit Medaillen am Riemen schwingt und ruft:

»He, Bruderherz, da bin ich, hast Angst? Obacht, ich schrei und schieße!«,

wer erkennt ihn nicht? Einer der Kranken mit kohlschwarzer Haut steckt fast immer in der Zwangsjacke, lehnt sich auf gegen alles und hat die fixe Idee, die Mauern erklettern zu müssen; er schreit, damit man ihn auf der Straße hört. Seht den ruhelosen, eigensinnigen Greis mit kleinen, zynischen Augen, einer Nase, die überall herumschnüffelt, und einem schiefen, bösen Mundschlitz: er reißt das Maul weit auf und beschimpft ohne Unterlaß den Schatzmeister, den obersten Gerichtshof, den Papst, den Anstaltsvorsteher und den König: Gregório de Matos.

6. September

Der Zahnarzt des I.N.P.S. in Teresina hat einen anderen Angestellten dieser Organisation erschießen lassen. Da er nicht sonderlich vermögend war, kontraktierte er den Mörder auf Raten mit 5000 Cruzeiros Anzahlung, das restliche Geld in Raten zu 500 Cruzeiros. Der Mörder, ein Angehöriger der Militärpolizei des Staates Piauí, dem zwei Kollegen geholfen hatten, wurde angezeigt und Stunden später verhaftet, ohne auch nur die erste Rate entgegengenommen zu haben. In seiner Zeugenaussage gab der Zahnarzt alles zu und erklärte auch noch, er werde, sobald er besser verdiene und mutige Banditen finde, sechs weiteren Beamten des I.N.P.S den Garaus machen lassen, »die es nicht verdienen, am Leben zu bleiben«.

9. September

Geisteskrankheit und Irrenanstalt gehen in *Die Königin der Kerker Griechenlands* über das bloß Episodenhafte hinaus und haben als Hinweis auf soziale Zustände wenig Gewicht. Es ist die Vorstellung von Isolation, die diese aufeinander bezogenen und in wunderlichen Variationen wuchernden Motive durchwirkt und mit überlegener Ironie in dem grotesk geordneten Satzbau zum Ausdruck kommt, der Maria de Franças Formulierungen während ihrer Anstaltsaufenthalte so steril macht. Der Entschluß, das Irrenhaus mit erkennbaren Schriftstellern, wenn auch ohne Namensnennung, zu füllen, fügt sich diesen Motiven ein. Nicht in Betracht zu ziehen ist, wie mir scheint, die Vermutung (wir haben es hier, sofern wir sie anerkennen, mit einer sehr von sich überzeugten Autorin zu tun), sie habe sie in ein Narrenhaus versetzt, um zu suggerieren, sie seien unfähig, die Wirklichkeit angemessen wahrzunehmen. Der Bruch zwischen Bewußtsein und Realität zeigt sich hier – als individuelle Eigenart, nicht als allgemeingültiges Phänomen – in der unechten, idealisierten Sprache der Romantiker, besonders in der von José de Alencar. Oder auch: die Autorin drückt, nach dem Beispiel der Karikatur, durch die Entstellung gewisser Züge und die Beimischung unmißverständlicher Symbole ihre Haltung gegenüber dem Modell aus: solidarisch, sarkastisch oder zweideutig. Gemeinsam ist allen nur das Abgesondertsein, die Isolation.

Es ist in dem Fall die Isolation, die jene Art Literatur entstehen läßt und beinahe erzwingt, die Witt *säkular* nennt im Gegensatz zur *orakelhaften.*[57]

10. September

Die Arbeit des Schriftstellers drängt ihn dazu, sich zu isolieren. Er ist an alle Formen des Zusammenlebens gewöhnt, aber es kommt der Tag, an dem er die Türe schließt, und gerade dann, wenn er die Beziehung zu allen zu zerschneiden scheint und darüber hinaus eine Sprache gebraucht, die anders ist als sonst, verbindet er sich den anderen. Natürlich ist dies keine magische Handlung, und der Schriftsteller kann fehlgehen: im beschwerlichen Alleinsein mit dem Werk gelingt es nur wenigen, die Verbindung mit dem zu steigern und zu vertiefen, was ihnen körperlich ferngerückt ist. Bei Erwägungen über den Vorgang des Schreibens und das gesellige Leben spricht Unamuno irgendwo von der »dicken Kruste der Scham, die uns voneinander scheidet« und die der Schriftsteller in seiner Einsamkeit, wo die Lügen sich auflösen, zunichtemacht. Maria de Franças Gefährten vermögen den Zustand freiwilligen Abgesondertseins symbolisch auszudrücken, der dem Schriftsteller in Zeiten schöpferischer Arbeit eigentümlich ist.

Wenn wir indessen nach ausgiebiger Beschäftigung mit diesem Roman seine Eigenart erschließen, wenn sich uns nach langwierigem Sondieren die Richtung seines Ablaufs klärt, scheint es uns nicht, als sei das paradoxe Verhalten des Schriftstellers – sich zurückzuziehen, um seine Beziehungen zum Nächsten zu vertiefen – für das, was mich fürs erste bewegt, von großer Bedeutung. Julia Marquezim Enone hat für diese Art geistigen Rüstzeugs wenig übrig und läßt in ihrem Buch die persönlichen Schwierigkeiten des Schriftstellers immer beiseite, denn die hier ein wenig herausgearbeitete Anschauung von den Beziehungen des schreibenden Menschen zu den anderen Individuen interessierte sie kaum; sie las daraus ein vages Schuldgefühl. Ohnehin hatte nach ihrer Meinung die ganze Psychologie als ein Versuch der Selbstrechtfertigung und möglichst auch der Vergebung einen falschen Klang. Wer uns durch das Buch hin folgt, wird gespürt haben, daß sie den Phänomenen gegenüber eher zur Herausforderung neigt, zum Angriff, zur Aggression - zum Aufhetzen. (Im Zirkus zog sie den Zauberern, den Jongleuren, ja, sogar den Trapezkünstlern die Reiternummern vor. Es machte ihr Spaß, die Pferde im Kreis galoppieren zu sehen, angetrieben von einem Mann, der mitten in der Manege mit der Peitsche durch die Luft knallt.) So stimmt eine andere – einfachere – Anschauung von der Isoliertheit des Schriftstellers besser mit den wesentlichen Richtlinien dieses Romans überein, wobei sie nicht ihm zugewendet ist, wohl aber einer Gesellschaft, die ihn zurückstößt. Es versteht sich, daß eine solche Perspektive die andere nicht aufhebt; sie überlagert sie nur.

12. September

Nein. Um das ungereimte Sammelsurium vom feinen Baumwollsamt bis zur Hypothenuse zu erhellen, bräuchte man die Augen einer Schlange, verflixt und zugenäht. Ich bin es, der hier alles so lenkt, verlangt und befehligt, ich bin der Waghals. Weshalb dies Drumherum, dies Einkreisen, dies katzenhafte Vorgehen? Von vorn angreifen, sich auf die Sache stürzen, das Spiel eröffnen. Julia Marquezim Enone ist ihr Buch und einige aufschlußreiche Sätze mehr. Selbst diese noch können statt zu offenbaren in die Irre führen, verstecken. Sie ist tot, und ich habe sie geliebt, was nicht kennen heißt. Außer einer Besprechung und einem partiellen Ersatz für das dem Publikum noch unzugängliche Werk könnte dies Buch vielleicht, wer weiß?, nicht so sehr die *Aussage eines, der die Autorin gekannt hat*, sein (eine Art vergeblichen Wiederanknüpfens des unterbrochenen Zusammenlebens), als vielmehr der *Versuch, sie zu erkennen*, ja, das Wesen, das ich geliebt habe und noch liebe – wie man einen Schatten lieben kann – durch die

Vertiefung in ihren Text zu enthüllen. Es ist auch möglich, daß diese Untersuchung keine Wahrheit ans Licht bringt – keine – und daß ich über dem Roman meiner Freundin einen anderen Roman, eine andere Freundin konstruiere nach dem Bild von Modellen, die ich nicht kenne und die mich dennoch beherrschen. Oder daß es mein eigenes Gesicht ist, das ich zu erhellen suche, wie bei dem alten Montaigne (»ich bin es, den ich porträtiere«), mein Gesicht, ja, aber unter einem anderen Blickwinkel und mit anderer Absicht, denn seit langem (von jeher?) fühle ich mich auf der Flucht vor meinem Inneren und frage, ohne Antwort zu erhalten: »Wer bin ich?«

13. September

Wer ich bin, möchte ich sehen – und, so gesehen, sehe ich die Autorin und mache sie gewissermaßen sichtbar –, ich möchte in den Irren des Romans, in ihrer Abgeschlossenheit vor allem die dunkle und grausame Seite der Schriftstellerei, die Lage des Autors in einem Land sehen, in dem das Wesentliche seiner Aussage erst geduldet wird, nachdem man ihm den Sinn genommen hat, und wo er selbst, falls man ihn in die Gesellschaft der Gesunden aufnimmt, nur unter Kontrolle und vorübergehend weilen darf, wie jene geistig Zurückgebliebenen, die man zum Weihnachtsfest nach Hause kommen läßt.

Wir hätten eine Variation dessen, was geschieht, wenn Maria de Franças Rede aufhört, Ausdruck der sprechenden Person selbst zu sein, um dafür die Gruppe (mehr als die Individuen), auf die sie sich bezieht, in ihrer Darstellungsweise, ihrem Ton, widerzuspiegeln: sie beschäftigt sich überhaupt nicht damit, die wirklichen Bewohner der Tamarindenburg zu charakterisieren (oder es ist ihr unwichtig), und diese sind nicht da, um ein bestimmtes, düsteres Bild der Szenerie zu zeichnen. Während bei Schriftstellern, deren Werk man die Bemühung anmerkt, sich dem Volke zu verbinden (die Bemühung, sagte ich, denn welches literarische Werk vermöchte es, die Schranke zu überwinden und tatsächlich Ausdruck des Volkes zu sein?), während bei ihnen das Groteske des Strichs gedämpft sein muß, tritt das, was Julia Marquezim Enone zeigt und verurteilt, da, wo sie sie vorführt, nicht hervor, nennt sich nicht einmal bei Namen: es ist das, was einsperrt, das Außenliegende, die andere Seite, das Land.

14. September

Die andere Seite? Gestern sann ich über diesen Ausdruck nach. Nein: ich wehrte mich gegen ihn. Da lebt ein Mensch sein einförmiges Leben, das von einem einzigen wichtigen und schon vergangenen Ereignis erleuchtet wird. Es ist einer um die Fünfzig, ein Büchernarr, der sich mit einem Text herumschlägt, den er mehr liebt als alle anderen, weil er weiß, daß dieser Text entstanden ist, während er dabei war, während der allerbedeutsamsten Jahre, die er bis dahin durchlebt hat. Tag für Tag schreibt er, so gut er kann, nieder, was er auf seiner ganz persönlichen Reise durch diesen Text erlebt, und horcht dabei auf Stimmen, die ihm anfangs vertraut klingen, überzeugt, daß nichts ihn überraschen, nichts die Grundlagen seines Lebens verändern kann; so geht es weiter, und dann steht da plötzlich ein Wort, *andere*, und deckt ihm unversehens ein Streben auf, von dem er nichts gewußt hat. Etwas Neues, Schwerwiegendes ist ihm zugestoßen: er ist ein Schriftsteller und hat damit die Isolierung, die Klausur auf sich genommen. Aber ich lasse mich nicht verführen. Ich bin kein Schriftsteller, nein, ich bin nur einer, der sich vorsichtig ins verwirrende Universum des Schreibens wagt. Einer, der eindringt in ein fremdes Anbaugebiet und sich seine Werte zu eigen macht. Was er erforscht, vielleicht (der tropische Wald drängt sich in die Öffnungen und sogar durch die Mauern der Bauten, die ihm Trotz bieten, bricht durch die Fußböden, fällt über sie her, stürzt um, was gerade ist und senkrecht steht, verwandelt den Stein in Staub und die Erinnerung an den Stein desgleichen), vielleicht ist die Welt, die er erforscht, ihm überlegen. Er hat es sich vorgenommen zurückzukehren.

15. September

Armut und Zauber der Metaphern! Worin können sich das geschriebene Werk und der Urwald ähnlich sein? Welcher Abstand zwischen einem Menschen meiner Veranlagung, der gegenwärtig mit einer Art Inbrunst – ohne allerdings ein Gelübde abgelegt zu haben – den großen Wert der Sprache auslotet, und dem einsamen Bauwerk unter wuchernden Bäumen! Trotz allem bewirkt ein geheimnisvoller Vorgang, daß schließlich ein fragwürdiges Gleichnis die Wirklichkeit durchsetzt: und das Gleichnis, das stärker ist als die Wirklichkeit, überlagert sie für einen Augenblick.

16. September

Wann werde ich diese Aufzeichnungen als abgeschlossen betrachten? Ich habe meinen Plan (der nach und nach ausgeführt wird, den widerspenstigen Zweigen eines Baumes vergleichbar, die sich als Abbildung in einem Buch zusammenfügen), aber die Furcht vor dem endgültigen Schluß dieses Zusammenlebens mit *Die Königin der Kerker Griechenlands*, das, wie wir wissen, nicht nur ein Zusammenleben mit dem Roman ist, wirft neue Fragen auf. Ich verdränge sie, und obgleich ich das Ende der Arbeit fürchte, zumal ich noch nicht weiß, was dann aus mir wird und was ich aus meinen einsamen Tagen machen soll, beherrscht sie mich, und die Wahnvorstellung einer Katastrophe erhebt ihre Stimme (von wo?) und verfolgt mich mit ihrer Dringlichkeit.

Deshalb habe ich gegen meinen Wunsch und, da ich mich der Wahrheit schämte, unter dem Vorwand, mein Augenleiden sei schlimmer geworden, beinahe die Hälfte meiner Unterrichtsstunden abgegeben. Wann? Vor zwei Tagen? Vier? Ich kann mich nicht genau erinnern, ein unverzeihliches Versäumnis, es nicht im Tagebuch oder sonst irgendwo vermerkt zu haben. Es ist, als wirke sich die Zeit, die im Roman so unberechenbar ist wie der Raum, auf mich aus. Noch entschiedener widme ich mich jetzt meinem Buch – habe mich ihm völlig untergeordnet.

17. September

Hie und da habe ich der Versuchung nachgegeben, Julias feine Umrisse in meiner Studie auftauchen zu lassen. Ich übertrat damit Gesetze, die mich eigentlich nicht betreffen, der ich mit einem Abenteuer befaßt bin und nicht mit der disziplinierten Ausführung außerhalb von mir liegender, wenn auch, glaube ich, viel genauerer und wirksamerer Entwicklungen. Das schreibe ich nicht, um mich zu entschuldigen, sondern weil mir einfällt, daß in dem Porträt noch einige wichtige Züge fehlen.

Ich denke da vor allem an die beiden Tätigkeiten, die sie ausgeübt hat, nachdem sie zum zweiten Mal aus der Irrenanstalt entlassen wurde: zwischen 1961 und 1962 über ein Jahr als Lehrerin an einer Volksschule in Alto José do Pinho, wo zehnjährige Schüler mit Messern bewaffnet zum Unterricht erschienen; aufgrund einer öffentlichen Ausschreibung dann als Angestellte des Sozialversicherungsinstituts, von dem sie fünf Dienstjahre später, Mitte 1967, wegen Vernachlässigung ihrer Aufgaben den Abschied bekam, da sie nur unregelmäßig gearbeitet und immer wieder gefehlt hatte. Die beiden Beschäftigungen erklären zum Teil das Thema ihres Buches; es ist aber nicht auszuschließen, daß sie sich diese Anstellungen verschafft hat, um sich über das von ihr gewählte Thema zu unterrichten. Im I.N.P.S. lernt sie Gilvan Lemos kennen, der schon ein Werk veröffentlicht hat und sie immer mit Büchern versorgte, abgesehen davon, daß er ihr die neuen Manuskripte anvertraute, ohne deutlich zu überblicken, daß sie mit ihrer scheinbaren Ziellosigkeit geradenwegs auf das Vorhaben zu schreiben zusteuerte, mit dem sie sich schon seit langem trug.

In dem Zeitraum zwischen ihrer Entlassung aus dem Amt und unserer Begegnung anläßlich der ersten gemeinsamen Ausstellung von zwei ungewöhnlichen, etwas wirklichkeitsfremden Künstlern, José Claudio und Montez Magno, die beide in bescheidenen Verhältnissen lebten und ihr trotzdem schon häufig Unterkunft geboten hatten, schwankte sie zwischen niedrigen Arbeiten und Phasen der Untätigkeit im landläufigen Sinne, wo sie sich in Bibliotheken vergrub, in der *Livro 7*, deren Inhaber ihr Publikationen aus dem Ausland lieh, die sie in tadellosem Zustand zurückgab, oder in den Häusern von Intellektuellen wie Hermilo Borba Filho, Paulo Cavalcanti, Jefferson Ferreira Lima und Gastão de Holanda, bei denen sie ganze Tage mit Lesen und Diskutieren zubrachte. Auch traf man sie häufig in Recife und Olinda, anzusehen wie eine Pilgerin, Mönchssandalen an den Füßen und in schlechtgebügelten, aber immer sehr sauberen Kleidern aus zweiter Hand, in der Tasche mit Schulterriemen Seife und irgendwelche Manuskripte, die sie niemandem zeigte; still schob sie sich an den Wänden der Kunstausstellungen entlang, durchstöberte, ohne Geld in der Tasche, Buchhandlungen und Schallplattenläden, wenn sie nicht über die Straßen schlenderte, um die Topographie der Städte in sich aufzunehmen, die sie in ihrem Buch vereinen wollte, wobei sie die Stellen bevorzugte, an denen das unterdrückte Volk der Schwer- und Gelegenheitsarbeiter oder der völlig Mittellosen herumstrich – der Lastträger, Straßenhändler, Bettler, Prostituierten, Zigeuner, Marktsänger – und sie sich die vom Hunger gezeichneten Gesichter und die Lieder ihres Volkes einprägte.

Mit nahezu einem Jahr Verspätung lese ich in *O Estado de S. Paulo*, ein Weimaraner habe elf Junge geworfen; weiterhin heißt es zu dem Thema, dem Ehepaar Blinstrup falle das unleugbare Verdienst zu, diese Hunderasse in Lateinamerika eingeführt zu haben. »Da die Deutschen darauf ausgingen, ein Tier mit Merkmalen ihrer eigenen Rasse zu züchten, mußte der Weimaraner blaue oder bernsteinfarbene Augen haben. Um das zu erreichen, wurden gewisse Kreuzungen sorgfältig beobachtet und ausgewählt.«

Im Alter von 27 bis 29 Jahren, wo meine Freundin trotz der Randexistenz, die sie in Recife führt, sich bei einem kleinen Kreis einer Art von verlegener Wertschätzung erfreut, denn niemand glaubt, daß sie noch dazu kommen wird, ihr – zu jenem Zeitpunkt allgemein bekanntes – Vorhaben auszuführen und ein Buch zu schreiben, ist die einzige Tätigkeit, der sie wegen der Einnahmen von unvorhersehbarer Höhe mit einiger Regelmäßigkeit nachkommt, die Arbeit in einem Ambulatorium vom Sozialen Hilfswerk des Nordostens, wo sie, jenen armen Schwestern einiger religiöser Orden gleich, alles macht, vom Aufwischen des Fußbodens bis zum Betteln um Spenden.

Da sie also vollkommen frei war, überrascht es nicht, daß sie, kaum hatte sie mich kennengelernt, darauf einging, bei mir zu wohnen. Hier nahm sie im Verlauf eines immer innigeren Zusammenlebens und ohne zu zögern ihr Buch in Angriff, und in diesen Räumen, die nur vom fühllosen Lärmen der Stadt heimgesucht werden, entstand als melodiöses Stimmengewirr der nach und nach wachsende Text.

Ihr müßt deshalb verzeihen, wenn ich gelegentlich versucht bin, in unserer Begegnung so etwas wie Fügung zu sehen, um derentwillen wir – innerhalb eines wechselseitigen Spieles von Einflüssen – existierten. Was wäre ich und wo wäre ich ohne diese Verbindung, die viel verwikkelter ist, als Ihr Euch vorstellen könnt? Man sagt, die Hähne fressen, lüstern nach eigenem Ruhm, ihr Federkleid und verstecken sich, nachdem sie sich so zugerichtet haben.

18. September

Kein wahrer Essayist, der sich mit einem literarischen Werk beschäftigt, würde es wagen, das einzugestehen, was ich jetzt niederschreiben will. Es hieße bekennen, daß seine Fähigkeit zu analysieren unverzeihliche Risse hat und er vielleicht sogar geistesgestört ist. Was macht das schon? Ich bin ein unvollkommen erschaffenes Wesen und habe es mit einem unvollkommenen Werk zu tun. Unvollkommen und – warum nicht? – ebenso lebendig wie ich es bin und zu Boshaftigkeiten fähig.

Am Abend des 27. März, der zweiten Wiederkehr von Julia Marquezim Enones Todestag, sah ich mitten in der Stadt eine völlig verdreckte Katze aus einem Müllbehälter springen, mit dünnem, gesenktem Schwanz im Rinnstein entlangschleichen und zwischen den Gitterstäben eines Gullys verschwinden. Als stamme dies verwahrloste Tier aus den Straßen und schreibe sich in unzähligen Tarnungen dem vor mir liegenden Roman ein, um ihn auszuweiten, treffe ich es hier wieder. Wie lange schon durchpflüge ich den Inhalt dieses Buches! Maria de Franças Katze muß sich zwischen den Sätzen versteckt haben wie unter Möbeln und Blattwerk, sich mir entziehend, – und erst vor kurzem habe ich sie entdeckt und ratlos ihren Untergang verfolgt.

Man kann in *Die Königin der Kerker Griechenlands* den Umstand, daß etwas wie unter harmloser Hülle verborgen gehalten wird, als eine komplexe und – der Ausdruck drängt sich auf – abgründige Struktur ansehen, einen Versuch, die Erscheinung der Welt darzustellen und, unter den Erscheinungen versteckt, ihre Wahrheit, die sich dem Betrachter, auch dem geschulten, nur langsam und mit Mühe erschließt.

Nun, mein eigentlicher Fehler, als ich es versäumte, zu sehen, was ich sah, trägt auf seine Weise dazu bei, diesen Aspekt zu betonen und zu erweitern, sofern es stimmt, daß der Text nie etwas von sich hat verschwinden lassen und daß er sich in seiner dann trügerischen Unschuld nicht erweitert. Im Gegensatz dazu macht Maria de Franças sterile Katze einen bedauernswerten Prozeß von Schädigungen durch.

19. September

Was hat Mimosina oder Memosina (die Schreibweise des Namens wechselt), Maria de Franças sterile Katze, in dem Buch zu suchen? Sollte ihre Anwesenheit in einem so durch und durch konstruierten Werk Zufall sein? Tritt sie nur auf, um sich vor den Vögeln zu verstecken – den Auswüchsen einer »verkehrten Welt« – und um deren gigantische Größe zu betonen, die dadurch wirklich und nicht die Ausgeburt eines kranken Gemüts ist? Das wäre denkbar. Was aber ist die Ursache ihrer Sterilität oder besser ihrer wachsenden Gleichgültigkeit gegenüber dem anderen Geschlecht? Denn anfangs hat Memosina nichts Anormales an sich. Es kommt jedoch der Tag, an dem sie ihre Artgenossen nicht mehr zu erkennen scheint, als habe sie den Geruchssinn verloren und sei blind.

»Was ist denn das, Mima, Memosina, mein Schatz, siehst du denn nicht einmal den Kerl dort an, den hübschen, mit dem aufgerichteten Schwänzchen, nur dem Schwanz? He?«

Wenn sie Darmkrankheiten haben, fressen die Katzen bestimmte Blätter, behandeln sich damit. Als Mimosina krank wird, vergißt sie die Heilkräuter. Später irrt sie von Haus zu Haus, weiß nicht mehr, welches ihres ist, kommt nicht, wenn man sie beim Namen ruft, hört auf zu miauen, versucht Kleie und Maiskörner zu fressen, zankt sich mit dem Kater, beißt ihn tot und möchte ihn verschlingen; zum Schluß verwandelt sich ihre »Sonnenblumenfarbe« in einen Grauton, sie geht immer sonderbarer an der Fußleiste entlang und fängt eines Tages an zu quiecken,

(»bist du eine Maus geworden, Mimosina?, vor welcher Katze fürchtest du dich denn?«)

steckt den Kopf in ein Loch, verendet so. Geschickt wie ein Otter stiehlt sich die verdreckte Katze durch die Kanalisation davon.

23. September

Mimosina oder Memosina. Der Name klingt wie ein zärtliches Wort, ich weiß nicht was für eines, es steckt ein kindlicher, vertrauter Wohllaut darin. Nein, nicht um ihr Zugrundegehen noch schmerzlicher zu machen. Augen auf! Der Ablauf läßt den Niedergang und das Ende der Dinge hinter sich, die ihn bestimmt haben, aber er ruft ein aktuelles Phänomen wach, den kollektiven Gedächtnisschwund, an den das Buch in jedem Augenblick erinnert (damit wir nicht vergessen?). Immerfort bringen die Bürokraten der Sozialversicherungsorganisation die Anweisungen durcheinander, die sie bekommen haben. Belo Papagaio und Maria de França begegnen sich, als hätten sie nie etwas miteinander zu tun gehabt; Dudus Tod geht seiner Braut nicht zu Herzen, nichts ruft Erinnerungen wach, das ist die Eigenheit aller Personen, die in der Erzählung auftauchen. Sogar die Rede der Vogelscheuche wird hie und da wieder aufgegriffen in einer Art von Anstrengung, sie ins Gedächtnis zurückzurufen. In Wirklichkeit warnt uns dies alles vor tieferem und vielleicht nicht wiedergutzumachendem Vergessen. Hesiod erzählt, daß im Anfang das Chaos war, finster und ohne Ende. Aber Gäa taucht auf, die Erde, und sie gebiert das Firmament, Uranus, ihr gleich an Größe, damit es sie ganz überdecke. Auch erschafft Gäa die hohen Gipfel und die Meerestiefen. Sie nimmt den eigenen Sohn, Uranus, den gestirnten Himmel in sich auf, und unter den Fabelwesen, die sie erzeugen, wird Mnemosyne geboren, das Gedächtnis; Memosina oder Mimosina sind Entstellungen dieses Namens, der Bildung verrät, aber keinen erregenden Nimbus hat.

Erinnerung wäre danach ein wesentliches Geschehen, innig verknüpft mit der Erde und den Gestirnen, die sie umringen. In ihr wurzeln die Schöpfung, das Verstehen und die Richtung, das Ziel.

Memosina, das kleine, mitleiderregende Tier, trägt das Phänomen in sich, von dem Roman und Welt erfüllt sind, den allgemeinen Schwund des Erinnerungsvermögens, eine metaphysische Erkrankung (wo entsteht sie und was tut man, um sie zu bezwingen?), die den Menschen und seine Werke in Wahnsinn und Unverstand stürzt.

Regnerischer Nachmittag mit kalten Windstößen. Ich öffne das Fenster im Arbeitszimmer und atme eine laue Luft ein, vermischt mit Gerüchen vom Meer, so als habe sich zu dieser stabilen Stadt ein gespenstischer Strand gesellt.

Wer oder was rettet uns davor zu vergessen? Früher kannten wir, auch die Unwissendsten unter uns, das »Warum«. Wenn wir nicht wußten, bestand keinerlei Notwendigkeit, Erklärungen zu konstruieren, die das Verständnis oder an seiner Stelle die Gewißheit in uns ersetzten. Nicht daß wir alles gewußt hätten. Wer wüßte das je? Nichtwissen war indessen eine Art Belustigung; wir gestanden uns ein, daß wir keine Ahnung hätten, und gingen auf die Jagd, um zu erfassen, zu verstehen, zu suchen – und manchmal brachten wir in unseren Fangnetzen Beute zurück, die wir erdichtet hatten (sie murrte in der Falle) und die hunderttausend Jahre lebte. Welche Rolle spielte es, ob sie echt war oder nicht? Wir glaubten an sie, und das formte in unseren formlosen Seelen allmählich eine geometrische Gesetzmäßigkeit, erzeugte ein System, ein Einverständnis zwischen uns – und was? Zwischen uns und Etwas. Ein verwickeltes, unendlich gewagtes Spiel. Und trotzdem gab es kein Ausruhen: durchhalten war ein Akt, der seine eigene Fortdauer in sich schloß. Daß die unverständlichen Dinge deutlich blieben, war in dieser Zeit unabdingbar.

Auf diese Weise war es möglich, einer Niederlage zu entgehen und, unsere Kühnheit sei gepriesen, die unendliche Welt noch mehr zu erweitern. Alles jedoch bewegte sich glücklich von einem Extrem zum anderen, und dieser Flug und dieses Band und dieser Tanz, sie hatten einen Namen: Nexus. Erfanden wir den Krug, dann waren es das Wasser, die Hand, der Becher und der Mund, die uns im

Sinn lagen. Die Lanze? Sieh, wie lang sie ist, mit Laubwerk verziert und gekrümmt. Da ist mein Hunger, dort drüben meine Wachsamkeit, mein Arm, mein Auge, meine Geschicklichkeit, dort drüben der warme, verletzliche Körper des Tieres: das ist die Lanze. Wem würde es einfallen, Lanzen zu benützen, die von der Jagd nichts wüßten und von der Notwendigkeit zu verwunden und die diesen dann unbenutzten aggressiven Trieb in sich verschlössen? Getroffen fiel das Tier nieder, und die Welt wurde nicht ärmer davon: sein Tod war ein Ereignis, das im Gedächtnis haftete.

Stolz und traurig irren wir jetzt von einem vergeblichen Beginnen zum anderen, stellen Gefäße her, die verschlossen sind, und Lanzen in Kreisform, denen der Stachel fehlt. Ein schreckliches Wesen gekrümmter Artung ist aus der weltumspannenden Müdigkeit hervorgegangen und herrscht unter uns: gierig frißt es seinen Schweif und verschlingt die eigene Kehle. Schöpfungen und Taten vergehen: tödlich der Atem, der in ihm ist.

Es meine niemand, das heute verlorengegangene Gedächtnis sei das persönliche, in dem wir unser Leben festhalten – Leder ausgespannt zwischen Stangen. Ich kann leben, während in meinem Inneren die Spuren meiner Toten und die noch flüchtigeren Sätze, die sie gesprochen haben, verblassen und der Druck ihrer Hände auf meiner Haut. Wenn ich aber mein Wesen nicht mehr erkenne? Wenn ich das Wozu nicht weiß? Wenn ich den Grund vergessen habe? Wenn ich das Geheimnis verliere? Ich weiß, ich weiß, daß man nicht aus einfachem Entschluß lebt und daß der Tod die Runde macht, ich weiß, ich vermag nichts dagegen. Vielleicht denkt der Mensch so wie die, die eben den Arm verloren haben und noch glauben, sie könnten die abgeschnittene Hand bewegen.

Was mag J.M.E. dazu bewogen haben, den Niedergang der Katze Memosina so gezielt zu verfolgen von der Zeit an, in der sie Mäusen nachstellt, bis zu dem Tag, an dem sie das Fell wechselt und dann den Erstickungstod stirbt, wobei ihr das Loch, in das sie sich zwängt, zum Strang wird. Widerstreitende Sorgen regten sich in meiner Freundin, einem tätigen Sammelbecken der Dinge und der Namen. Gibt es aber wirklich für den Schaffenden, falls und während er arbeitet, ein anderes Problem als die eigene Aufgabe? Er fühlt mit und er leidet mit, und so schaltet er sich fast immer in andere Interessengebiete ein, die außerhalb dieser weißglühenden Bahn liegen. Aus Verzweiflung, aus Ehrfurcht oder aus Zorn jedoch vermag er seine Gegenstände nur als Lebensform zu gestalten und weiht deshalb der Arbeit, die er verrichtet, eine schmerzliche Liebe, wie einer, der nach dem Verlust aller seiner Kinder nur eins noch besitzt und auf dies eine überlebende auch die Liebe zu den toten überträgt.

Es regnet unaufhörlich, und ich fühle mich krank. Nach wie vor suche ich fassungslos zu ergründen: »Wer bin ich?« Obwohl ich keine deutliche Antwort weiß, rüste ich mich dafür, dem noch dunklen Ereignis, das im Werden ist, entgegenzutreten. Ich bin dazu übergegangen, in Erwartung und mit offenen Fragen zu leben. Komme was kommen mag, ich bin bereit.

In der Art, wie das Buch das Thema des verlorengegangenen Erinnerungsvermögens entwickelt, liegt eine scheinbare Widersprüchlichkeit. Wenn die Dinge ihre eigene Natur vergessen, büßen sie ihre Richtung ein, und es ist falsch zu sagen, sie entwürdigten sich, denn tatsächlich steigen sie nicht auf eine niedrigere Stufe, eher verlagern sie sich, hören auf das zu sein, was sie vorher waren, werden harmlos. Das Gefäß eine unzugängliche Kugel; die Lanze ein geschlossener Reif. Memosina oder Mimosina, die dies Thema verkörpert und anschaulich macht, gerät auf Abwege, und als sie keine Luft mehr bekommt (hat sie die Krallen verloren und die Zähne?), wird sie wie eine Maus und stirbt. Im Rest des Buches jedoch tritt das Thema weniger drastisch in Erscheinung und ohne die Folgerichtigkeit, mit der es in Memosina angelegt ist – verstreut, fragmentarisch, ungreifbar sozusagen. Hier lerne ich noch einmal etwas über die Romankunst und über die Kunst im allgemeinen. Nicht allein die Nebenpersonen, von denen Maria de Franças Geschick abhängt, haben ein kurzes Gedächtnis: auch sie neigt dazu zu vergessen. Hier erscheint das Vergessen nicht als eine widernatürliche Tatsache, eine Verirrung, sondern als ein Zeichen für den Zerfall der Welt, für ihren Verschleiß. Dadurch als etwas Normales, Schicksalhaftes. In noch augenfälligerer Weise vorzugehen, das Gleichnis, das Memosina ausdrückt, durch den ganzen Text und die übrigen Zwischenfälle hin zu wiederholen, kann man von Julia M. Enone und ihrer von der Spur ablenkenden Poetik mit ihrem Streben nach Maskierung nicht erwarten. Die aufgezeichnete Lösung höhlt sozusagen das Thema aus und hindert es daran, in eine einzige Richtung zu weisen, wobei sie zugleich mit Hilfe der thematischen Einheit, die genau und bis in alle Einzelheiten hinein berechnet ist – der Verlust der Instinkte bei einem Haustier – den beherrschenden Gedanken suggeriert.

Eine Entdeckung, die mich bestürzt macht. Solange ich mich nicht in einen Text hineinziehen lasse, durch den ich mich auf unwiderufliche Weise offenbare (weil, so sehr ich mich auch zu verbergen suche, das »Ich«, das ich ausspreche, ein Ich ist, mit dem ich mich vorstelle; und was könnte vorstellen in diesem Falle anderes sein als gestalten, geben, offenbaren?), während ich sicher durch die Welt ziehe, ein Mann, der sein Haus auf festem Grund gebaut hat und der mit unerschütterlicher Stimme ein »Ich« kundtut, das das Ebenbild meines Gesichts ist, kann nicht einmal der Tod meine Identität bedrohen.

Wenn ich aber ein Papier nehme oder, was noch schwerwiegender und erschreckender ist, wenn irgend jemand ein Papier nimmt und »ich« daraufschreibt und mit diesem Fürwort mich an seine Stelle setzt, wer gewährleistet mir da noch etwas? Aus einer grammatischen Wendung entstehe dann ich, wie der Ton im Mund entsteht, und ich gerate in Abhängigkeit von dieser Aussage, wehrlos ihr ausgeliefert. Nein, ich darf nicht sagen »Abhängigkeit«, wenn sie mich hintergehen kann, so kann doch auch ich selbst, wenn ich sie überlegen benütze, irgendeinem entfernten Empfänger die Gegenwart von wem immer aufzwingen. Mein Bildner soll der Text sein; gegen diesen vermag sich der Empfänger niemals aufzulehnen, er kann ihn nicht verneinen. Ich bin imstande, mich auf dem Papier als einen anderen, als alle anderen, zu schaffen, nur als einen nicht – als den, der ich wirklich und unendlich in der Zeit bin.

Nicht allein dies. Die Identität des schriftlichen Wortes ist problematisch und verknüpft sich mit der Art, in der sich die – wirkliche oder erdichtete – Persönlichkeit des für die Aussage Verantwortlichen auf sie auswirkt. Bei der Lektüre eines Briefes von Deinem Vater fällt Dir auf, wie unsicher ← seine Handschrift ist, ganz anders als noch vor zehn Jahren. Das häufige »Ich« jenes Mannes bestätigt dies Schreiben in seiner Realität, und möglicherweise hebst Du es für immer auf, wie Du seine alte Taschenuhr aufheben wirst. Aber . . . und wenn der Brief in einem Band Turgenjew abgedruckt und von einem gewissen Rudin an einen gewissen Sergei Pavlovitch gerichtet ist? He? Schon da, weit weg vom Manuskript und von der Hand, die wir gekannt haben, täuscht das gedruckte Wort alles vor: es täuscht den Absender vor und den Empfänger, es täuscht den Brief vor, und vor allem täuscht es eine Schrift vor, die von der wirklichen abweicht. Nicht allein darin, daß der Brief von Rudin ist, liegt die Fiktion; auch in der Wiedergabe durch den Druck.

Doch es besteht eine weitere Ähnlichkeit, eine Parallelität zwischen dem imaginären Brief des imaginären Rudin und seinem gedruckten Abbild. Der Text, den Du gelesen hast, liegt, einer Gußform vergleichbar, über dem Text, der ihn zu wiederholen scheint und der, bedenke es genau!, durch seine zweideutige »Reproduktion« hervorgebracht worden ist. Wie sollte mich diese Wandelbarkeit ← des Geschriebenen, die mir erst jetzt klarzuwerden scheint, nicht erschrecken? Darüber hinaus, wie kann man noch den gleichen Namen gebrauchen für die fast violette Schrift auf dem Brief Deines Vaters (das Papier riecht nach Tabak), die Du anrühren kannst, beinahe als rührtest Du sein Gesicht an, und für jene andere, gespenstische Schrift, die nicht einem Wesen zuzuschreiben ist, das sie aufzeichnet, sondern einem Wesen, das sie ausspricht, oder, um den Fall noch verdrehter zu machen, einem Wesen, das etwas tut, oder, damit wir ganz genau sind, durch das in unserem Geiste etwas getan wird vermöge seiner undenkbaren Rede, ausgehend von einem »Ich«, das sich mir entzieht.

Diese unerwartete Verwirrung angesichts der schillernden Natur des Geschriebenen verstört mich. Ich bin eine Spinne, die ihr Netz absondert. Aber als Ausgangspunkt dieses Netzes bin ich doppelsinnig geworden (das »Ich« im Geschriebenen ist eine hohle Kapsel), und nichts verbietet mir zu schreiben – was verkehrt sein kann oder auch nicht –, daß ich gleichzeitig das Netz webe und mich selbst. Als ein in meine eigene Rede Verflochtener bin ich in eine Art plazentales Gewölk eingedrungen, aus dem ich als Schöpfer wie als Geschöpf hervorgehen kann. Gerade weil jener, den dieses mein Geraune erreicht, keine andere Beurteilung, kein anderes Erkennungszeichen, keinen anderen Zeugen, keinen anderen Beweis hat. Wir sind unwiderlegbar, ich und meine andere Realität, die in mir verwurzelt ist, von mir abgesondert wird, die Rede. Nächtliche Hundemeuten stillen ihren Durst am Fluß und trüben das Wasser mit einem Gebell, das die Fische in Schrecken versetzt. Ich kann, oder Ihr könnt (wer weiß es noch?, wer fühlt sich hier irgendwie sicher?) durch einen dieser chemischen Prozesse, dem ein langer, rastloser Gebrauch die Schrift ausgesetzt hat und durch den sie vor einer nur nutzbringenden Versklavung bewahrt und mit gewagten Möglichkeiten bedacht wurde, ich kann, oder Ihr könnt, es bedarf nur eines leichten Anschlagens eines leichten Instruments, die Identität dieses Monologs, mit dem ich meine Zeit verbringe, verändern, oder auch den geheimen Verdacht bekräftigen, ← er zeige Euch ein trügerisches Angesicht; ich kann, oder Ihr könnt ihn aus jeder realen Verbundenheit mit meiner Hand herauslösen: wenn dann das Wesentliche des Monologs erfaßt ist, so ist ebenfalls mein »Ich« erfaßt, so bin ich in meiner Wesenheit erfaßt und offenbare mich gleich als ein anderer, nicht mehr als ein Wesen, das schreibt, sondern als eins, das geschrieben ist. Das Gespenst des Autors weicht einem imaginären, einem unterschiedlich dargestellten Wesen, das in eine einzigartige Version des Raumes und der Zeit – vielleicht könnte man sagen: eine magische – eingebettet ist.

Der Leutnant Pavel Nikolai Neverov fühlte den Pistolengriff kaum in der erstarrten Hand. Es hatte aufgehört zu schneien, eine vollkommene Stille herrschte im Wald, und er hörte hinter sich den Atem des Gegners, der leicht nach Harz duftete. Zwei Monate noch, dann würde Frühling sein und Anna Andreievna sich nicht einmal mehr an dieses Duell erinnern. Sie begannen auseinanderzugehen, die Stiefel knirschten auf dem beschneiten Boden. Beim dritten Schritt drehte Nevorov sich um, zielte und jagte, ehe jemand begriff, was er sah, dem Rivalen von hinten eine Kugel in den Kopf.

Das Bewußtsein, zwischen zwei so verführerischen Möglichkeiten entscheiden zu können, das dieser um das »Ich« kreisende Monolog bietet (um wessen «Ich«, Freunde, um meines?), ruft eine mit Freude und Schrecken erfüllte Hochstimmung in mir hervor, als wäre ich bis dahin vermummt gewesen, als hätte ich eine Rolle gespielt, hätte meine wahre Natur versteckt oder besäße nicht einmal eine. Hinter den Wörten, die ich entbinde (die ich, achtet auf den Unterschied, *schreibe* oder *ausspreche*) oder auch, die jemand mir zudiktiert, wird meine Existenz anfechtbar. *Möglichkeit I:* es bestätigt sich das im Mittelpunkt stehende Bild des Lehrers der Naturwissenschaften, des anonymen Bewunderers der Literatur, der sich rastlos und wißbegierig mit der Romankunst beschäftigt, der überlebende Geliebte einer Frau, die kurz vor ihrem Tode ein gewisses geheimnisvolles Buch vollendet hat: alles erscheint hier in derselben Beleuchtung. *Möglichkeit II:* man deutet an, das Buch, ja, das ist wirklich, nicht dagegen die Figur seines Kommentators, die hat man erfunden, um den wahren Freund der Toten, der auch anonym bleibt, zu schonen und so die absolute Bloßstellung zu vermeiden: da haben wir den heimlichen Zweifel, den Zweifel, der lautlos aufsteigt wie leichtes Öl. Die ganze Beleuchtung ändert sich, und jedes Wort, das ausgesprochen wird, erhält eine neue Klangfarbe.

Ich fürchte jedoch, schon jetzt weisen viele argwöhnisch meine Identität und also mein Wesen zurück. Ich werde sie nicht vom Gegenteil überzeugen.

Maria de França ist empfänglich für Lektüre. Sie reagiert sozusagen mechanisch auf das gedruckte Wort, wo immer sie ihm begegnet. Nichts, was auch nur entfernt mit einem Streben nach Bildung zu tun hätte. Im Gegenteil, auf ihrem Weg durch eine Welt, die sie nicht begreift, trägt der Zugang zu zahllosen Schriftstücken, die sie überschwemmen – Arzneimittelpackungen, Schildern auf Konservendosen, Beipackzetteln, Lotteriescheinen, Kalendern, Flugblättern, Aufschriften an Geschäften, Plakaten, einzelnen Seiten von Zeitungen – nur dazu bei, sie noch mehr durcheinanderzubringen. Vor allem der Zugang zu Teilen von Tageszeitungen und illustrierten Zeitschriften.

Genaugenommen unterscheidet sie sich nur in Nuancen vom modernen Zeitungsleser. Ganz gewiß kauft sie sich niemals Tageszeitungen am Kiosk, und es scheint ihr auch nicht in den Sinn zu kommen, daß so etwas möglich wäre. Aber wer ist heute ausreichend informiert, um beim Überfliegen der Zeitungen alles in sich aufzunehmen und die unerläßlichen Zusammenhänge zwischen den Ereignissen herzustellen? Es genügt, die gewohnte Lektüre eine Woche – oder weniger – zu unterbrechen, und schon ist es, als hätten wir die letzten Kapitel irgendeiner absurden und labyrinthischen Fortsetzungsgeschichte verpaßt. Neue Namen sind aufgetaucht, auch solche von Ländern, die einem noch am Vorabend unvorstellbar waren; wir wissen nicht, wie Episoden ausgegangen sind, über die wir uns aufgeregt haben; anderes, was uns unverständlich ist, erscheint in Großbuchstaben. Sogar einer, der täglich die Zeitung liest, stolpert über Fakten, die sich Monate und sogar Jahre hingezogen haben und die zu verstehen ihm trotzdem nicht gelingt; es ist, als handle es sich um unlösbare metaphysische Probleme, was den Kardinal Cicognani veranlaßt haben soll, in einem Interview mit dem *Osservatore Romano*, das er gab, als er im März 1972 zum Dekan des Kardinalskollegiums ernannt worden war, zu erklären: »Ja, Gott weiß alles. Aber nicht alles, was die Zeitungen bringen.«

Was bedeuten dann für Maria de França diese bedruckten Blätter, deren Gesamtinhalt die göttliche Allwissenheit herausfordert? Genau das, was sie mehr oder minder für alle sind: der unverständliche Dschungel der Welt, ein Mysterium, das durch die Art und Weise verschärft wird, wie Maria de França sie erhält, zerfetzt und fast immer schon überholt.

Ebenso wie angesichts des Reichtums ist Maria de França bei ihrer Zeitungslektüre nur für unbedeutende Dinge empfänglich; von den Namen und Nachrichten, die sie liest, prägt sich ihr nur das ein, was ihrem Lebenskreis entspricht: Entbehrung und Hunger, Brände, Überfälle, Racheakte, Heiraten, Überschwemmungen, Militärparaden, Prozessionen, Verkehrsunfälle und, gleich einem vertrauten Satz inmitten ebenso unergründlicher wie abschreckender Geräusche, irgendein menschlicher Umriß, den sie in ein zeitweiliges oder, mindestens in einem Fall, bleibendes Ideal umformt, ein unerreichbares Vorbild, wie die Gaunerin Ana aus einem Ort namens Griechenland.

An diesem Ort mit Namen Griechenland, der in Maria de Françs Vorstellung als Insel über einer riesigen Sandwolke schwebt, treibt sich die nicht unterzukriegende Ana herum, die bis zu ihrem Tode hartnäckig jede produktive Arbeit ablehnt und sich, gezwungenermaßen oder aus grundsätzlichen Erwägungen heraus, auf alle möglichen üblen Tricks einläßt, vom Betrug bis zum Diebstahl, mit einer einzigen Einschränkung, die sie sich auferlegt, nämlich dem Verzicht auf Waffen. Immer wieder ändert sie den Nachnamen, hält aber an ihrem Taufnamen fest aus Stolz auf das, was sie als ihre *Marke* betrachtet; sie besteigt ein Schiff, das rot angestrichen ist wie die wendigen Boote des Ulysses, und fährt von Kreta zum Festland, betätigt sich im alten Kythera und später in Sparta, überquert den Peloponnes, wird gefangengenommen und verurteilt in Marathon, in Athen, in Samos, in Korinth, in kleinen Ortschaften am Jonischen und am Ägäischen Meer und verübt an all diesen von geschichtlichen und mythischen Ereignissen verklärten Stätten (wo schlagt Ihr Euch heute, herrlicher Achill, und Du, der Du Persien unterwarfst?), verübt neue Heldentaten, ganz persönliche und ohne Glanz.

Eine solche Nebeneinanderstellung entzieht sich Maria de Franças Wahrnehmung, die nur von der Verschlagenheit gefesselt ist, mit der sich Ana, die, verbissen und glücklos bei ihren Streichen, so oft geschnappt und verurteilt wird, sich in Gerichtssälen und hinter Gefängnisgittern bewegt, Stätten, die, Maria de França unzugänglich, von dieser gegenwärtigen Mitbürgerin des Totenrichters im Hades, Minos, jedoch erkundet werden, so daß sie vom Kerker aus Wiederaufnahme des Verfahrens und Begnadigung durchsetzt, wenn sie nicht gar, einem Schatten gleich und die Wachsamkeit der Wächter täuschend, aus den Mauern entweicht, um an den unvorhersehbarsten Orten wieder aufzutauchen und aufs neue festgenommen zu werden, wodurch sie im Verlauf der Jahre, der Strafen, der Begnadigungen und der Fluchten zur Personifikation einer Legende aufsteigt als eine Frau, die im Gewebe der Macht und der Behörden jedes Schlupfloch kennt – sei es in den Gesetzen niedergeschrieben oder in Stein errichtet – und die in den Zellen, in die man sie schließt, mit allen Ehren aufgenommen wird und, ohne den mindesten Spott, den von niemandem, weder auf dem Festland noch auf den Inseln angefochtenen Titel einer Königin der Kerker Griechenlands erhält.

Als sie ihrem Ende schon nahe war, wollte ein Richter bei der Verhandlung den Anwesenden die Verworfenheit deutlich machen, die sich hinter ihren Augen verbarg. Ihre Antwort, die einzige überlieferte, die Gefängnisse und Gerichtshöfe Griechenlands während eines halben Jahrhunderts aus ihrem Mund zu hören bekamen, wurde berühmt:

»Sie sehen schlecht. Was ich hinter meinen Augen versteckt halte, ist Angst. Angst zu wissen, auf welche Weise die Zeit vergeht.«

Wir wollen die Bedeutung der Königin der Kerker Griechenlands für Maria de França herausarbeiten – und damit ihre Auswirkung auf den Roman. Wenn auch Maria de França wenig Lust hat zu arbeiten, so lehnt sie sich doch nicht – ob nun bewußt oder gefühlsmäßig – gegen den Besitz auf und gegen das, was getan wird, um ihn zu schützen. Deshalb ist es auch nicht die Schwindlerin, das durchtriebene Frauenzimmer, die Spitzbübin oder Gaunerin, als die sich die Griechin in ihrer Vorstellung zu einem Idol, einer Legende entfaltet. Ihr Ansehen ergibt sich eher aus einer Fähigkeit, die in bescheidenem Ausmaß auch der Mittelstürmer Dudu anwendet und die Maria de França als etwas Höheres ansieht – etwas Undurchdringliches, die bürokratische Welt, vielleicht eine einfache Umschreibung der Welt, zu verstehen. Für Maria de França ist Ana – was zu sein sie selbst niemals erreichen wird – die strahlende Heldin, die weise Frau, die sich behende zwischen Mysterien und Hindernissen durchschlängelt.

Maria de Françās Einstellung zu der Königin der Kerker Griechenlands ist verständlich und klar (soweit in subtil konstruierten Werken etwas klar sein kann); nicht jedoch der Eindruck, den ihr der Ausspruch über die Angst und die Zeit macht, der offenbar über ihr Fassungsvermögen hinausgeht. Selbst ich, darf ich sagen, daß ich ihn verstehe? Ich beschränke mich auf Vermutungen. Es ist auch nicht zu erwarten, daß der Text selbst, der Maria de França in den Mund gelegt wird, uns weiterhilft, so sehr wie er sich von veristischen, dem Natürlichen und Vernünftigen zuneigenden Konstruktionen entfernt. Das Problem ist merkwürdig. Eine oberflächliche Kohärenz, die am Nebensächlichen, am gewöhnlichen Erscheinungsbild der Wirklichkeit klebt, interessiert Julia M. Enone nicht, und so entscheidet sie sich für eine andere, das Werk, seine Struktur betreffende Kohärenz. Es ist unwichtig – und darin liegt das Wesentliche dieser Lösung, dieses Tricks – ob der Ausspruch, den Maria de França bewundert, ihr Fassungsvermögen übersteigt. Es ist dagegen wichtig, daß diese Bewunderung ihn aufwertet, daß die von Ana geäußerten Worte, so beleuchtet, aus dem Ganzen hervortreten als etwas, das ohne jeden möglichen Zweifel auffallen soll.

Die Zeit bringt viele Veränderungen im Raum mit sich. Damit ihr nicht deutlich wird, wie sie vergeht, durchzieht Ana angstvoll ganz Griechenland, von Stadt zu Stadt, von Kerker zu Kerker, sie flieht vor den Verwandlungen der Dinge und davor, auf diese Weise eine der Formen des Zeitablaufs wahrzunehmen.

Jedes Werk, jedes Gebilde – eine Stickerei, ein Haus, eine Familie, ein Gedicht - gibt ein wenig darüber Auskunft, wie die Zeit vergeht. Deshalb schlägt Ana jede laufende Verpflichtung aus, entzieht sich jedem Anlaß, etwas mit ihren Händen hervorzubringen. Vielleicht tragen in ihren Augen die Dinge, deren sie sich bemächtigt, die zu erzeugen sie aber niemals beigetragen hat, kein Merkmal der Zeit an sich.

Unmögliche Flucht. Unrühmlicher Kampf. Ana aus Griechenland flieht davor, das unerbittliche Verrinnen der Zeit erfahren zu müssen, und wird in Gefängnisse geworfen, um während dieser Zeit der Reglosigkeit zu spüren, wie die Zeit vergeht, und daraufhin zu verzweifeln: das ist ihre Strafe. Liebt sie aber nicht etwa irgendwie das Innere der Zuchthäuser, gerade weil die hier herrschende unveränderliche Nüchternheit Ewigkeit vortäuscht und der Zeit den Rücken kehrt? Wenn es so ist, weshalb flieht sie dann? Sollte sie immer geflohen sein, wenn sie an irgendeinem Ölbaum im Innenhof oder an der Art, wie der Wind um die Mauern zu streichen begann, die Gefahr witterte, zu begreifen? Ihr waren die Städte lieber. Nicht so sehr, weil sich dort Reichtum und Ambitionen häufen, für Räuberei eine gute Voraussetzung. Nein, weil sie in den Städten den Wechsel der Jahreszeiten weniger empfindet. Felder sieht sie nur unterwegs – zwischen einer Stadt und der nächsten – und sie haßt landwirtschaftliches Gerät.

Hatte sie die Illusion, daß die Zeit, wenn sie von Kreta auswanderte, sklavisch ihre gleiche Marschroute einhielte? Fest steht, daß sie nur gelegentlich in den Spiegel sah und kaum eine Vorstellung von ihrem eigenen Gesicht hatte. Vor allem behielt sie nichts von ihren früheren Gesichtern. So besaß sie immer das Recht anzunehmen, dieses junge Mädchen, das auf einem Platz stand, oder dieses, das mit offenen Augen hinter dem Fenster eines fahrenden Zuges vorüberkam, seien sie selbst und die Zeit, die dahinrollte. Was also rechtfertigte diesen Zweifel: »Verstrich die Zeit?«

Ihr eigener Name, Ana, legte die Idee von Widerspruch, von Gegenbewegung nahe.

Es gibt im mittleren Orient gewisse Fische, die sich nicht mit dem Dahinströmen des Wassers und ihrer Abhängigkeit von diesem fließenden Element abfinden können; sie kommen an die Oberfläche und steigen mit Hilfe der verkümmerten Krallen an Bauch- und Brustflossen auf die Bäume am Uferrand, wo sie als jämmerliche, stumme Vögel für kurze Zeit keuchend der Strömung zu entgehen suchen, ohne zu wissen, daß im Gezweig ein ebenso unaufhaltsamer Fluß dabei ist, ihnen die Schuppen auszureißen. Arme Ana!

Während sich Maria de França mit Papieren herumschlägt, die sie nicht versteht, mit Anweisungen, die sie nicht versteht, mit geheimnisvollen Bewilligungen und Ablehnungen, mit mysteriösen Verschiebungen, erkennt sie niedergeschmettert, daß alles ihr entschlüpft, und inbrünstig träumt sie von einer wunderbaren Verwandlung: Ana zu werden, die Königin der Kerker, das Unmögliche zu verstehen, zu entschlüsseln.

Dann sollten sie etwas erleben.

Auf welche Weise die Zeit verstreicht? Sie hatte vor anderen Dingen Angst, nicht davor, dies Geheimnis zu ergründen. Es kommt ihr eine Schwäche zu Hilfe, die sie selbst nicht einmal bemerkt: sie bringt die Zeitbegriffe durcheinander. *Morgen* ist für sie ein unfaßbarer Begriff und wird niemals zu einem *Heute*, einem *Gestern*:

»Bevor es zu früh ist.« »Wann war jetzt vorher?« »Nie nach gestern, wenn er heute geht und schon zurückkommen würde.« »Dudu, mein Engel, ist heute gestern?« »Zu spät für nachher und noch mehr für nie, wißt Ihr? wußtet Ihr das?«

Früh und *spät* heben sich in derselben vagen Betrachtungsweise ebenso auf wie *hinterher*, das immer zugleich auch *vorher* ist. Diese Anomalie verhindert, daß sich in ihrem Kopf die zweckmäßigen Begriffe festsetzen, denen zufolge wir und die Zeit eine Art Beweglichkeit vortäuschen: da laufe ich einem künftigen Augenblick entgegen, der sich nähert, vorübergeht und sich entfernt. Maria de França hat keinen Namen für diese Veränderungen der Perspektive zwischen dem Ich und gewissen Zeitkonstellationen – und es ist, als treibe sie in einer Weite ohne Ende dahin, die eher reglos ist, ja, die jeder flußartigen Vorstellung widerspricht, eine Weite, ja.

»›Es hat keinen Zweck, mit ihr zu reden‹, dachte Alice: ›ehe ihre Ohren nicht zum Vorschein kommen, oder wenigstens eines.‹ Noch eine Minute, und der ganze Kopf tauchte auf.«

Aufmerksam und argwöhnisch bedenke ich die Sache. Hat Anas Ausspruch soviel Gewicht, wie er vorspiegelt, oder lasse ich mich täuschen? Obacht! Maria de Franças verwirrter Geist, der außerstande ist (ein auf verschiedenen Ebenen zutage tretender Defekt), die Zeit so zu erfassen, wie man das gemeinhin tut, findet eine genaue Entsprechung in der fragmentarischen Art und Weise, wie sie die Zeitungen bekommt und liest. Verwechselt sie das *Vorher* und das *Nachher?* Die losen Seiten aus dem *Handelsblatt* oder der *Tageszeitung von Pernambuco*, die als Einwickelpapier, im Müll aufgestöbert oder vom Wind herbeigeweht in ihre Hände gelangen, wiederholen dies Phänomen abstrakter Natur im Konkreten. Wenn Maria de Franças Krankheit (hier nicht so sehr die geistige wie die sprachliche) dadurch, daß sie Wörter wie *vorher* und *nachher* undurchsichtig macht, im Buch dazu neigt, die Zeit, die Aufeinanderfolge realer historischer Ereignisse, aufzulösen – nicht der Reihe nach, wie sie geschehen sein sollen, sondern zusammenhanglos, einzeln, je nachdem, wie der Zufall ihr längst überholte Nachrichtenblätter zuträgt, manchmal um Jahre verspätet, so daß wir die Daten nur vermuten können – so verschärft der anachronistische Ablauf dieser Geschehnisse, der als Hintergrund für die unbestimmbare bürokratische Pilgerfahrt der Heldin eingesetzt ist, den Fortgang. Auf den ersten Blick könnte etwas Unpassendes, Launenhaftes darin liegen: die Lösung wäre irgendwie oberflächlich, eine Lösung, die nur die Struktur berücksichtigte und die thematischen Zentren des Werks außer acht ließe, ihnen vielleicht widerspräche. Was soll diese Verzerrung, diese Zerstückelung einer historischen Zeit in einem Bericht, der seine Kraft aus Verzögerungen, aus dem Zerbröseln eines sehnlichen Begehrens bezieht, mit einem Wort, aus einer Anhäufung von Zeit? Dieser Einwand ist nicht so treffend, wie er im ersten Augenblick erscheinen mag. Einerseits ahmt, was da mit der Zeit geschieht, Punkt für Punkt die Auflösung des Raumes nach: die Umstellungen und Schrumpfungen in der realen Topographie. Zum anderen kommt es mir nicht so vor, als mildere das Nebelhafte der Zeit etwas von der Hoffnungslosigkeit in Maria de Franças Kampf mit der bürokratischen Welt. Im Gegenteil, diese ganze lange Verstricktheit, die durch die vom gestörten Bewußtsein der Arbeiterin hervorgerufene Unverläßlichkeit ausgelöst wird, zieht die Jahre noch mehr in die Länge, während derer sie das Geschehen mitteilt, und so versinken diese in einer weniger alltäglichen Kategorie der Zeit, die sich durch eine von Ewigkeit durchtönte Übersinnlichkeit auszeichnet. Das irdische Verhängnis ist unbeschadet seiner kränkenden und verletzenden Seite einer anormalen Gesellschaft zugewendet; es spaltet sich auf und erscheint gleichzeitig als Pilgerfahrt und als Tortur außerhalb der Zeit, im Immer-Nimmermehr, in der Hölle.

Hier setzt mein Verdacht ein. Aus den Zeitungen, in denen deutlicher als in allen anderen Druckerzeugnissen formuliert wird, was geschieht und wie die Tage aufeinanderfolgen, und die im Roman ironischerweise zur scheinbaren Auflösung der Zeit beitragen, unterrichtet sich Maria de França über Vorfälle, die sie entzücken oder ängstigen, darunter über das Los der Ana aus Griechenland. Ana indessen, eine Figur, die dem Raum zugeordnet und immer in Bewegung ist, wirkt, als stehe sie ein wenig abseits des ganzen zeitlichen Schemas, innerhalb dessen sie auftaucht. Sollte ihr Geständnis, es sei die Angst zu erfahren, auf welche Weise die Zeit vergeht, die sie von einem Ende Griechenlands zum anderen, von einem Ende des Lebens zum anderen treibe, nicht auch ein irreführendes Manöver, ein Trick sein (Julia M. Enone als gelehrige Schülerin der Figur, die sie erschafft), der vortäuscht, sie in einen Themenkreis hineinzuzwängen, mit dem sie in Wahrheit nichts zu tun hat?

Zweifellos: wenn die Autorin ein gestörtes Bewußtsein in den Mittelpunkt ihres Werks stellt, dann geschieht das, um das Zusammenspiel mit Hilfe bestimmter Vorschriften zu regeln, darunter der, ihre experimentellen Ambitionen so weit als möglich zu verstecken. Sie hält nichts von einer sklavischen Wiedergabe der Dinge und ist dabei der Meinung, eine Verbindung mit der alltäglichen Wirklichkeit sei unerläßlich, und so schafft sie eine Sprache, eine Botschaft und eine Welt, die allesamt verzerrt sind, rechtfertigt sie aber indirekt mit der geistigen Störung der Heldin, als entspringe alles daraus und nicht aus ihrer eigenen Unruhe. Während sie tut, als sei sie durch ihre Heldin dazu gezwungen, deren Verrücktheit ein wenig nach Anklage aussieht (das zeigt sich als Ergebnis beruflicher Mißerfolge), greift sie an und löst auf ihre Weise

Probleme, die zu den aufregendsten der jetzigen Literatur gehören, darunter als wichtigstes das der Zeit und ihrer Grenzüberschreitungen, für das selbst die weniger kühnen Erzähler heute empfänglich sind.

Fanny Brown, die Mißgebildete, mit zwei unbrauchbaren Armen, oder, um genauer zu sein, ohne Arme – und wem die Arme fehlen, dem fehlt natürlich Umfang –, die niemals die Erregung eines Laufs bergab kennenlernte oder das Wohlgefühl eines gemächlichen Dahinschlenderns zwischen Rosen in der Abenddämmerung (sie war ohne Beine geboren), wurde von einer Ecke des Hauses in die andere befördert wie ein Gegenstand, der nirgendwohin paßte. Da es immer unbequemer wurde, ihren Körper anzufassen, ging man dazu über, ihn mit Hilfe einer Schaufel zu transportieren. Darin erlangte man eine solche Übung, daß man sie an eine andere Stelle brachte, auch wenn es gar nicht nötig war. Für die unglückliche Fanny Brown war die Schaufel, was für andere die Stürme der Leidenschaft sind: was vermochte ihr Wille gegen dies Gerät aus Holz und Stahl?

Das Durcheinander der Nachrichten, die Maria de França aufnimmt und weitergibt, macht es nahezu unmöglich, *Die Königin der Kerker Griechenlands* chronologisch zu ordnen. Der lange Weg durch die Behörden und das Privatleben der Heldin halten eine strikte Reihenfolge ein; alles wird nach dem Vorbild des Aktenbündels mit den Unterlagen für ihren Prozeß zeitlich klar eingeteilt. Diese Ereignisse spielen sich jedoch, obgleich sie so ordentlich aneinandergereiht sind, vor einem chaotischen Hintergrund ab – und dieser Hintergrund wirkt sich wieder aus auf die Haupthandlung, die in eine Zeit fällt, die so zerstückelt ist wie die Zeitungsabschnitte, die anscheinend über sie berichten, in Wahrheit aber falsche Fährten legen.

Streut Julia Marquezim Enone solche Hinweise aus wie Teile eines Puzzles, das die Leser zusammensetzen sollen? Ich wüßte nicht, warum. Die Ungenauigkeit, die diese Methode mit sich bringt, mildert die Härte des Kampfes zwischen Maria de França und dem Labyrinth der Sozialversicherung in keiner Weise, wie sie auch das Gefühl absoluter Vergeblichkeit, den die aufeinanderfolgenden Entscheidungen der Dienststellen (niemals die endgültige Entscheidung) in uns wecken, nicht abschwächt – eher verschärft.

Was geschieht, wenn wir versuchen, Anfang und Ende der langen Pilgerfahrt angesichts der gestürzten Helden aus der Geschichte von Brasilien zu bestimmen? Eine Zusammenstellung der historischen Anmerkungen zeigt uns, daß es sich bei der letzten um die Absetzung Konstantins handelt, ein Faktum, das die Heldin erschüttert, weil es sich in Anas Griechenland zuträgt; damit läßt sich der Abschluß auf ungefähr 1967 datieren. Nicht alle Zeitungsausschnitte aber, deren Inhalt uns das Buch mitteilt, lassen sich dem Zeitraum zwischen der Anstellung in jener Weberei – während der sie lesen lernt – und der Via crucis durch die Behörden einordnen. Zwei Hinweise auf den Zweiten Weltkrieg zum Beispiel sind deutlich anachronistisch. Nachrichten über Atomwerke (»Bombenexplosion reißt einen Krater auf«) finden, wie man weiß, immer wieder Platz in den Zeitungen. Andererseits könnte nur eine geduldige und vielleicht ergebnislose Nachforschung die Nachricht einstufen, daß »Pfarrer, Arzt und Jurist die Abtreibung verdammen, auch wenn es darum geht, Mißgeburten zu verhüten«; daß der Seemann Melminno Ratto Sachen aus dem Schiff, auf dem er Dienst tat, gestohlen und Interessenten im Hafen geschenkt hat; und wer wüßte uns zu sagen, an welchem Tag jener entflogene weiße Vogel, sofern es wirklich einer war, in Cabo Frio eintraf, der von den Bahamas oder, wie manche behaupteten, aus Neufundland kam.

Man kann also ohne große Fehlerquote das Ende bestimmen – aber nicht den Anfang, nein – jener höllischen Jahre, in denen Maria de França dem Unmöglichen nachjagt, indem sie eine ihr feindliche Gesellschaft zu begreifen sucht, deren Geheimnisse sie, im Gegensatz zu der großartigen Schwindlerin aus Kreta, niemals durchschaut.

Was für eine Photographie ist dies? Männer und Frauen, ein Mädchen, teils stehen, teils sitzen sie, so angezogen, als seien sie auf einem Spaziergang, extra angezogen für die Photographie, in einer Beleuchtung, die ihre Gesichter noch einheitlicher macht (welcher unbestimmte Zug erweckt bei allen diesen lächelnden Menschen den Eindruck, als gehörten sie zu einer Familie?), in einem Garten am Stadtrand versammelt oder auf dem Lande, im Hintergrund das Rosenbeet und ein Stück Mauer, an einem fernen Sonntagnachmittag, heiß und hell. Wer sind sie? Ich bin sicher, daß ich sie kenne, wie es uns bei manchen Gesichtern geht, denen wir begegnen und die wir nicht unterzubringen wissen; hier aber handelt es sich um eine ganze Gruppe, die ich wiedererkennen sollte, in einem Garten und zu einer Stunde, in der meine Stimme vielleicht noch jugendlich klang. Und wenn eines dieser Gesichter mein eigenes wäre? Ich suche beharrlich herauszufinden, wen ich vor mir habe, die Membran zu durchstoßen, die mich daran hindert, zu der Gruppe zu gehen, ihre Stimmen, das Scharren ihrer Schuhe zu hören. Mir gelingt nur dies: so tun als erinnerte ich mich des Gartens und der Mauer, die dann auch sofort listig einen Geruch nach altem Karton ausscheiden, wie ihn Photographien an sich haben, die lange vergessen in den Schränken lagen.

Ich glaube, sie versteckt sich vor mir. Wie könnten sonst so viele Stunden, bisweilen ganze Tage vergehen, ohne daß ich sie sehe? Sie ähnelt darin gewissen Bereichen der Kunstwerke und des Lebens, die unverschleiert an unserem Geist vorüberziehen – so deutlich! – und gleich wieder zurücksinken ins Schattenhafte. Nicht daß wir die Lösung vergessen hätten und uns nun vor dem wiederum undurchdringlichen Rätsel ängstigten. Nein. Entzifferung und Rätsel im Werk und im Leben schwinden: wir vergessen, daß wir einmal klar gesehen haben, daß da ein Spalt war, durch den wir Einlaß fanden. Kein Zeichen blieb von der Erfahrung; solche Zugeständnisse hinterlassen keine Narben.

Gibt es nicht Träume, in denen wir *wissen* und aus denen erwacht wir genauso blind sind wie immer und uns auf das Geträumte kaum mehr besinnen und kurz danach alles vergessen haben? So ist es mit ihr, der es immer gelingt, sich zu verbergen; obgleich die Wohnung arm an Verstekken ist – ein paar karg möblierte Zimmer. Wenn ich es am wenigsten erwarte, sehe ich sie mitten in der Wohnstube oder zu Füßen des Betts auf ihren Pfoten sitzen mit schmalen Raubtieraugen, die immer kleiner werden, die Schnauze immer spitzer und das ganze Aussehen immer elender, das Fell kurz und ziemlich ölig. Ich nehme sie auf den Arm, sie öffnet das Maul und versucht zu miauen, die kraftlose Kehle stößt ein Glucksen aus. Wieder auf dem Boden, läuft sie wie eine halbgelähmte Maus zur Tür und schaut mit einem derart angsterfüllten Blick zurück, daß ich an mich halten muß, um nicht zu schreien. Sie wird während einer langen Zeit verschwunden sein, und ich werde sie vergessen. Da ist sie plötzlich, das bedauernswerte Geschöpf, sieht mich zwischen den Stuhlbeinen durch an; offenbar meint sie, ich sehe sie nicht; sie grinst etwas boshaft, als wisse sie von Dingen, die mir unbekannt sind. Ihre Pupillen machen einen verwirrten Eindruck.

Dein Buch, Julia, fängt langsam an, sich mir zu verschließen. Ich weiß, und Du wußtest es, daß die Werke ebenso grenzenlos sind wie unsere Reichweite begrenzt ist. Deshalb streben sie nach Inkarnationen, die dauerhafter sind als wir Menschen, in gewissem Sinne unzerstörbarer: damit viele Geister, einer nach dem anderen, angestachelt von den nicht endenden Geheimnissen des Werks, Lösungen zusammentragen können. Das ist auch, Du wußtest es, der Grund, weshalb wir sie erhalten: denn wir wissen, daß sie zu uns zu sprechen versuchen, sie versuchen es. Unter Deinen Papieren waren einige Ausschnitte über archäologische Grabungen, der Plan vom Schatzhaus des Atreus, Thompson, wie er den heiligen Brunnen von Chichen Itzá ausschachtet, die Stele der Maya, die Stephens vor mehr als hundert Jahren in Honduras fand. Weshalb? Ein Mensch, der die Erde abräumt, die sich über eine Zivilisation gehäuft hat, und der ihre Ruinen erforscht, ähnelt denen, die der unerschöpflichen Welt den Rücken wenden, sich vor einem Kunstwerk verneigen und es zu erfassen suchen. Der Unterschied zwischen dem einen und dem anderen besteht darin, daß die ausgegrabene Zivilisation vielleicht eines Tages zu Ende geht.

Wie aber ist es zu begreifen, verstummte Freundin, daß der eingeengte Geist des Künstlers eine Schöpfung zu ersinnen und auszuführen vermag, deren Größe uns überwältigt? Das Werk ist es, das mehr weiß als alle, und nicht er, dem ebenso Grenzen gesetzt sind wie uns. Nur daß der schöpferische Mensch durchlässig wird für die Welt und für ihre Geheimnisse, ohne sie zu verstehen und ohne sie bei Namen zu nennen. Der Künstler: Gefäß aus Luft. Ein schwerer Beruf ist es, dem er sich verschrieben hat, um mit meist von gutem und schlechtem Gebrauch abgestumpftem Werkzeug das darzustellen, was er selbst nicht kennt und was nicht einmal ihm seine Bedeutung erschließt! Klirren von Schwertern.

Es war ein Zimmer von fünf auf sieben Metern, freundlich, mit einem blanken Holzfußboden und Blumenvasen. Der Alte durchlöcherte eine Wand mit Hammerschlägen und sah plötzlich, daß hinter der Wand eine weitere war aus Stahl. Er zog den leichten, hellen Vorhang zur Seite und lehnte sich aus dem Fenster: es führte auf einen Abgrund, dessen Ende er nicht sah. Er brach eine Öffnung in die Dielen, hörte den Fluß, der majestätisch unter dem Boden dahinglitt, und tauchte für immer in die reißenden Fluten ein.

Es war späte Nacht, und das Haus lag in Stille versunken. Ich saß auf dem Sessel, den die unvergeßliche Freundin gewöhnlich benutzte, hielt die Einführung in die allgemeine Sprachwissenschaft von Saussure in der Hand und warf ab und zu einen besorgten Blick auf die Tür, als erwarte ich jemanden, obwohl doch nur die Polizei so spät noch zu kommen pflegt. Der Lampenschein fiel hell auf das Buch, auf mein weißes Hemd und den weinroten Sessel und ließ den Rest des Zimmers im Halbdunkel. Als ich wieder einmal die Augen vom Buch hob, sah ich auf dem Teppich ein schmächtiges, verschmutztes Tier, Kater oder Katze, im Profil und mit ausgestreckten Vorderpfoten. »Wie die Sphinx!« Was für ein Tier war das, und wie konnte es hereinkommen? Diese Frage zerfiel wie zu Asche durch das Brennen dessen, was ich sah: der Eindringling war wirklich, und ohne daß er aufhörte wirklich zu sein, *war er seine Erfindung*. Tod und Unvergänglichkeit fielen in ihm zusammen, der Saum des Imaginären hob sich empor und kam auf mich zu; nicht das allein, die ganze Welt verweste in diesem Tier, das von Vergessen beherrscht wurde und in dem sich ein neues Erinnern herauszubilden begann. Nach und nach überkommt mich seine Dunkelheit, ich stehe auf, und, ohne zu wissen warum, öffne ich die Arme mit Händen, die wie leere Handschuhe sind, wobei ich einen Schrei unterdrücke, von dem ich nicht weiß, ist es einer der Freude oder des Entsetzens.

Das 7. Kavallerieregiment mit seinen roten Waffenröcken und den gezückten Säbeln kam langsam zu Fuß hügelabwärts. Nur der gedämpfte Klang einer Trommel war zu hören. Schließlich hielten sie vor der Stadt an, und die Fahnen flatterten im Morgenwind. Auf dem Gipfel des Berges erschien der mächtige Kopf eines Pferdes, das aus allen Pferden zusammengesetzt war, wuchs weiter während des Abstiegs und zermalmte angesichts der wütend blickenden Soldaten mit den Hufen die Stadt.

Überzeugt davon, daß der Augenblick gekommen ist, und ohne zu wissen, welche Verwandlung sich vorbereitet in den Grenzen der Nacht, laufe ich unbedeckten Hauptes ziellos umher; der nächtliche Tau brennt mir in den Augen, und ich wundere mich über die plötzlichen Schübe heißer Luft, mir ist, als fahre von Zeit zu Zeit ein Feuerzug, ein schneller, lautlos und unsichtbar an mir vorüber. Kaum ein Mensch auf den Straßen, es muß sehr spät sein, hin und wieder kommen mit großer Geschwindigkeit Fahrzeuge vorbei, Nachtwächter geben Signale, meine neuen Schuhe knarren noch ein wenig, und jeder meiner Schritte hallt, so wie das Bellen der Hunde in dunklen Höfen. In meinem Wohnzimmer, viele Meter über dem Erdboden, magnetisiert eine undefinierbare Katze mit ihrer Substanz langsam die Welt, strahlt sich aus; vielleicht ist sie es, vor der ich zu fliehen suche, ich, dieser furchtsame, bebrillte Mann mit den Händen in den Jackentaschen. Er geht die Rua

Pamplona hinauf und bleibt an der Avenida Paulista stehen: die Lichter der Verkehrsampel leuchten auf und erlöschen und spiegeln sich in seinem nahezu weißen Haar. Das unmögliche Geräusch einer Welle, die sich an den Felsen bricht, dringt zu ihm, und ein heftiger Geruch von Seetang belästigt ihn. Als der Lastwagen hier Deinen leichten Körper zermalmte, Julia, war diese Allee schmaler und schöner. Gab es einmal einen Septembernachmittag, an dem wir auf dem Gehsteig, wo jetzt nur Asphalt ist, umschlungen über die violetten Blüten der Ipébäume schritten? Ich kreuze die Avenida und irre weiter durch die Rua Sílvia oder die Rua Doutor Seng. Zur Gewißheit wird mir der Verdacht, den ich schon immer hegte, daß Julia Enone auf außerordentliche Weise etwas so Bedeutsames sagen wollte, daß nur der Akt des Sterbens imstande wäre, es auszudrücken. Ich kann nun nicht weit vom Morro dos Ingleses entfernt sein, aber woher weiß man das mit Sicherheit, wo hier so viel abgerissen worden ist? Alle Lichter gehen aus, meine Nachforschungen scheinen schwieriger, und die Nacht ist infiziert von Memosina oder Mimosina, die sie von oben aus regiert oder in irgendein Abwasserrohr schlüpft, zweideutig wie sie ist. Nichts kann ich bei diesem bedeckten Himmel erkennen, und der scharfe Morgentau kommt mir noch ätzender vor, zum Glück habe ich einen Hut auf. Was mag das sein dort hinter den hohen Gebäuden, diese Helligkeit zwischen Golden und Grün, die sich bewegt, als segelte, voll beleuchtet, ein phantastisches Schiff oder ein großer, feuriger Wal, der der Erde entstiegen ist, in völliger Dunkelheit – sichtbar einzig durch sein Leuchten – in den verlassenen Straßen von São Paulo dahin und beschreibe dabei eine Kurve? Dein Leben, Julia, war eine einzige Hingabe, alles diente dazu, Dein Buch vorzubereiten, das Ziel Deiner Pilgerfahrt. Es war das Gold Deines Daseins, das, was von alldem übrigbleibt, was die Jahre verbrennen. Nichts in Dir konnte seinen Wert übersteigen – und wie hättest Du eine so schwerwiegende Überzeugung ausdrücken können, wenn nicht durch Dein Opfer? Noch näher, als käme er schlängelnd auf mich zu, der grüngoldene Schein, Meeresgeruch und Stimmen, die weit in der Ferne im Chor singen, ich weiß nicht mehr, wo ich bin, und fürchte mich, weiterzugehen. Daß Du Liebe bergest und Leidenschaft auslösest, daß Du in der Blüte Deiner Jahre stehest und in der Fülle der Liebe (dessen, der Dich liebt, und Deiner eigenen), das sollte Deine Beredsamkeit kundtun und damit zugleich dem mehr Glanz verleihen, was Du – auf verschlüsselte Art, wie es Dir am liebsten war – mit Deinem Tod zu sagen beschlossen hattest. Bittere Entscheidung, in der Abgeklärtheit und grausame Härte sich mischen. Aber liegt nicht immer etwas Verstümmelndes darin, das auszusprechen, was uns wesentlich ist? Du starbst, weil es schwer ist zu sterben. Aus einer finsteren Straße kommt das Geräusch rhythmischer Schritte, wie bringen sie es fertig, im Dunkeln zu sehen?. Sie sind näher und reden nicht, ich schleiche mich dicht an der Mauer entlang davon, trete in eine Pfütze, das Wasser dringt durch ein Loch in die Schuhsohle ein, es ertönt ein Horn, gedämpft, wie aus dem Inneren der Erde, die Patrouille kreuzt die Straße, nicht längs der Straße, sie kreuzt sie, als käme sie aus den Häusern der einen und ginge in die Häuser der anderen Seite hinein, ich sehe die Soldaten nicht, ich höre den Marschschritt, das Knarren der Stiefel und das leichte Klirren von Metall, der Luftzug, den sie im Vorübergehen erzeugen, bauscht den Saum meiner alten, zerschlissenen Jacke, die so dünn ist wie ein Bettlaken. Dann bemerke ich auf der rechten Seite eine schwache Helligkeit, nicht den großen, wandernden Lichtschein, sondern einen kleinen, feststehenden Nebelfleck, und ich strebe ihm entgegen (so tun es in Erzählungen Reisende, wenn sie den Weg verloren haben und eine Laterne schimmern sehen); die Stelle, an der ich mich befinde, liegt höher, als ich mir vorgestellt hatte, plötzlich sehe ich Lichter in der Ferne, ein Schiff, die Lichter spiegeln sich, es ist das Meer. Waren dort nicht feste Erde und eine Menge Bauwerke mit roten Lichtern an den Blitzableitern? Nahe der Horizontlinie schwimmt der abnehmende Mond, und der Wind, der vom Ozean kommt, bläst durch die Löcher meiner Kleidung, würde mir den Hut abreißen, hielte ihn nicht ein Bindfaden unterm Kinn fest. Sind die Lichter wieder angegangen, oder waren sie – diese, die da funkeln – gar nicht erloschen? Ich gleite mit den unförmigen Händen über die rauhe Oberfläche der Stützmauer, die sich vor mir abzeichnet (sind es Hände aus Stoff?), links sehe ich einen Unterstand, eine Glocke fängt an zu läuten, ich wende mich ab vom Meer und von dem Schiff, trete ohne Füße, wie ein Betrunkener, auf das Pflaster dieser hügeligen Stadt voller alter Kirchen, steige eine Gasse abwärts (Beco das Cortesias), Rua do Sol, Amparo, S. Francisco, ein Leuchtfeuer dreht sich durch die Luft, li-o-li, li-o-la, was tu ich da, was für eine Straße ist das, dort die zweistöckigen Häuser und auf der anderen Seite der Kai mit seinen zum Wasser gekrümmten Bäumen, wann habe ich jene Brücken gesehen, und wer nennt mir den Namen von diesem Fluß, der nach Fischen stinkt und nach Schlamm? Wer bist Du, Kaiserin oder Hure, Dirne, die Du das Gesicht im Schleier des erwachenden Morgens halb verborgen hast und unter den Bäumen des Kais auf mich zukommst. Li-o-li! Hallo! Das ist schlimm, Schwesterchen, schlimm. Alles zerspellt, die Zähne der Sägen, die Krallen der Zangen, Pistolenabzüge und Hammerschäfte, Nagelspitzen und Messerschärfe, der Schneid, Ihr wißt von wem. Aber kommt schon, kommt schon! Was festhält, stranguliert, was weh tut, das kuriert. Es ist Nacht, und es ist Tag. War es einmal? So steht's mit mir: kaputtgemacht und neugemacht. Wo bin ich, und wer war ich, ich, wer bin ich? Auf der Welt faß' ich, auf der Welt laß' ich. Ich entflamme, ich glühe, ich brenne, ich röste. Bin Strohfeuer, Feuerfresser, griechisches Feuer und Feuersalamander, und wenn's sein muß, feuere ich. Einmal werden wir sein. Von wem stammt mein wunderlicher Hut? Von einem Armen, der taubstumm war und leprös. Und was ist das, was aus meinem Mund kommt? Blase ich Wind, oder wehe ich wirbelnden Staub, Fliegen, Wolken, papierene Drachen, Querpfeifen, Donnergepolter, Welt? Es war einmal ein Mann. Der ging mit einem Begehren, kam zurück mit zwei Scheren; ging mit zwei Broten, kam zurück mit drei Schoten; ging mit drei Bäumen, kam zurück mit vier Träumen; ging mit vier Fliegen, kam zurück mit fünf Wiegen; ging mit fünf Liedern, dem Kindchen zu singen, tat zurück sechs schwarzbraune Weiber bringen; und als er's dann leid war, immer umzukehren, brachte er weg, was er hatte, und nahm heim nur das Begehren. Li-o-la! Wohin komme ich her, und woher gehen wir hin? Wo bin ich, und wer war ich, he, wer bin ich, ich, ein ausgeteiltes und eingesammeltes Spiel, fertig mit Karten aus siebenundzwanzig Kartenspielen, mit Steinen aus siebenundzwanzig Dominospielen? Losung und Kennwort. Mit Händen aus Watte in kattunenen Hüllen, wie könnt' ich da Los, Plan, Mission erfüllen? Dumme Fragen. Egal ob man Gedanken zerklaubt oder Banken beraubt, ein Mönch ist, ein angeheiterter, oder ein gescheiterter. Bleibt sich gleich. Mein Hemd ist wie 'ne Knoblauchhaut. Und wo haben Sie schon einmal einen so liederlichen Mantel gesehen, Doktor? Am Strand. Beim Nichtstun, beim Sternleinzählen, beim Fliegenfangen, in der Luft gekreuzigt, da werfe ich meine Scherbe in die Zeit und wünsche alles zum Teufel, beiß mich selbst in den Schwanz, Federball (den schlagen alle, und niemand hält den Kopf hin). Die Türkin ist toll, weint den Suppentopf voll, summ, summ, Syrupschlecker, Tellerlecker, Wassergrütze, Bittersalz. Hallo! Aus zwei Flaschenböden ist meine Brille. Aber ich seh' in die Zukunft. Eijeijei, Gruben, ei, Latrinen, Müllkübel, bepißte Laken, Wundschorf, ei, Wanzen, alte Pißpötte, Hundegerippe, Ausgüsse und Arbeiter, hört, was ich verkünde:

Ein Löwe mit 'ner Mütze
füllt dem feinen Herrn
das Maul mit Zucker
ein Esel in der Pfütze
tritt von hinten gern
den armen Schlucker.

Li-o-la! Es ist Nacht, und es ist Tag, es ist hier, und es ist dort, ich bin, und ich bin nicht ich, die Verwandlung, das Vorübergehende, der Hier-und-da, ich gehe und bin schon angekommen, durchquere das Fenster und rühre mich nicht von der Stelle, ich, mitten im Baum, die Arme geöffnet (zwei oder vier?), die Hände geöffnet (vier oder zwei?), das Herz geöffnet, was sagte ich doch? Auf, Leute! Ich beschütze Maria de França, ich mag Maria de França, ich ermuntere Maria de França, ich rette Maria de França, ich mache die Vögel kleiner, Maria de Franças erschrockenes Herz wird ruhig in meinem lichten Schatten. Ich tu links zusammen mit rechts und nah mit fern, das Jetzt mit dem Gestern, und ich bin er und auch Du, Schwester, Schwesterchen, da Du bist, die Du bist, bleibst Du jene, sind wir, die wir zu sein scheinen, und zugleich, die wir an anderem geheiligtem Ort sind, ksch, plumpe Riesenvögel, Tiere mit traurigen, bohrenden Schnäbeln, ksch, dies ist Maria, sie huscht vorüber wie ein Regen, der kommt wie geht, ein kurzes Liedchen, Stickerei auf dem Kissen. Jetzt komm, Maria, sei einmal so lieb, mach meinen löcherigen

Mantel auf, meinen Hosenschlitz ohne Knopfloch und Knopf, die Unterhose, die ich von einem geerbt hab', der bei der Arbeit verunglückt ist, meine Strickstrumpfhoden, brich meine Glasperleneierchen auf, hoppla, zart und klein wie ein Vögelchen komm ich aus den Eierchen heraus, ein Kekschen, ein Püppchen aus Porzellan, li-o, und ich wachse. Li-o li-o-la, sie reicht mir den Arm, wir sind einmal, wir gehen hinein, gehen hinein mit 'nem Hühnerbein, kommen raus, kommen raus mit 'nem Entenbein, wandern umher, sie und ich, der Báçira, dahin, wo sie ist, die unmögliche Grenzigkeit, zur Eswareinmaligkeit, zur Recifigkeit, zur aufgesperrten Türigkeit, zur Ferkeligkeit, zur Weltachsigkeit, zum Gehn ohne Wiederkehrigkeit, zur Größerwerdigkeit, zur Hurenbrutigkeit, zur Ohneendigkeit, zur Endigkeit, zur Baçirabacifigkeit.

Anmerkungen

1 »Le poème comme représentation«, in *Poétique*, Nr. 4, Paris 1970, S. 403.

2 *Italienische Reise*, Eintragung vom 19. September 1786.

3 »Über Bücher«, *Essais*.

4 Zeitschrift *Realidade*, 7. Jahrgang, Nr. 74, Mai 1972, Sonderausgabe über das Leben in den Städten.

5 *Vidas Secas* (dt. Karges Leben), Roman von Graciliano Ramos (1892–1953). A. d. Ü.

6 Parrot & Bonney, Liverpol, Search Books, 1948.

7 »Der Ring des Saturn ist das ungünstigste der zu beobachtenden Zeichen.« (Cheiro, *Was die Hände sagen*, übersetzt von Antoine Boueri, São Paulo, Hemus Livraria Editora Ltda., 1971, S. 87. Italienischer Titel: *Che Dicono Le Mani*).

»Das Kreuz, das isoliert und deutlich (als Abschluß der Schicksalslinie) über dem Berg des Saturn erscheint, ist bezeichnend für einen gewaltsamen Tod. In der Tat wird es von etlichen Chiromanten Zeichen des Blutgerüsts genannt.« (Jo Sheridan, *Die Zukunft in Deinen Händen*, übersetzt von P. S. Werneck, Rio, Cia. Editora Americana, 1971, S. 83. Titel des Originals: *What Your Hands Reveal*).

8 Der Ausdruck bezeichnet einen seltenen Beruf: »Man ankert vor einer abgelegenen Insel, freundet sich mit den Eingeborenen an, bis man sie schließlich an Bord gelockt hat, läuft dann aus und verkauft die Gefangenen als Landarbeiter auf einer anderen Insel.« (Gilles Lapouge, *Les Pirates*, Paris, Ed. André Balland, 1969, S. 73)

9 *Das Feuchte und das Trockene in der Geheimüberlieferung*, Porto, 1931, übersetzt von J. R. Viana, S. 112. Wenn Eudoxius den Ausdruck »nächtliche Sterne« gebraucht, dann bezieht sich das mit Sicherheit darauf, daß diese bei Nacht besser zu sehen sind. Die reich illustrierte Ausgabe zeigt unter vielen Merkwürdigkeiten die angebliche Hand des Ulysses und welches Schicksal sich aus ihr »lesen« läßt.

10 Hamburg, Patrick Verlag, 1953. Die erste Ausgabe stammt aus dem Jahre 1740 und wurde in Mainz gedruckt.

11 Ein seltsamer Fall, der des Mannes, der Vorgänger des Artemidoros von der *Abhandlung über Träume* war und im zweiten Jahrhundert n. Chr. unter der Herrschaft des Antoninus Pius gelebt hat. Sie werden oft

verwechselt, worauf uns nicht ohne Grund Fred Gettings aufmerksam macht (*Le Livre de la Main*, Französisch von Madeleine Othenin-Girard, Paris, Ed. Les Deux Coqs d'Or. 1969, S. 162). Wenn man der Überlieferung glaubt, so *wußte* der erste Artemidoros, der Analphabet war, was die Schriften enthalten: eine Lektüre ähnlich wie die der Magier, die im Gesicht eines Menschen sein Inneres wahrnehmen. Geschriebene Zeilen, sagte man, sind für ihn so unmißverständlich wie die Linien der Hand. Von seinem berühmten »in die Luft« geschriebenen Buch hat sich nicht die kleinste greifbare Spur erhalten.

12 »In der Chiromantie stellt der Venusberg, die Erhebung an der Daumenwurzel, die von der Lebenslinie umrundet wird, unsere Hinneigung zu Liebe und Freundschaft und unsere Verehrung des Schönen dar.« (Jo Sheridan, *op. cit.*, S. 160).

13 *Pensamento Selvagem*, São Paulo, Cia. Editora Nacional, 1970, übersetzt von Maria Celeste da Costa e Souza und Almir de Oliveira Aguiar, S. 38ff.

14 Afonso Henriques de Lima Barreto, brasilian. Romancier (1881–1922), aus einfachen Verhältnissen stammend, setzte sich kritisch mit den gesellschaftlichen Verhältnissen seines Landes auseinander. (A.d.Ü.).

15 *Literatura Medieval e Idade Média Latina*, Rio, Instituto Nacional do Livro, 1959, übersetzt von Teodoro Cabral unter Mitarbeit von Paulo Ronai, S. 548.

16 Wörtlich: »c'est la Connaissance qui constitue la fortune de la langue«. (Dominique Zahan, *Sociétés d'Iniciation Bambara, apud Dictionnaire des Symboles*, Paris, Seghers et Ed. Jupiter, 1974, Band III, S. 118.)

17 Tufik Didron, *La Naissance du Monde selon l'Islam*, Paris, Orient, 1953, S. 312.

18 Es gibt übrigens unter den großen Vertretern der Kirche andere Beispiele solcher Seltsamkeiten, die uns Heutige verblüffen. So heißt es, daß Paul III., der Papst, der das Konzil von Trient einberufen hatte, ein begeisterter Anhänger der Astrologie war und so weit ging, das Unterschreiben eines Vertrages mit dem König von Frankreich hinauszuzögern, bis die Sterne eine glückhafte Übereinstimmung von seinem und des Monarchen Horoskop aufwiesen. Wir sollten auch nicht die Seiten mit den Aufzeichnungen des Paters Antonio Vieira über die Kometen vergessen, für ihn die Vorboten von »unmäßigen Luftverhältnissen, von Winden, Stürmen, Schiffbrüchen, von Dürren, Mißernten, Hungersnöten, Erdbeben, Seuchen und allen anderen über das Gewohnte hinausge-

henden Heimsuchungen, denen unsere Sterblichkeit ausgesetzt ist«. (*Obras escolhidas*, Sá da Costa, Lisboa, VII, S. 10).

19 Isidore Ducasse, *Oeuvres Complètes*, Paris, Le Livre de Poche, 1963, S. 376.

20 ». . . aber das Ende eines Werkes ist so fern für diejenigen, die von ferne kommen.« Der Satz stammt von Goethe, und ich las ihn in *Reader's Digest*, einer Zeitschrift, die, eifrig bedacht auf Ausgewogenheit und Abwechslung, den Autor von *Dichtung und Wahrheit* neben Harry Truman zitiert.

21 »Beflügelt ein romanhafter Text, der mit Handlungen und Gegenständen spielt, unsere Einbildungskraft? Da er fast immer aus der Vergangenheit zu uns spricht, scheint er sich eher an eine Art Gedächtnis zu wenden. Jemand sagt mir, er sei aufgewacht aus einem Traum voller Peitschen und Lassos, die lang waren wie Schlangen, voller Postkutschen, die von rasenden Pferden über Gebirgspässe gezogen wurden, voller weiter Galoppritte auf kaktusbestandenen Feldern, wie bei Dylan Thomas (»Ein Besuch beim Großvater«, in *Bildnis des Künstlers, als er ein junger Hund war)*, und alles ist, als wäre es mir geschehen (vor wie langer Zeit?) und als ob ich mich oder jemand in mir sich, dadurch angeregt, erinnerte.« (Dorothy E. Severino, *The Reader and His Memory*, zitiert von E. Bezerra de Souza in seiner Dissertation über imaginäre Erinnerungen, die der medizinischen Fakultät von Porto Alegre aus Anlaß des dritten Symposiums für Psychologie im März 1970 vorgelegt wurde.

22 Nr. 7, Jahrgang IV, London, Herbst 1973, S. 75–80.

23 Vorwegnimmt. Der Essay über Richardson erscheint 1761, während die letzte Fassung von *Paradoxe sur le Comédien* nach Assízat aus dem Jahr 1773 stammt.

24 Dieser Lehrsatz erscheint Wort für Wort wieder im *Paradoxe*, und deshalb schreibe ich ihn vom Originaltext ab. Diderot, *Œuvres*, Paris, Bibliothèque de la Pleiade, N.R.F., 1951, S. 1034.

25 *Texto/Contexto*, São Paulo, Ed. Perspectiva, 1969, S. 90.

26 Jean Onimus, L'Enseignement des Lettres et la Vie, Paris, Desclée de Brouwer, 1965, S. 135.

27 Man nimmt an, daß der Pterosaurier, der eine Flügelweite von siebzehn Metern hatte, ein fleischfressendes Reptil war: als Nahrung dienten ihm verweste Dinosaurier.

28 Für Maria de França ist die höchste Autorität immer ein »König«.

29 Es gäbe in diesem Zitat noch andere Punkte zu erläutern wie die menschliche Gestalt des Regens und die Riesenhaftigkeit der Vögel: In Maria de Franças Augen – ein Gesichtspunkt, der mich beunruhigt und

für den ich noch keine befriedigende Erklärung gefunden habe – sind sie alle übermäßig groß und furchterregend.

30 *Falando para o Mundo*, Recife, Ed. »Flos Carmeli«, 1968, Convento do Carmo, S. 120.

31 *»As Bulas e as Bulas«* (Die Bullen und die Beipackzettel, A. d. Ü.), Jahrgang III, Zeitschrift *Ciência* des Ärztebundes von Campinas, Nr. 7, S. 137–152.

32 Altfranzösisch: *lai*; keltisch: *loid*, Lied. Die Lais bestanden aus dem Text und der Melodie, die von einer Harfe oder Laute ausgeführt wurde. Im Mittelalter pflegte man zwei Arten von Lais: die ausführlichen (darunter die der Marie de France) und die *arturianischen*, die eingefügt sind in die Ritterromane des bretonischen Zyklus. (Massaud Moisés, *Wörterbuch der literarischen und okkultistischen Begriffe*, São Paulo, Cultrix, 1974)

33 *Einführung in die Kunst der Gebärde*, Coimbra, Edições do Rei, 1970, übersetzt von Jorge Prata, S. 12. Quarez, Choreograph und ständiger Lehrbeauftragter des *Canzionere*, gibt im genannten Werk eine sehr klare Gegenüberstellung der gewöhnlichen Gebärden mit den Bewegungen des Tanzes: »Zwischen ihnen besteht der gleiche Abstand wie zwischen der Umgangssprache und dem Gedicht. Dichtung und Tanz vollziehen sich auf einer Rangstufe, deren Inbrunst vom Alltäglichen abgelehnt wird. Dieser Höhenflug bleibt jedoch der abgestumpften Gemeinschaft der Menschen als Erinnerung erhalten. Denken wir an die sternhafte Gegenwart Lauras im Leben des Petrarca.«

34 *Vollständige Werke*, Madrid, Aguilar, 1951, S. 42.

35 São Paulo, Cia. Brasil Ed., natürlich ohne Erscheinungsjahr.

36 Diese ziemlich ungewöhnliche Redewendung steht in der Hymne auf die Unabhängigkeit: »Fürchte ruchlose Banden nicht, die feindliche Mienen zeigen.« Mehrere Stücke, die den brasilianischen Vaterlandsliedern entstammen, weisen auf kriegerische Szenen hin und wiederholen in unterschiedlichem Maße das Verfahren.

37 Rocha Pombo, *História do Brasil*, São Paulo, W. M. Jackson Inc., 1935, Band I, S. 310.

38 »Jene unübersichtliche Menge von Marinetürmen, die aus 87 Schiffen von zum Teil außerordentlicher Größe bestanden, versetzten diese Meere in Schrecken« . . . (Antônio Vieira, Predigten, IX., 6. Aufl., Porto 1909, S. 359).

39 *Historie ofte Jaerlijck Verhael van de Verrichtingen der Geoctroyeerde West-Indische Compagnie. Zedert haer Begin, tot het eynde van't jaer sesthien hondert ses-en-dertich*, Leyden, 1644, Seite 174. Außer von der

Eroberung Pernambucos erzählt de Laert von den niederländischen Seeräubern in den Breiten Westindiens und vom Kampf mit spanischen Galeonen. Außerdem erlebt man die Holländer am Hudson und an der Goldküste. Aber niemand sollte sich einbilden, durch die Schilderung so vieler Abenteuer auf See falle der Bericht dieses Mannes aus Antwerpen kurzweilig aus, denn er ist so genau, daß er sogar die Herkunft und die Abfahrtsdaten der Schiffe angibt.

40 Das ist die These von Pereira da Costa in *Folk-Lore Pernambucano*, erste selbständige Ausgabe, Recife, Arquivo Público Estadual, 1974, Seite 254ff.

41 Brasilian. »lança« bezeichnet auch einen brasilianischen Volkstanz (A.d.Ü.).

42 Tarcísio L. Pereira, *Clavinas e Rendas* (Karabiner und Sold), São Paulo, Melhoramentos, 1956, S.73. Ich verdanke dem gleichen Autor weitere Angaben innerhalb dieses Abschnitts.

43 Recife = Riff (A.d.Ü.).

44 Man kann sogar noch hinzufügen, daß diese chiffrierte Botschaft einen genauen Zielpunkt hat, das derzeit gültige politische System. Die streitbare Teilnahme der zukünftigen Schriftstellerin während der Unruhen, die in ihrer Jugend die Zuckerrohrregion des Nordostens erschütterten, bestärkt eine solche Interpretation. Aber hieße das nicht, die Reichweite des Motivs beschneiden? Der Widerstand von Beraubten ist ein gewichtiges Thema. Wenn man den Vorgang der Ausplünderung darstellt, so macht das einen tieferen Eindruck, als wenn man den Widerstand schildert.

45 Dieser Beiname scheint in der Wortfolge wirklich ein wenig fehl am Platze zu sein. Soll er auf eine falsche Fährte locken, um die Deutung zu erschweren? Ich weiß nicht, ob ich voreingenommen bin, wenn ich das Wort mit der Vorstellung von Schreck, von unvermutetem Eintreffen, von einer heftigen, scheuchenden Gebärde verbinde.

46 Luís da Câmara Cascudo, *Geografia do Brasil Holandês*, São Paulo, Ed. José Olympio, 1956, S.195/196. Ich bringe oben noch einmal einen Satz jenes Gelehrten, des einzigen, bei dem ich – rein zufällig – Angaben über den Báçira fand, und eine weitere Spur für die Anwesenheit der Holländer im Roman von J.M.E. Übrigens hilft uns, wie wir noch sehen werden, die Landkarte von Marcgrave, gewisse Dunkelheiten in der Rede des Der-Da zu klären.

47 Andere Zeichen, die Marcgrave benutzt: Kreis, Punkt in der Mitte, darüber ein Kreuz: Zuckerfabrik mit Wasserantrieb und Kapelle; ohne Kreuz: keine Kapelle; ohne Mittelpunkt: die Maschine wird von Ochsen

betrieben; Kreis von zwei senkrecht aufeinanderstehenden Linien durchschnitten: Viehhürde. (Vergl. Luís da Câmara Cascudo, *op.cit.*, S. 188/189.)

48 Erzähler und Protagonist von João Guimarães Rosas berühmtem Roman *Grande Sertão: Veredas*. A.d.Ü.

49 Zitiert von Ernesto Grassi, *Arte e Mito*, Lissabon, Livros do Brasil, übersetzt von Manuela Pinto dos Santos, S. 41.

50 *Situations II*, Paris, Gallimard, 1948, S. 96.

51 Diese Invasionen, die auf unterschiedlichen Gebieten des Realen vorkommen und sich zuweilen zwischen dem Realen und dem Eingebildeten bewegen, sind in *Die Königin der Kerker Griechenlands* eine ungemein ausdrucksvolle Konstante, ein Thema, das verschleiert ist und einen doch mitreißt und das den ganzen Roman durchzieht.

52 »El calamar opta por su tinta«, in *Phantastische Erzählungen*, Buenos Aires, Emecé Editores, 1972.

53 Aus den Papieren von J.M.E. Ich weiß nicht, ob die Anmerkungen von ihr stammen oder ob sie aus einem Buch oder einem zitierten Fragment abgeschrieben sind.

54 *De amore et dilectione Dei et proximi* des Dominikaners Lazarus von Padua (1313-1370), in Faksimile herausgegeben von der Zeitschrift *Drum*, Nr. 4, Jahrgang II, Frühling 1972, S. 80. Lazarus, heißt es, sei von der *Suche des Heiligen Grals* so erfüllt gewesen, daß er imstande war, den Text *auszustrahlen*: wer ihn gekannt hätte, dem sei zum Schluß, selbst wenn er kein einziges Wort von ihm darüber gehört hätte, auch die Erzählung bekannt gewesen. Außerdem hätte er das Buch in seinen Alltag hineingenommen und in all und jedem Symbole erkannt, die zu deuten er sich nicht enthielt: »Wenn Ihr vier seid, die mich empfangen und aufnehmen, und zwei Fenster dieses Raumes geschlossen sind, während das in der Mitte sperrangelweit offensteht, dann bedeutet das« ... Merkwürdigerweise zog nach der Überlieferung Lazarus von Padua geheimnisvolle Phänomene an: der Löwe, der einer Gruppe von Gauklern entsprungen war, betrat das Refektorium, in dem er zu Tisch saß, und sein Wein, den er verschüttete, breitete sich aus in Form eines Krummsäbels usw.

55 Dies erlaubt uns, noch einmal die Reichweite des literarischen Werks abzuschätzen, das in einigen seiner Aspekte dem Leser anderer Breiten verschlossen bleibt.

56 C.D. Norman, *The Novel and its Problems*, Manchester, Thyphom, 1971, S. 121.

57 »Säkular: der Text geht davon aus, daß er klar sieht. Orakelhaft: der

Text sieht Rätsel im Stoff. Säkular: interpretierender Text. Orakelhaft: magischer Text. Die Übertragung und das Erstaunen. Maske über einem enthüllbaren Gesicht; Maske über tausend möglichen Gesichtern.« (John Williams Witt, *Positions* & *Suppositions*, London, Sagittarius, 1960, S. 13.) Der Nachname des Autors klingt uns vertraut, erinnert an die Wittschen Gesundheitspillen. Tatsächlich stammt der zitierte Witt in gerader Linie von dem bekannten Arzt ab und soll wie durch eine Fügung Evelyn Bruce Ross, die Enkelin des wegen seiner Lebenspillen gleichfalls berühmten Dr. Ross, geheiratet haben. Ob das seinen so komprimierten Stil erklärt, der bisweilen dem unseres Oswald de Andrade gleicht? Vgl. z.B. *Das anthropophagische Manifest*: »Menschenfresserei. Absorption des geheiligten Feindes. Ihn zum Totem machen. Menschliches Abenteuer. Irdische Endlichkeit.« usw.